# 熱狂する明代

中国「四大奇書」の誕生

小松 謙



角川選書
675

# はじめに——明という時代

この本の題名になっている「四大奇書《しだいきしょ》」というのは、中国の明代《みん》に刊行された四篇の長篇小説、『三国志演義《さんごくしえんぎ》』『水滸伝《すいこでん》』『西遊記《さいゆうき》』『金瓶梅《きんぺいばい》』のことです。この四篇は、江戸時代以来日本でもとても人気がありましたし、今でも小説・漫画・ドラマ・ゲームなどでおなじみですから、ご存じの方も多いだろうと思います。『西遊記』の孫悟空はもちろん子供でも知っていますし、『三国志演義』に出てくる関羽《かんう》や張飛《ちょうひ》なども、名前を聞けばイメージがすぐ浮かぶ人は多いのではないでしょうか。遠い日本でもこれだけ知られているのは、やはりこの四篇がとても面白いからです。それでは、「四大奇書」はどうやって生まれたのでしょうか。

「四大奇書」は、どれも十六世紀から十七世紀に掛けて、日本でいえば戦国時代の終わりから江戸時代の初め頃に当たる時期に出版されたものです。時期からいえば、近代小説の元祖ともいわれる『ドン・キホーテ』（一六〇五・一六一五刊）に近いことになりますが、これほど規模が大きくて、しかも内容もすぐれた大長篇小説が立て続けに出現したというのは、世界的に見ても、めったにないようなできごとといっていいでしょう。

なぜ「四大奇書」はこの時期に現れたのでしょうか。この謎を解くためには、明という時代を知る必要があります。

明は一三六八年から一六四四年まで続いた中国の王朝です。中国の主な王朝といえば、漢《かん》・唐《とう》・宋《そう》・元《げん》・明・清《しん》ということになるでしょう。日本人の感覚では、どうもこの中では明は影が薄いような気がしますが、いかがでしょうか。

漢は中国を統一された一つの国として長く支配した最初の王朝ですから、「漢字」「漢文」という言葉でもわかるように、日本人にとっては中国の代名詞といっていい存在でした。唐が日本にとって大きな存在だったことは、遣唐使一つ取ってもわかるでしょう。「唐」も「から」とか「もろこし」とか読んで、やはり中国の代名詞として使われてきました。宋はそれに比べればちょっと劣るかもしれませんが、それでも「唐宋八大家」は漢文の定番です。元は何といっても元寇でみんな知っていますね。清は、日清戦争など日本の近代史に直接関わりますから、やはり身近です。でも明は、世界史の授業以外では、まあ日本史で「勘合貿易」を習ったかなという程度の方が多いのではないでしょうか。

実は学問の世界でも明の影は薄いのです。東洋史の大家として名高い内藤湖南《ないとうこなん》（一八六六〜

一九三四）は、「明代というのはつまらない時代じゃ」と言ったといいますし（三田村泰助「明代史の面白さ」〔『東洋の歴史』8「月報」（人物往来社一九六七）〕）、内藤湖南の後継者ともいうべき宮崎市定《みやざきいちさだ》（一九〇一～一九九五）は、京都大学文学部の東洋史研究室には、「明代の研究には手を出すな、面白い主題は何もないから、勉強の仕甲斐がないぞ、という言い伝えのようなものがあって、ついぞ明代研究家が出なかったのである」と思い出を書いています（『宮崎市定全集』第一三巻〔岩波書店一九九二〕「自跋」）。

なぜこんなイメージができてしまったのでしょうか。大きな原因は、明の後に中国を支配した清の学者たちが、明の学問を浅はかだといって馬鹿にしたことにあるのではないかと思われます。内藤湖南は、清の考証学と呼ばれる学問のやり方に学んで、実証的な近代歴史学を作り上げたといわれていますから、清代の学者の影響を受けないわけにはいかなかったのでしょう。実際、明代の学問はあまり実証的ではない、というより自分の頭の中で考えることや直感を重視する傾向があります。緻密さを誇る清代の学者から見れば、粗雑に見えたのも無理はありません。

それに、明代の人たちの言動も、明代が軽く見られる原因になっているようです。後で詳しくお話しするように、明代の皇帝には奔放な奇人変人の類が多くて、自他ともに認める「名君」を目指した清の皇帝たちとは大違いです。知識人にも破天荒な人物が目につきますし、高官でも庶民的な振る舞いをしたり、目的のためには手段を選ばない善悪定めがたい複雑な人が多く見られます。これも、地道に学問に取り組んで、官僚としても真面目に職務に励んだ清代の知識人からすれば、軽蔑の対象だったことでしょう。

でも考えてみれば、哲学について、頭の中で考えているだけで実証的ではないと批判するのは正しいことなのでしょうか。これはもしかすると、学問と哲学を同一視してしまいがちな中国の伝統的な価値観による評価にすぎないのではないでしょうか。明代後期に流行した陽明学の過激派は、それまでの価値基準を破壊して明滅亡の原因を作ったと非難されますが、価値基準を破壊するのは間違ったことでしょうか。それは現在の価値基準が正しいという前提に立った判断でしょう。もし価値基準が間違っているなら、それを破壊するのは正しい行為であるはずです。西欧の近代は、それまでの価値基準を破壊することによってできあがったのではなかったでしょうか。伝統的な価値基準が絶対に正しいという前提に立って明代後期の思想を批判するのは、正当な評価とはいえないでしょう。

同じことは、皇帝以下の人々の評価についてもいえます。たとえば、第三章でご紹介する武《ぶ》宗正徳帝《そうせいとくてい》は、戦争マニアの非常識な皇帝として非難されますが、武人の目から見れば理想の皇帝だったに違いありません。ここでも後の時代の人たちは、知識人たちが残した記録に基づいて彼の価値を測っているのです。知識人に庶民的な言動が多いことは、それまで文字の形で伝えられることがなかったエリート以外の文化が表面化するためには、重要な意味を持っていたはずです。

実際、明代は中国文学に全く新しい局面を切り開いた時代でした。前にお話ししたように、日本人が「漢文」の世界で勉強するのはおおむね宋代までの作品で、元・明・清のものは少ししか出てきません。でも明代に生まれた文学作品は、「漢文」とは別の場所で広く日本人に受け入れられてきました。「四大奇書」ほど血肉になるまで日本人に深く愛された外国の文学作品は、ほとんどないでしょう。

なぜ「四大奇書」は生まれ、刊行され、読まれるに至ったのでしょうか。この本では、それを鍵にして、明代という時代を描き出してみたいと思います。読み進めればおわかりいただけることと思いますが、「四大奇書」は実は近代文学に直接つながっていく性格を持っています。「四大奇書」をめぐって浮かび上がってくる明代社会も、意外なほど近代的なのがおわかりいただけることと思います。ここから、「近代」とは何かという問題を解く鍵が手に入るかもしれません。

それでは、まずは明代の前提として欠かせない元の時代から始めましょう。

目次

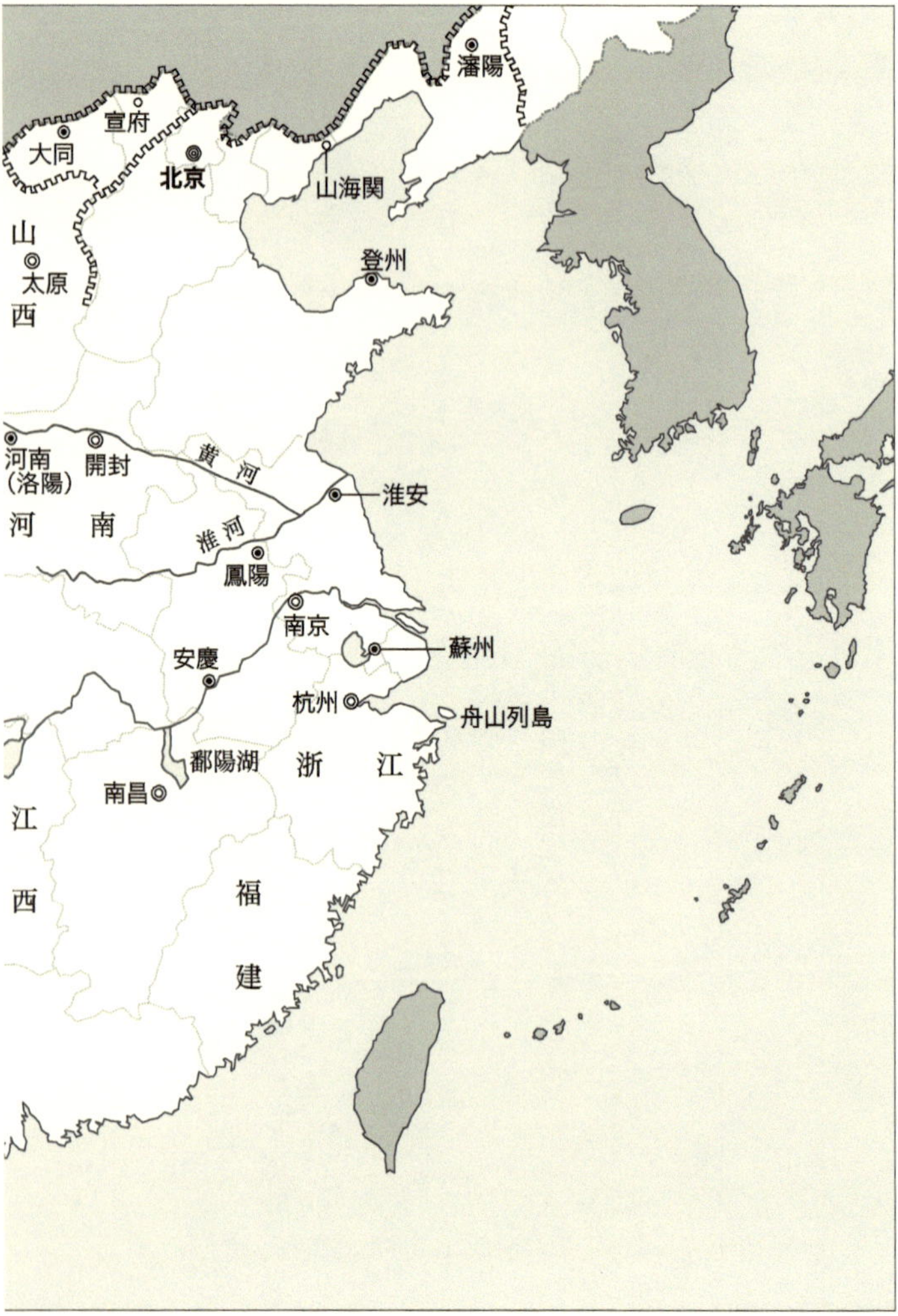

瀋陽
宣府
大同
北京
山海関
山
太原
西
登州
河南
(洛陽)
開封
黄河
淮安
河
南
淮河
鳳陽
南京
蘇州
安慶
杭州
舟山列島
鄱陽湖
浙
江
南昌
江
西
福
建

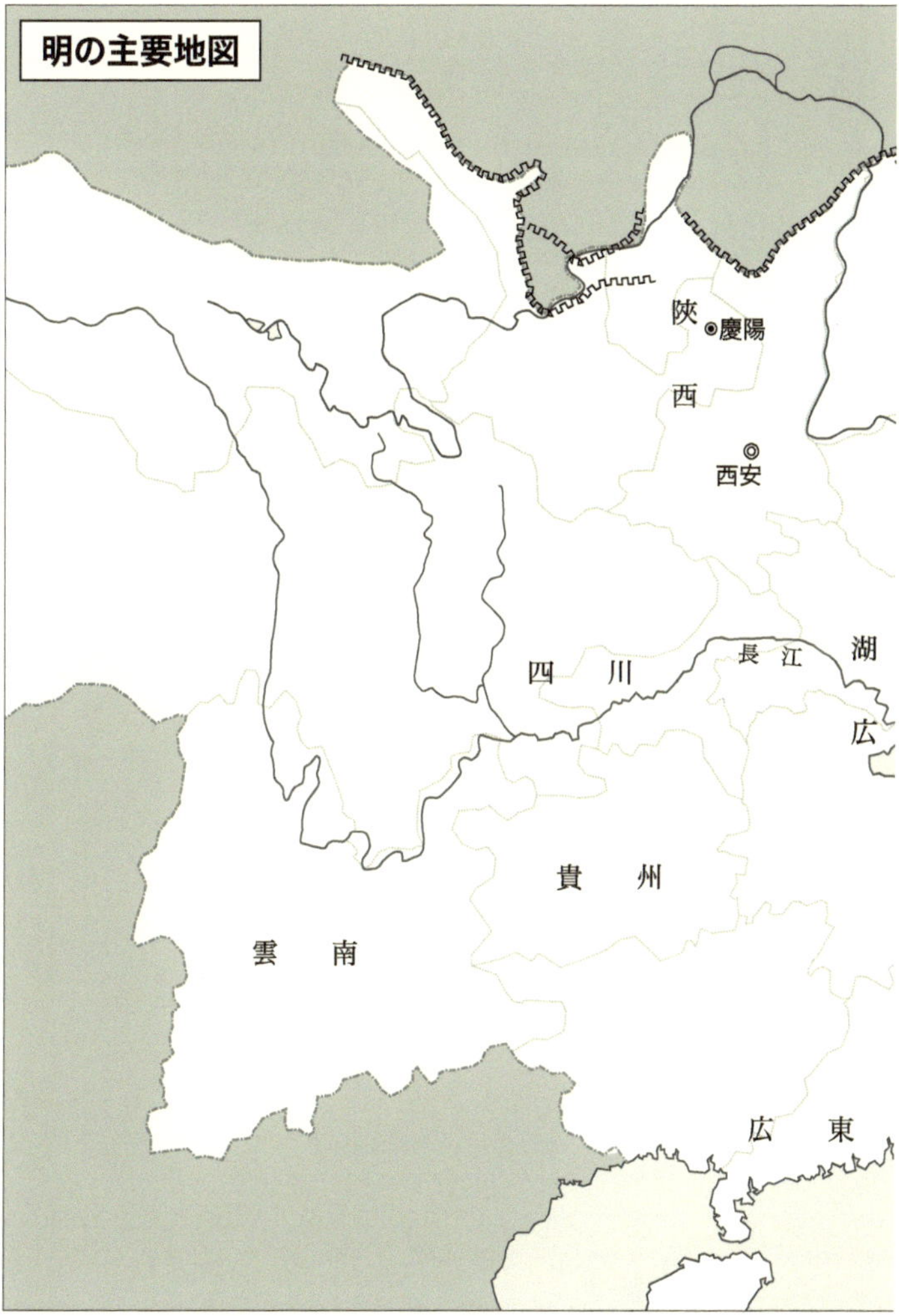
明の主要地図
陝西
慶陽
西安
四川
長江
湖広
貴州
雲南
広東

図版作成　小林美和子

# 第一章　モンゴルの遺産

## 明にとって元とは何だったのか

明は一三六八年、元（正式な国名は「大元《だいげん》」であり、またこの国号を称したのは一二七一年のことだが、ここではそれ以前のモンゴル期も含めて便宜上「元」と呼ぶ）にかわって、中国全土を支配する王朝として成立した。このことは「元の滅亡」としばしば呼ばれるが、実際には元は中国を放棄してモンゴルに去ったのみで、滅亡したわけではない。以後、モンゴルは明にとって大きな脅威としてのしかかっていくことになる。

明が中国支配を確立したことは、久々に漢民族が中国を取り戻した事件と認識され、元と明の間で大きな変化が生じたととらえられがちである。確かにそうした側面があることは否定できないが、一方で明は元から多くのものを受け継いでいた。特に文化面では、元の存在を抜きにして明代文化を語ることは不可能といってよい。とりわけ、本書の主題である「四大奇書」は、元という時代を経なければ生まれえなかったに違いない。

まず南宋の滅亡から始めよう。

### 南宋の滅亡と知識人のショック

一二七六年、南宋の首都臨安《りんあん》（杭州《こう》）にあった南宋政府は、元の将軍バヤン率いる大軍が迫る中、無益な抵抗はせず降伏することを決定した。バヤンの厳正な軍紀のもと、入城した元軍は略奪暴行などの行為はほとんど行わず、世界で最も美しく豊かな都市として知られた杭州は、ほぼ平和裏に元に接収されることになった。

百年以上にわたり北方の敵と対峙し、一二三四年の金《きん》の滅亡以後は国境で絶えざる戦闘が続く中、杭州の市民たちは生活を続けてきた。今回もこれまで同様、敵がここまで来ることはあるまいという希望的観測を抱いていたであろう彼らも、今度ばかりは本当に首都が陥落するとなってあわてふためいたに違いない。しかし、思いのほか穏やかに支配は移行し、南宋当時と同じような日常生活が戻ってくる。そうした中で、知識人にとっては愕然とせざるをえない情報が広まる。科挙の廃止である。

科挙は隋《ずい》代に始まり、唐代に本格化した。唐代の科挙は、ものを生産しない商業を軽んじる儒教思想ゆえに商人の受験は認められず、情実も横行する、どう見ても公正とはいいがたいものであった。しかし、強固な貴族制社会の中にありながら、科挙官僚は次第に力を増して、貴族と対等の力を持つに至る。唐末五代の混乱の中で貴族制が崩壊した後、宋王朝が高級官僚は原則として科挙出身者とし、軍事も含めて文官が統制する体制を作り上げた結果、科挙は当時の社会において最も重要な意味を持つ事柄になったのである。北宋のみならず、北宋に代わって北中国を支配した女真族《じょしんぞく》の国家金においても、漢民族についていえば、科挙は主たる人材登用の手段として重視され続けた。

南宋においてはこの傾向は更に強まり、知識人が政治を主導し、彼らの趣味に合うものが「雅」とされて重んじられた。その結果、出版の発達に伴い、一般市民までが知識人の真似をして「雅」を目指し、詩の結社を作って詩集を出版するような状況になっていた。そうした中で科挙が廃止されるというのは、特に科挙合格を目指していた知識人たちにとっては、驚天動地の事態だったのである。以後旧南宋領の知識人たちは、被害妄想にも似た鬱屈を抱えることになる。

科挙の廃止は、元が一二三四年に金を滅ぼして以来継続されてきた政策であった。

### 元代に起きたこと——価値基準のシャッフル

モンゴルは世界帝国である。東は中国から西はロシア・ウクライナに至る広大な地域を支配する彼らは、当然ながら自分たちのシステムに基づいて各地で統治を行う。それが現地で行われてきたやり方と決定的に異なる場合、在来社会は破壊的な影響をこうむることも起こりえる。

モンゴル人の発想は、基本的に合理主義に基づく。行政とは、実務を主とする業務である。

それゆえ、実務に長けた人間がこの業務に当たるべきである。

ところが科挙において課されるのは、儒教経典に関する問題と、文学作品である詩・賦《ふ》の制作（合理主義者だった王安石の改革により廃止された時期もある）、それに政策論であって、実務能力を測るものではなかった。当然の結果として、受験勉強ばかりしてきた世間知らずの人間がいきなり各地の行政機関の長となり、政務の進め方もわからないという状況が至るところで発生することになる。しかも、広い中国では地域ごとの言語差が大きく、知識人はともかく、一般庶民とは言葉自体通じないという状況がごく普通に見られた。そうした中で、役所の実権を握るのは胥吏《しょり》であった。ここで胥吏について説明せねばなるまい。

日本では一口に「官吏」というが、中国においては「官」と「吏」は別物である。「官」は科挙及びそれに準じる手段で採用された中央派遣の官僚、「吏」とは「胥吏」を指す。胥吏は元来は労働奉仕の形で課される税である「役」の一環として官庁の事務作業に従事する人々のことであるが、やがてそれは既得権益化し、いきなり中央から赴任してくる世間知らずの「官」を胥吏が思うままに操って、官庁をすべて牛耳ってしまうという状況が発生する。もっともこれは記録を残す知識人、つまり「官」からの見方であって、胥吏には胥吏の言い分があるのだが、それについては後でふれることにしよう。

南宋や金の官庁においては、実務を担当するのは胥吏であり、トップである官は能力不足のゆえに実際には役に立たないという状況が存在した。これを踏まえて元朝政府は、「官」を目指す者は、まず胥吏になり、年功を積むことによって官へと昇進するシステムを採用したのである。しかしこれは、胥吏を「雅」なエリートである自分たちより劣った「俗」な存在と見なす誇り高い知識人たちには耐えがたいことであった。

また、合理的措置とはいえ、負の側面も大きかったことを見逃すわけにはいかない。年功を積んで官に至るシステムとはいえ、非常に長い時間を要するため、地道に昇進を図れば、「官」になれた頃には老人になってしまう。その一方で、権力者の横槍は常態化しており、有力者の引き立てさえあれば一足飛びに「官」になることも比較的容易であった。有力者とはモンゴル人や色目人《しきもくじん》(モンゴル人・漢人〈旧金国民〉・南人〈旧南宋国民〉以外の人間の総称。ウイグル人や西方系イスラム教徒が多い)、漢民族であっても武将であることが多く、引き立てを得ようとすれば彼らに媚《こ》びねばならない。当然知識人は不満を抱き、あるいは望みを絶ち、あるいは誇りを失うことになる。

漢民族からの強い要求もあって科挙は延祐二年(一三一五)に復活はするものの、合格者の定員はわずかにモンゴル人・色目人・漢人・南人各二十五人にすぎず、試験の実施は三年に一度であった。当然合格の見込みは非常に低く、事態が抜本的に改善されることはなかった。

知識人の不満に輪を掛けたのは、元のもう一つの政策、民の職能別分類である。一般的な農民・商人などの民戸《みんこ》以外の特定の技能を持った人々は、軍人は軍戸《ぐんこ》、知識人は儒戸《じゅこ》、職人は匠戸《しょうこ》、駅伝従事者は站戸《たんこ》、楽人妓女《がくじんぎじょ》俳優は楽戸《がくこ》といった職能別集団に分類された。そして、それぞれの集団の間にははっきりした上下関係は存在しなかった。つまり、従来社会の最上層を占めていた士大夫と、社会的差別の対象であった妓女楽人が対等の関係と定義されたことになる。このことは知識人の間に被害妄想的反発を引き起こし、南宋の遺民であった鄭思肖《ていししょう》や謝枋得《しゃぼうとく》らは、人間を十段階に分けたうち、儒戸は楽戸の下、丐戸《がいこ》（物乞い）の上の九番目に置かれているという「九儒十丐《きゅうじゅじゅうがい》」の説を唱えた。実社会では、やはり儒を尊び、楽戸を差別するのが一般的であった以上、これが実態とかけ離れていることはいうまでもないが、差別されてきた人々と制度上同等にされたことは、知識人に強い衝撃を与えたに違いない。

これらの制度的改変は、知識人たちが持っていたプライドを破壊し、アイデンティティを揺るがすものであった。その結果、ある者は反発して隠遁し、ある者は誇りを棄てて新たな権力者に媚び、ある者は不満を抱きつつ状況に対応しようとする。しかし、その中から、知識人は当然高い地位を占めるべきであるという宋・金までの常識に疑問を持つ者も現れてくることになる。

もう一つ、中国文化、特に文学に重要な影響を及ぼしたのは、地方行政機関の長であるダルガチには、原則としてモンゴル人を任命すると定められたことである。この措置がなぜ重要な意味を持ったかを説明するためには、当時における中国語の状況についてまず述べておかねばならない。当時の中国においては、文章に書かれる言葉と日常話される言葉の間には、大きな違いがあったのである。

## 書き言葉と話し言葉の違い

書き言葉と話し言葉がかけ離れたものになるのは中国に限ったことではない。

日本では、正式の書き言葉は「漢文」、つまり中国語であった。この状況は江戸時代まで継続する。一方で平安時代には、女性たちの中から『源氏物語』などにみられるような話し言葉を写し取った「かな文」が成立するが、これも以後固定してしまって、江戸時代に至るまで平安時代の語彙が使用されることになる。一般に広く使用されたのは、漢文訓読とかな文を組み合わせたようないわゆる和漢混淆文《わかんこんこうぶん》であったが、これももちろん室町時代や江戸時代の人が実際に日常用いていた言葉とはかけ離れたものであった。

ヨーロッパでも、正式の書き言葉はローマ帝国の言語であるラテン語であって、英語・フランス語・ドイツ語などの各国語は「俗語」とされて、書き言葉として正式に使用されることはなかった。各国語の書き言葉としての本格的な使用は、ルター（一四八三～一五四六）によるドイツ語訳聖書が広まる宗教改革以降のことになる。

中国の場合は、『史記』『漢書』などによって漢の時代に書き言葉のパターンがほぼ定まり、唐代中期、韓愈《かんゆ》（七六八〜八二四）・柳宗元《りゅうそうげん》（七七三〜八一九）らによって生み出された「古文」という多機能の文体が、北宋期に欧陽修《おうようしゅう》（一〇〇七〜一〇七二）らによって主流の位置に据えられることになる。以後は「古文」と、儀礼的な場合などに使用する対句を多用する美文である「駢文《べんぶん》」の二本立てという形で、「文言《ぶんげん》」と呼ばれる中国の書記言語はほぼ固定することになる。「文言」のスタイルがほぼ定着したのは北宋期のことではあるが、そこで用いられる語彙・文法は漢代のものであった。漢の滅亡からすでに八百年を経ている以上、当時実際に用いられていた口頭言語（話し言葉）は、文言とは全く異なるものになっていた。

なぜ書き言葉と話し言葉はかけ離れたものになっていくのであろうか。全世界的にこのようなことが起きる原因は、文字を書くという行為が特権的なエリートに占有されていたことにある。読み書きを行う知的エリートにとって、非知識人には理解できない言語を操る能力を持っていることは、彼らのアイデンティティを支える重要な要素だったのである。また、ウンベルト・エーコの『薔薇《ばら》の名前』において、ヨーロッパ各国の修道士たちがラテン語で自由に会話を交わしていることに示されているように、知識人共通の言語が存在することは、地域や民族を超えた知識人の共同体を形成する上で便利な手段でもあった。東アジアにおいても、文言を書くことができれば、文字を介することによって、中国・日本・高麗もしくは朝鮮・ベトナムなどの知識人は自由に意思疎通ができたのである。しかし、その交流からは、非知識人は決定的に排除されていた。

### 中国特有の問題――科挙

このように、書記言語が口頭言語からかけ離れたものになること自体は別に珍しいことではない。ただ中国には、他の地域にはない、書記言語を口頭言語に近づけることを阻害する特有の事情があった。科挙制度である。

前に述べたように、宋代から科挙による官僚の登用が本格化した中国においては、身分制が消滅し、少なくとも建前上は、皇帝のみが上に立ち、民は基本的に平等な社会が出現することになった。無論、科挙受験のためには教育を受ける必要があり、更に学習の具としての書物も不可欠である。これらは当然相当な経費を必要とするため、よほどの例外的な場合以外は、貧民の子が科挙に合格して出世するようなことは起こりえず、一部の富裕層が支配階級を形成していたことは間違いない。とはいえ、階級を問わず高級官僚へと進む可能性が制度として保証されたことは、極めて重要な意味を持つ。宋代の中国は、十世紀当時にあっては、世界に類を見ない進んだ社会であったといってよいであろう。

こうして中国は、知識人が出自を問わず支配する社会となった。欧陽修・王安石・蘇軾《そしょく》といった名高い文人は、同時に政府の最高首脳を構成する人々でもあったのである。しかも、蘇軾の父蘇洵《そじゅん》が中年に至るまでほとんど学問をしたことがなかったという事例からもわかるように、彼ら知識人たちは、特定の身分に属するわけではない流動的な集団であった。学問する機会に恵まれ、すぐれた頭脳を持っていれば、誰でも出世の機会に恵まれうるのである。中国社会の支配層を構成していたこうした知識人集団を「士大夫《したいふ》」と呼ぶ。

士大夫階級は、さきにも述べたように流動的な集団であり、低い身分の者であっても、才能さえあればその一員となることができた。低い身分の者が上層にのし上がれば、庶民が用いる言語が上流に入り込むことになりそうに見える。しかし、実際はそうはならなかった。なぜなら、士大夫たちは強烈なプライドを持つ知的エリートであり、彼らのアイデンティティを支えるものは儒教的教養と詩文制作能力であった。そしてそのいずれにおいても、文言の運用能力は絶対の前提として不可欠のものだったのである。

科挙の試験はすべて文言による。合格後官僚となってからも、書類はすべて文言で書かれ、私的交際においても文言による詩文のやりとりをする。彼らを士大夫たらしめるもの、具体的には科挙に合格し、政務をとり、交際することは、ことごとく文言と不可分であり、つまり文言は士大夫のアイデンティティを構成する最も重要な要素だったのである。そうした彼らが、文言以外の、彼らから見れば卑俗な言語である一般の口頭言語を文字の形で用いることは、自らのアイデンティティを否定するものとして、ほとんど考えられない行為であった。

こうした状況を承《う》けて、北宋・南宋の間に「雅」「俗」の観念が定着していくことになる。「雅」とは士大夫の価値基準に合うもの、「俗」とは士大夫が価値を認めないものであり、一般の人々が会話に使用している言語は、はっきりと「俗」に属するものと認定された。そして文字を扱う人々は知識人、つまり士大夫であった以上、中国において書記言語を口頭言語に近づけることには、他の地域よりはるかに高いハードルが存在したのである。実際、口頭言語を文字の形に写したもの、つまり「白話《はくわ》」と呼ばれる口頭言語の語彙を用いた書記言語が使用される機会は、師の言葉をそのまま伝えねばならない禅や朱子学の語録類、あるいは庶民間の犯罪などの文言では表現不可能な内容を含む法律文書など、どうしても白話で書かなければならない場合に限定されていたといってよい。

女真族によって樹立され、一一一五年の建国後、一一二六年から一二三四年まで北方を支配した金においても、少なくとも漢民族の間ではほぼ同様の状況にあった。わずかに宋における「詞」や金以降流行する「曲」という歌唱用の韻文《いんぶん》においては、耳で聴いてわからねばならないという、「うた」が持つ根本的な性格ゆえに、ある程度白話が使用された。しかし、白話による散文は、右にあげたような例外を除いてほとんど存在しなかったといってよい。社会の本質に由来するものである以上、同様の体制が続く限り、変化が生じることは期待できなかった。

この状況を一変させたのが、元王朝の政策だったのである。

## 白話が公的に使用され始める

モンゴル人は、いうまでもなく中国文化の外の人である。色目人の多くについても同じことがいえる。当然ながら、元来は彼らは中国語を解さなかったはずである。中国に定住するようになると、一定の中国語運用能力を身につけた人が多かったものと思われるが、文言を読んで理解し、自由に書くところまでいくことは容易ではなかったに違いない。これは、モンゴル人や色目人の文化水準が低かったことを意味するものではない。たとえば、色目人の一人だったであろうマルコ・ポーロは、かなり高度の西欧的教養を身につけていたが、中国語の文言文を読むことができたかは疑問である。つまり、世界的に広がるモンゴル帝国の中で、中国は東方の一部分にすぎなかったのであり、もとより極めて重要な一部分であったとはいえ、モンゴル人が中国文化に支配される理由はなかった。

もとより中国文化に心酔し、高度な文言運用能力を身につけたモンゴル人もいたが、原則としてすべての地方官庁の長がモンゴル人である以上、その全員がそのような能力を持っていたはずもなく、また持つ必要があるとも認識されていなかったであろう。しかし、中国を統治するためには、宋・金において行われてきたのと同様の文書行政を実施することは不可欠である。

とはいえ、宋・金のような文言で書かれた行政文書では、行政機関の長であるモンゴル人や、その補佐役である色目人の多くには理解困難だったに違いない。

この問題を解決する唯一の方策は、行政文書の文体を変更することであった。その結果、元代の行政文書は大まかにいって三種類の文体で書かれることになる。一つ目は、従来通りの文言である。文言を解する人物が長である場合や、多くの補佐役がいる官庁では、この従来の形式で問題なかったであろう。

中国語は解するけれども難しい文言を読むのは困難な人物についてはどうすればよいのか。そこで白話が使用されることになる。日常使用している話し言葉の語彙・文法に基づいている白話を使用して文書を作成すれば、中国で会話できる人物なら読んで、もしくは聞いて理解は可能であろう。

では、政府機関の長が中国語を解さない場合にはどうすればいいのか。元来文字を持たなかったモンゴル語も、この頃にはウィグル文字、更には新たに制作されたパスパ文字で表記は可能になってはいたが、それらの文字を用いたのでは、今度は政府機関要員の大部分を占める漢民族が理解不可能になってしまう。そこで、蒙文直訳体《もうぶんちょくやくたい》と呼ばれる特殊な文体が生まれることになる。モンゴル語はいわゆる膠着語《こうちゃくご》で、語の順序は中国語のように主語―動詞―目的語ではなく、日本語同様主語―目的語―動詞であり、それぞれの間を助詞でつなぐ形を取る。蒙文直訳体とは、中国語の語彙をモンゴル語の順番にならべ、助詞の入るべき位置には意味的に近い中国語の単語を置く（たとえば日本語の「に」に当たる語があるべき位置には「根（跟）底」が置かれる）という形式である。この文体なら、中国語とモンゴル語に通じた者が単語をそのままモンゴル語に置き換えれば、モンゴル語による情報伝達が可能であり、モンゴル語を解さない漢民族でも、パターンにさえ慣れていれば容易に読解可能である。蒙文直訳体においても、単語は基本的に白話語彙が使用された。

こうして、元代においては、公文書のかなりの部分を白話及び白話語彙を用いた蒙文直訳体が占めることになった。これは、中国における書記言語に重大な影響を及ぼす事態であった。

公文書に白話が用いられるということは、公文書の作成者が知識人を主とする以上、知識人が白話で文章を綴ることを不可避に要求されたことを意味する。また、現在統治している政府の方針が権威を持つ以上、白話文も一定の権威を持つものとして認めざるをえない。最も権威ある文章である皇帝の聖旨《せいし》（詔勅《しょうちょく》）がモンゴル語と、その訳である白話文（多くは蒙文直訳体）からなる以上、白話文は否応なしに無視しえないものとならざるをえなくなったのである。白話文を書かねばならない、しかも解釈の余地がある曖昧な領域を残すことが許されない公文書を白話で書かねばならないとなれば、その書き手は、どのように白話語彙を用いて文章を書けば誤解の余地なく情報を伝達できるかを追究せねばならない。つまり、語彙の選択と文法の確立が求められることになる。こうして書記言語としての白話文がようやく生まれることになる。更に、公文書以外の方面にも白話の使用は広がっていく。白話による公文書を必要とした人々は、自分たちが支配し、居住している地域と文化を知るために、白話による教養書をも求めはじめるのである。

### 「全相平話」の刊行

東京の国立公文書館内閣文庫に、重要文化財に指定された「全相平話《ぜんしょうへいわ》」と総称される書物が所蔵されている。この書物こそ、印刷された俗語による小説としては世界最古というべき出版物である。

五篇からなるシリーズは、『武王伐紂《ぶおうばつちゅう》』、つまり中国史の出発点ともいうべき殷周《いんしゅう》革命に始まり、以下戦国を扱う『楽毅《がくき》図《と》斉《せい》（燕《えん》の武将楽毅《がくき》が斉《せい》を攻撃する）』、秦の天下統一を扱う『秦併六国《しんへいりっこく》』、前漢初期を扱う『前漢書続集《ぜんかんじよぞくしゅう》』、そして『三国志』と、三国時代に至るまでの中国史を叙述していくものである。現存するもののほかに、やはり戦国を扱う『孫龐闘智《そんほうとうち》（孫臏《そんぴん》と龐涓《ほうけん》が智を闘わす）』、項羽と劉邦の戦いを扱う『前漢書』がかつて存在したことは確実であり、最近になって、呉《ご》の英雄伍子胥《ごししょ》を主人公とする春秋時代を題材としたものも存在した可能性が高いことが明らかになった（上原究一「明刊本小説『新刻彙正十八国闘宝伝』の発見とその意義―伍子

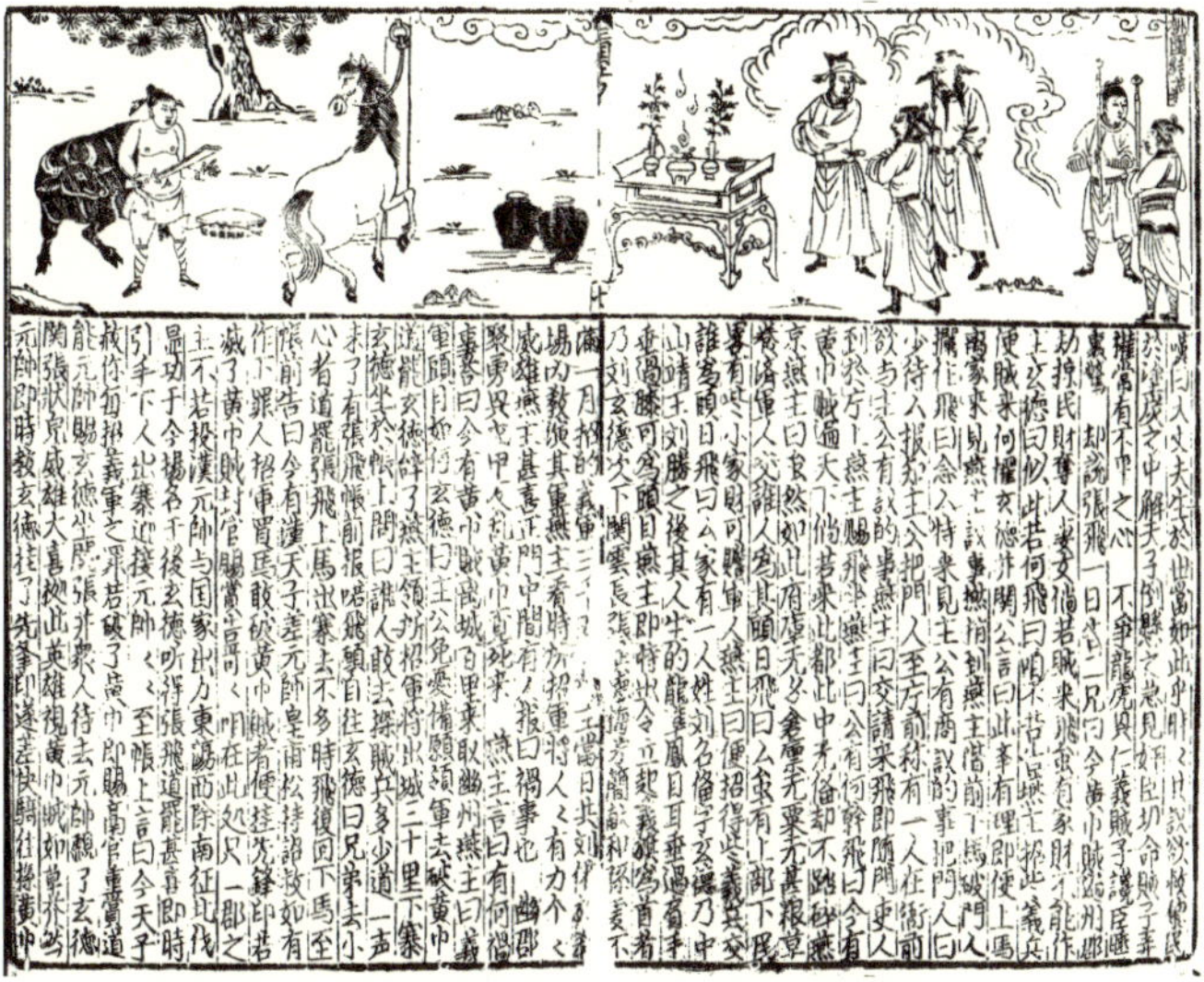

図１　「桃園結義」の場面（『全相平話三国志』国立公文書館蔵）

胥が主人公の「全相平話」が存在した可能性を視野に――」（『日本中国学会報』第七十五集〔二〇二三年十月〕）。後漢を題材とする「全相平話」の有無については議論があるが、ともあれ、三国末に至るまでの歴史をほぼ一通り叙述するシリーズだったことになる。

　興味深いのは、このシリーズの体裁である。現存する五篇はすべて上部の三分の一弱ほどが絵、その下が本文という形を取っている（「上図下文本《じょうずげぶんぽん》」と呼ばれる）【図1】。各篇の題名には、「全相平話三国志」といった形で、「全相平話」という語が冠されている。「相」は「像」と通用する文字であり、「全相」は「全ページ絵入り」を意味する。題名の最初にこの語があることは、全ページに絵が入っていることがこの本のセールスポイントであることを意味しよう。

ではもう一つのセールスポイントだったであろう「平話」は何なのか。「平話」という語は、明代に入ってからはかなりの用例があり、いずれも講談の類を意味するように思われる。すると、「全相平話」という題名は、内容が講談に基づくことを示すものということになる。実際、各篇の内容を見れば、到底史実に忠実な内容を持つとはいいがたいことは一目瞭然である。『武王伐紂』は、明代になって生まれる『封神演義《ほうしんえんぎ》』の原型に当たるもので、『楽毅図斉』とも、篇中では超能力者による妖術合戦が繰り広げられる。その他の三篇は、それに比べれば史実に近いといってもよいが、個々のエピソードになると、やはり史実からはかけ離れた内容を持つ。「平話」が二つ目のセールスポイントであるということは、このシリーズは全ページ絵入りで、講談を踏まえた面白おかしい内容を持つことを売り物にしていたことを意味しよう。

刊行主体については、五篇のうち『三国志』に「建安虞氏《けんあんぐ》」とあることから【図2】、今は福《ふっ》建《けん》省に含まれる建陽《けんよう》地区の建安において、虞氏が刊行したことがわかる。建陽は宋代以来最も重要な出版地として名高い。ただ、この地で刊行される書籍は質が低いことでも知られる。刊行物の質の低さは、その出版社が悪質であることを示すもののように見えるが、実は異なる側面をも持っている。ここで問われねばならないのは、なぜ建陽の出版社はあえて質の悪い出版物を刊行したのかという問題である。

### 高級知識人以外の人々のために書物が刊行される

なぜ刊行物の質が悪いのか。より具体的にいえば、なぜ刷りの状態がよくないのか、そしてなぜ紙の質が悪いのか。刷りの状態が悪いのは、福建では豊富なガジュマル（榕樹《ようじゅ》）という植物を版木に使用したためである。ガジュマルは木質が軟らかいため、容易に摩滅してしまう。従って、刷りを重ねると印刷の状態がどんどん悪化することは避けがたい。ではなぜ、通常用いられる木質の固い梨などではなく、ガジュマルを使用するのか。一つには周辺に多いため入手が容易であること、もう一つには木質が軟らかいため、彫ることが容易であり、高度な技術を必要としないためである。つまり、コストを下げるためにあえてガジュマルの版木を使用したことになる。紙質が悪いのも、安価な紙を使用した結果であることはいうまでもない。書物としての品質を落とし

図2 『全相平話三国志』（国立公文書館蔵）

てまでコストを下げようとすることは、やはり良心的なやり方とはいえないように見える。しかしここで、何を目的にコストを下げようとしたのかが問われねばならない。

もし価格を据え置いたまま、品質を落として利潤を増やそうとするのであれば、それは悪質な商法といわざるをえない。しかし建陽の出版社の場合、コストの低減は価格を下げることを主たる目的としていたようである。目的は安価な書籍を販売して、薄利多売で利益を上げることにあった。当時の書籍の価格を具体的に知ることはできないが、自分の著書が婺州《ぶ》（浙江省《せっこう》金華《きんか》）で無断で刊行されたことに怒った朱熹《しゅき》に対して、朱熹同様当時のベストセラー作家ともいうべき存在だった大学者呂祖謙《りよそけん》は、婺州で刊行する本は値段が高いから建陽刊本の売れ行きを妨げることはないと答えている（中砂明徳『中国近世の福建人　士大夫と出版人』〔名古屋大学出版会二〇一二〕「序説」三十二頁）。この事実は、建陽刊本の価格が安かったことを端的に示すものといえよう。朱熹は建陽に居住し、出版社と連繋しながら著書を次々と刊行した人物であった。朱熹が南宋においてベストセラー作家になり、朱子学が広がる背景には、建陽の出版社の存在があったのである。

建陽の出版社は安かろう悪かろうの書物を量産していた。これは、建陽の出版社のおかげで、貧しい人もある程度書物を買うことが可能になったことを意味する。建陽こそは世界の商業出版発祥の地であったといっても過言ではあるまい。「全相平話」はその地で刊行された。

このことと、「全相平話」であること、つまり全ページ絵入りで、史実とはかけ離れた芸能由来の物語が語られていることを考え合わせると、「全相平話」の性格が見えてくる。全ページに絵が入っていれば、字が読めない者、十分には読めない者でも楽しむことができる。芸能由来の物語が含まれていることは、歴史書の記述を無味乾燥と感じる者でも面白く読めるようにするための工夫であろう。つまり、今日でも大衆向けや子供向けの書物で多く用いられているものと同じ手法ということになる。そして、出版主体が建陽の出版社であることは、それが大衆向けの刊行物だったことを予想させるものである。

では「大衆」とは誰なのか。ここで想起すべきは、すでに述べた元代の状況である。元代には、モンゴル人・色目人や武将などが権力者として旧南宋領に進駐してきていた。モンゴル人・色目人は、異文化の人間である以上、当然ながら中国の歴史・文化に通じていない人が多かった。漢民族であっても、教養の高くない武将であれば、それほど深い知識を持っていない例が多かったであろう。しかし、特に士大夫的教養が重視されていた旧南宋領に居住し、統治行為を行う以上、その地の歴史文化に全く無知では不都合だったに違いない。特に文官や、元代特有の現象として胥吏の中にも多く含まれていたはずの地元知識人との交際に当たっては、中国史に対する一定の理解が必要だったはずである。しかし、歴史を学ぼうにも、文言で書かれた宋の司馬光による通史『資治通鑑《しじつがん》』の類をいきなり読むことは、中国的教養を持たない彼らには困難だったであろう。そこで要請されたのが、わかりやすい白話語彙を用いて書かれた歴史書であった。鄭鎮孫《ていちんそん》『直説通略』という白話を用いた中国通史がそうした目的で書かれたことについては、すでに詳しく論じられている（宮紀子『モンゴル時代の出版文化』〔名古屋大学出版会二〇〇六〕第二章「鄭鎮孫と『直説通略』」）。

「全相平話」も同じ方向性を持って刊行された可能性が高いであろう。ただし『直説通略』とは異なり、内容は史実とは大幅にかけ離れたものであり、到底これを読んでも正しい歴史的知識を身につけることができるとは考えられない。上図下文という形式から考えても、より地位や教養の低い層を対象に刊行されたものと思われる。具体的には、モンゴル人・色目人もさることながら、漢民族を含む武人が想定されよう。更に、胥吏から官に進むコースが一般的であったということは、従来科挙を受験していきなり官になっていた知識人が胥吏からスタートしなければならなくなった一方で、従来官になる望みがなかった地元採用の胥吏にも、能力さえあれば官にまで至るルートが開けたことを意味する。そして当時、胥吏に対しては「儒吏《じゅり》兼《けん》通《つう》」、つまり儒教的教養と事務処理能力を兼備することが求められていた。文書処理には熟達していても、古典的教養を十分には持たなかったであろう南宋まで胥吏をしていた人々は、昇進を目指して教養を身につけるため、やはりわかりやすい教養書を求めたであろう。

おそらく「全相平話」は、そうした下層識字層のための読みやすい教養書として刊行されたものと思われる。しかし、歴史を題材としながら、史実とは全くかけ離れた内容の書物が堂々と刊行されることとは、中国においては前代未聞の出来事といってよい。従来、知識人が知的に「読んで面白い」と感じる書物は多数刊行されていた。しかし、こうして生まれた非エリートにとっても「読んで面白い」書物は、本来の目的を離れて、「非エリートが楽しみのために書物を読む」という行為の出発点となったのではないか。

「全相平話」のうち、少なくとも『三国志』は人気があったらしく、『三分事略《さんぶんじりやく》』という非常に拙劣なコピーが刊行されている。これは、おそらく例の如く版木が摩滅してしまった後、更なる需要に応えるべく再版はしたものの、コストを掛けるのを嫌って雑な仕事をした結果であろう。このようなものが刊行されているという事実は、元代末期に『三国志』物語がかなり広く読まれていたことを物語っていよう。

ただ、「全相平話」の文章は非常に拙《つたな》く、時として何が書いてあるかよくわからないことすらある。これはここで利用された「平話」、つまり講談の種本には、その性格上ごく簡略な記述しかなかったことに由来するものであろう。しかし、売れ筋商品であることがわかると、利潤の追求を第一とする建陽の出版社たるもの、そのまま放置しておくはずはない。当然ながら、より水準の高い改良版を作ろうとするはずである。

## 何が『三国志演義』『水滸伝』原型を誕生させたのか

非エリート層に読書行為が拡大した結果、新たに生まれた読者に対応する書物が求められる。当初は、あまり教養のない読者が、楽しみながら教養を身につけるために制作されたそれらの書物は、やがて「楽しみのための読書」の対象へと変質していく。元代後半に建陽の出版社の刊行物を中心に始まった動きは、次章で述べる明代初期における知識人変質の動きと連動しながら拡大していくことになる。

「四大奇書」のうち、『三国志演義』と『水滸伝』が元末明初に成立したとされることは興味深い。実は両書がこの時期にできあがったという証拠は全くなく、それぞれの作者とされる羅《ら》貫中《かんちゆう》・施耐庵《したいあん》についてもよくわからない。羅貫中については、元末明初に確かに実在したこと、宋の建国者趙匡胤《ちようきよういん》を主人公とする雑劇「風雲会《ふううんかい》」の作者であることがわかっているが、施耐庵については何の情報もなく、本当に実在の人物なのかすら疑われる。しかも『三国志演義』『水滸伝』の刊本は明代中期、嘉靖《かせい》年間（一五二二～一五六六）以降のものしか現存しない以上、羅貫中・施耐庵がこの時期に両書を書いたのか、仮に書いたとしても、それがどのようなものであったかについて知る術《すべ》は皆無なのである。

しかし、中国における「楽しみのための読物」の代表ともいうべきこの二篇が、この時期の成立とされることには理由がある。元代において、支配階級が必ずしも高い中国的教養を持っていない人々であったために、そうした人々の需要に応えるべく、読んでわかりやすく面白い、文言読解能力に乏しい人でも読めるように白話を用いた書物が刊行された。刊行主体は廉価な書物を刊行することで知られる建陽の出版社であり、読者は支配階級だけではなく、その種の教養書があれば読みたいと感じていた下層識字層、具体的には軍人・胥吏、それにおそらくは商工業者や識字能力のある農民などにまで広がりえたであろう。特に軍人・胥吏は、業務上の必要もあって、重要な読者となった可能性が高い。

社会にもその素地は存在した。前に述べたように、南宋においては詩作が高級知識人以外にまで広まっていた。陳起《ちんき》という出版業者が「江湖小集《こうこしょうしゅう》」と総称される詩集のシリーズを刊行し、その作者には多くの士大夫以外の人々が含まれていたことや、元に入って月泉吟社《げっせんぎんしゃ》という結社が大規模な詩のコンクールを実施し、多くの応募があったことは、作詩が一般の識字層にまで及んでいたことを示している。また洪邁《こうまい》（一一二三～一二〇二）が始めた奇談集『夷堅志《いけんし》』に、南宋全域から投稿が殺到し、次々と続篇が出されて四二〇巻に及んだこと、出るたびに各地の出版社から海賊版が刊行されたことは、南宋における商業出版の拡大と、「読んで面白い本」への需要が南宋全土に広まっていた状況を示す。ただ、南宋は「雅」観念が非常に発達した社会であり、高級知識人以外の人々が目指すのは士大夫への同化であった。士大夫の表芸である詩作に従事することが流行したのはそれゆえであり、また『夷堅志』も白話ではなく、士大夫の言語である文言で書かれていたのである。

しかし、元代に支配階級が士大夫ではなくなると、その前提は崩れる。そうした新たな支配階級の言語として公文書に白話が使用されるようになり、新たな支配階級の読物として白話で書かれた「読んで面白い本」が刊行された時、それは詩文を書き、「読んで面白い本」を愛読する習慣を身につけつつあった旧南宋領の識字層にも、容易に広がりえたはずである。白話で書かれていることは、南宋時代に士大夫への同化を目指した人々よりはるかに広い範囲の人々にまで、それらの書物が受け入れられる結果をもたらしたであろう。

しかも元代には、知識人たちの間に白話で韻文を書くことも一般化しつつあった。

### 白話による韻文の確立

中国における韻文の代表は「詩」であろう（〝poetry〟の訳語としての一般名詞である詩ではなく、特定の文学形式を意味する語であることを示すため「　」で括《くく》る）。五言・七言による古詩・律詩・絶句という形式を取る「詩」は、おそらく元来歌唱されていた「うた」が、文字の形で読まれるものへと変化したものと考えられる。かわって歌唱するための韻文形式として用いられるようになったのが「詞」であった。歌唱される「うた」は耳で聞くものである以上、ある程度口頭語の語彙を用いることは避けられず、「詞」にも一定の白話語彙は認められるが、一部の例外を除いて、その使用量はそれほど多くはない。

　ところが金が北方を支配するようになると、「詞」にかわって、元来詞より俗な民間芸能で用いられていたであろう「曲」が作られ、唱《うた》われるようになる。「曲」には北方系の北曲と南方系の南曲があり、ここで用いられたのは「北曲」の方である。これはおそらく北方の言語に音韻変化が起きたため、南方系の音韻体系に基づく「詞」が北方では用いにくくなった結果かと推定されるが、ここでは深くふれない。

「曲」は「詞」の代用品として作られるようになったはずだが、元来芸能に由来するため、物語を語るのに適した性格を持ち、金においてすでに、名高い恋物語を題材とする壮大な語り物テキスト『董解元西廂記諸宮調《とうかいげんせいしょうきしょきゅうちょう》』が刊行されていた。元に入ると、一流の知識人により「詞」と似通った性格を持つ「曲」が数多く作られる一方で、多くの白話語彙を駆使し、ユーモアを持って多様な題材を扱う「曲」が出現し、更には「曲」を歌詞に用いる演劇形式である雑劇を知識人が制作するという、全く新しい事態が発生した。元代前期には元の首都である大都（今の北京）が「曲」や雑劇制作の中心地であったが、南宋滅亡後は、南宋の故都杭州へと中心が移行する。南方の杭州においても、用いられていたのは北曲であって、南曲ではなかった。南方系の音韻体系に基づく言語を話していたはずの杭州で、なぜ北曲が作られたのであろうか。

　ここで考えるべきなのは、「曲」はいったいどこで、誰が、何のために唱っていたのかという問題である。「詞」「曲」はともに遊里文学としての性格を持ち、妓楼《ぎろう》で妓女たちが唱うものであった。また、妓女をはじめとする楽戸たちは、当時官僚や高級軍人の宴席に侍《はべ》ることも義務づけられていた。当然ながら、元代にあっては、主たる「曲」の受け手は当時の官僚や高級軍人、つまり杭州においても、北方からやってきたモンゴル人・色目人を含む人々だったのである。それゆえ北方系のうたである北曲が求められる。このような場合、作り手は受け手の趣味に迎合することが当然求められる以上、そこに多くの白話語彙が含まれることになったのは必然であった。物語を語り演じていく雑劇においては、その題材の多くが庶民や軍人の生活であるからには、庶民生活をより微細に表現する能力を持つ白話によってその歌詞である「曲」が書かれるのはなおさら当然のことである。そもそも芸能に由来する「曲」は、元来それに適合する性格を持っていた。

ここに、さきに述べた科挙の廃止と、民の職能別分類という条件が更に重なる。元代の知識人は、もはや宋代や金代のようなエリート意識を持ち続けることは困難な状況に置かれていた。こうして「雅」と「俗」の観念が混乱していく中、その状況に適応する知識人が現れてくる。雑劇作家の伝を集めた鍾嗣成《しようしせい》の『録鬼簿《ろくきぼ》』に、一流の知識人だったと思われる雑劇作家の馬致《ばち》遠《えん》と李《り》時中《じちゆう》が、楽戸である紅字李二《こうじりじ》・花李郎《かりろう》と対等の立場で雑劇「黄粱夢《こうりようむ》」を合作したことを伝えているのは、その顕著な事例である。士大夫と楽戸が対等に近い地位で交流することを受け入れることができた一部の知識人は、芸能の演じ手たちと共同で雑劇を作り上げるに至った。元雑劇が、曲辞の美とすぐれた演劇性を兼ね備えたものとして、中国演劇の最高峰に位置づけられるのは、文学者と実演者が対等の立場で参画したからであろう。それが可能になった背景には、知識人が白話でものを書き始めるという状況があったに違いない。

こうして、元代には白話による創作と、楽しみのために書物を読むという動きが、武人や胥吏などの高級知識人以外の人々にも広がりつつあり、また知識人が白話を用いて曲を創作することも盛んになっていた。しかし一三六八年、元は中国を放棄してモンゴルに去る。かわって中国を支配した明においては、元の制度は大きく改められることになる。そこでは何が起きたのであろうか。

# 第二章　明代前期に起きたこと

## 最も平和な時代

元代末期、失政と災害によって反乱が頻発し、ついには中国南部は元朝政府の支配を離れるに至る。群雄割拠の末に勝ち残ったのは、朱元璋《しゅげんしょう》・陳友諒《ちんゆうりょう》・張士誠《ちょうしせい》の三大勢力であった。鄱陽《はよう》湖《こ》の決戦で陳友諒を倒した朱元璋は、更に蘇《そ》州の張士誠を滅ぼし、大都目指して軍を進める。もはや中国の維持は不可能と悟った元の順帝トゴンテムルは北方のモンゴルに逃れ、一三六八年、朱元璋は南京で皇帝に即位して国号を明と定めた【図3】。

以後、一六四四年の滅亡に至るまで明王朝の支配は継続する。特筆すべきは、このほとんど三百年の長きに渡り、初期の靖難《せいなん》の役と呼ばれる内乱（一三九九～一四〇二）と末期の混乱を除いて、大規模な戦争のない平和が続いたことである。無論、後に詳しく述べるモンゴルや倭《わ》寇《こう》の侵入、農民や非漢民族の反乱などは頻発したが、全土を揺るがすような戦乱には発展しなかった。つまり、明代は中国史上最も平和な時代だったことになる。

平和をもたらした要因の一つは、明の領域が狭義の中国にほぼ限定されていたことに求められよう。この点で明は元や清とは大きく性格を異にする。北方においてはほぼ長城以南、南方

図３　二つの朱元璋の肖像（「明太祖坐像」「歴代帝后半身像冊」台北国立故宮博物院蔵）

においても永楽帝《えいらくてい》がベトナム支配を図ったものの成功せず、西ではチベットもほぼ独立を保ち、東では朝鮮も明を宗主国と認めるものの、完全な独立国家であったといってよい。更に、海禁政策を取って自由貿易を禁じたことは、国内の安定に寄与した。つまり明帝国は、例外的に対外積極策を取った永楽帝の治世を除けば、ほとんど対外的野心を持たず、限られた領域に自足して、その範囲内の安定を守る体制を取っていたのである。こうした政策が国内に平和をもたらすことは、類似した政策を取った日本の江戸時代を見ても明らかであろう。

　では制度面はどうであろうか。明代になると、洪武六年（一三七三）から洪武十七年（一三八四）まで一時中断はされたものの、それ以降は科挙が大規模に実施され、高級官僚は原則として科挙合格者からなるようになる。一見すると、元の支配を経て、再び宋代に戻ったように見える。しかしそこには本質的な差異があった。この点について考える上で重要なのは、明の建国者朱元璋の個性である。

### 朱元璋の大殺戮

朱元璋《しゅげんしょう》（一三二八～一三九八）は濠州《ごう》（現在の安徽省《あんき》鳳陽《ほうよう》）の貧民の出身である。彼は幼い頃から家畜の世話をする牧童として働き、その後旱魃《かんばつ》と疫病で家族を失って乞食坊主になったという。つまり正真正銘最下層の出身であり、世界でも他に類を見ない成り上がり者といってよいであろう。その後反乱軍に身を投じ、恐るべき手腕を発揮してリーダーにまでのし上がった朱元璋は、ある段階から知識人を幕下に加え、彼らの助言を有効に活用して皇帝となるに至った。彼は一人の皇帝は一つの年号を使用することを原則とする一世一元の法を定めたため、年号を取って洪武帝《こうぶてい》と呼ばれる。廟号（先祖祭祀の際に用いられる称号）は太祖《たいそ》である。

明という時代が独特の庶民性を持つことを、創業の主が最底辺出身であることと結びつける見解は多く聞かれる。とはいえ、皇帝が庶民の家から出たからといって、その時代の文化が庶民性を帯びるとは限らないことはいうまでもない。しかし、政策面にそれが反映されるとなると、無関係ともいえなくなってくる。

朱元璋は、洪武九年（一三七六）、公文書作成に当たって、内容に変更があった場合、一々改めて公印を受け直さなくてもよいように、内容未記入のまま公印を押した書類を用意していたことが不正の温床になっているとして、いわゆる「空印の案」を発動する。この事件で処罰された人間の数は正確にはわからないが、かなり多くの官僚が処罰されたという。しかしこれは皮切りにすぎなかった。

洪武十三年（一三八〇）、朱元璋は左丞相《さじようしよう》として文官の最高位を占めていた胡惟庸《こいよう》が謀反を企んだとして逮捕・処刑し、多くの建国の功臣を含むおびただしい数の人々が連座して処刑された。処刑された者は三万人以上に及んだとされる。胡惟庸に専横の振る舞いがあったのは事実だが、彼の謀反計画は、日本と結んで朱元璋を倒すというものだったという。当時日本が南北朝の動乱のさなかにあって、国外出兵している余裕などあるはずもなかったことを思えば、これは荒唐無稽といわざるをえない。これを機会に朱元璋が行政を統轄する中書省《ちゆうしよしよう》と、軍事を統轄する大都督府《だいととくふ》を廃止して、政治・軍事の権力を皇帝一人に集中したことを考えれば、これは朱元璋が全権限を皇帝に集中することを狙って起こしたでっちあげの疑獄事件と見るべきであろう。とはいえ、その目的を達するだけのためなら、これほど多くの人間を連座させて処刑する必要はあるまい。しかも、更に事件は続くのである。

洪武十八年（一三八五）、戸部侍郎《こぶじろう》（財務次官に当たる）郭桓《かくかん》の汚職が摘発されたのを切っ掛けに、朱元璋は官僚の汚職の調査・摘発を命じ、その結果、中央省庁に当たる六部《りくぶ》の次官が全員処刑されたのを始めとして、中央・地方の官僚を中心に、処刑者は数万人に及んだという。更に不正蓄財の弁償を命じられたため破産する富豪が相次いだともいわれる。

洪武二十三年（一三九〇）には、胡惟庸の事件が蒸し返され、胡惟庸と近い関係にあった建国の元勲李善長《りぜんちょう》（一三一四〜一三九〇）とその一族が処刑され、多くの者が連座した。更に洪武二十六年（一三九三）、対モンゴル戦で大功を立てていた藍玉《らんぎょく》が謀反を図ったとして逮捕・処刑され、それに連座して処刑された者は一万五千人に及んだといわれる。この事件では建国の功臣の処刑が特に目立つ。それに引き続き、さしたる理由もなく建国の功臣が処刑される事件が相次いでいる。

この他にも朱元璋は臣下を数多く処刑している。平和な世の中になった段階で、彼はなぜこのような残虐な大殺戮を実行したのであろうか。

### 士大夫の入れ替え

これらの疑獄事件の目的が、朱元璋の子孫にとって脅威となりうる建国の功臣を抹殺すること、そして前述のように中書省・大都督府という行政・軍事の最高機関を廃止して、すべてを皇帝が統率する体制に改めることにあったことはよく知られている。しかしそれだけなら、これほど多くの人間を殺す必要はないであろう。この残忍な措置の目的はほかにもあったのである。処刑された人間の多くは官僚であり、士大夫であった。何万という士大夫を殺戮したこれらの事件によって、かなりの割合の士大夫が抹殺されたことになる。

貧民出身で、幼い頃地主である士大夫に虐待された経験を持つといわれる朱元璋の階級的復讐心をここに見るのは容易である。しかし、朱元璋ほどの政治家が、それだけの理由でこうした虐殺を実行したとは考えられない。この事実と、これらの疑獄事件が発生した時期の大部分が科挙の中断期間と重なっていることを考え合わせると、朱元璋が行おうとしたことの意味が見えてくる。

軍師役だった劉基《りゅうき》（一三一一〜一三七五）や前述の李善長などのすぐれた知識人の協力を得ることによって明を創業した朱元璋は、国家運営のため大量の文官を登用する必要に迫られて、多くの士大夫を集めた。しかしその結果彼が発見したのは、士大夫たちには文学の才はあっても、実務能力は低く、その一方でプライドばかりが高いという事実であった。そのことは、洪武六年に科挙を停止した際に彼が発した「合格者には若者が多く、書いたものを見れば役立つようだが、試しに用いてみると、学んだことを実地に行うことができる者は非常に少ない」という言葉に示されている。そして彼は、科挙を一旦停止するとともに、現在官僚の地位にある者をはじめとする士大夫たちを抹殺した上で、新たな科挙を行うことにした。これは、知識人による文官統治が不可欠であることを認識しながら、一方で士大夫たちを信頼できなかった朱元璋が、士大夫の入れ替えを図ったものとも理解できよう。

士大夫の性格を変えるにはどうすればよいのか。士大夫とは科挙官僚、及びその予備軍である以上、朱元璋が望むような人材が生まれる方向に科挙制度を改変するのが、一番簡単なやりかたということになる。

## 科挙制度の変革

そもそも洪武三年に実施された最初の科挙においても、唐・宋・金には重視されていた詩・賦《ふ》という文学作品制作の科目はすでに外されていた。これは元の科挙のやり方をほぼ引き継いだものであり、更にその淵源を探れば、北宋の改革者王安石に行き着く。実務能力を重視して、科挙から詩・賦の制作を排そうとした王安石の合理主義的発想は、モンゴル人支配の元に引き継がれ、明において定着したことになる。詩・賦の制作は、いうまでもなく文学的素養を必要とする。文学的素養は、「雅」な環境で育ち、多くの書物に目を通す機会に恵まれたものでなければ身につけがたい。つまり、詩・賦の排除は単なる実用主義だけではなく、士大夫以外の家庭の出身者に受験の道を開くものという側面をも持っていたのである。

科挙の解答・採点基準となる儒教の経典解釈も、朱子学を中心とすることに定められる。出題範囲となる儒教の経典についても、古来重視されてきた『易経』・『書経』・『詩経』・『礼記《らいき》』・

『春秋』の「五経」と並んで、朱子学において重視される『論語』及び『大学』・『中庸』（この二篇はともに『礼記』の一章）、それに『孟子』の「四書」が同等の地位に置かれているが、これも元の科挙を引き継いだものである。

更に洪武十七年の科挙再開にあたっては、「四書」が「五経」より上位に置かれ、「五経」のうち『詩経』『易経』については朱子学の解釈のみに従うことが明記された。それに加えて、以前にはあった「礼楽論《れいがく》」が廃止され、「判語」つまり判決文や詔勅《しょうちょく》・上奏文などが新たに課されている（王世貞《おうせいてい》『弇山堂別集《えんざんどう》』巻八十一「科試考一」）。朱子学の規範化と実務能力重視が一段と進展したことになる。

これにあわせて、科挙の答案に使用する文体も新しいものになる。対句を組み合わせて議論を展開する八股文《はっこぶん》という形式である。この文体が正確にはいつから用いられはじめたのかは明らかにしがたいが、洪武十八年（一三八五）の会試（最終試験である殿試の前段階の試験）で一番になった黄子澄《こうしちょう》の答案にはすでにその原型というべきものが認められ、永楽年間になって答案の分量が増やされて展開の余地が広がると、より本格的なものが登場するようになる。洪武年間の事例においてはまだ形式が完備していないのは、指定された答案の分量が少なすぎたためと推定される点からすると、答案にこの種の文体を使用させることは、科挙再開当初からの方針だった可能性が高かろう。

更に、永楽十三年（一四一五）には、永楽帝の命により編纂された『四書大全』『五経大全』『性理大全』が完成・頒布され、朱子学に基づくこの「永楽三大全」が科挙における基準とされた。ここに、朱子学が官学としての地位を確立することになる。

科挙において八股文で答案を書かねばならなくなったことについては、型にはまった無味乾燥な文体を強制して、形式主義的な思考方式を要求するものとして、また出題・解答は「三大全」に基づかねばならないとされたことについては、特定の思想のみを限定的に強制することにより自由な思想の発展を妨げるものとして、いずれも後世悪評が高い。しかし、この二つの措置は、一方では全く異なる側面をも持っていたのである。

八股文は対句により構成されるとはいえ、文学的センスは全く要求されず、詩を学ぶことは八股文を作るためにはマイナスになるとさえいわれて、科挙合格者の中には詩作を学んだことがない者すらいたという。つまり、八股文は「雅」な環境で育った者でなくても、すぐれた頭脳さえあれば作ることができるものだったのである。そして、科挙の答案はすべて「三大全」を踏まえるよう定められたことは、「三大全」さえ読んでいれば科挙受験が可能であることを意味した。つまり、受験勉強に万巻の書をそろえる必要がなくなったことになる。これは、科挙受験へのハードルを大きく引き下げるものであった。

宋代においても、名目上は、一部のいわれなき差別を受ける人々を除けば、男性でさえあれば誰でも科挙を受験することは可能であった。しかし実際には、科挙受験に堪えるだけの知識と文学的素養を身につけるには、それにふさわしい家庭環境が必要であった。結果的に、科挙合格者は上流の家の出身者にほとんど限られてしまい、貧しい者が科挙に合格して立身出世する事例は絶無ではないまでも、容易には望みがたい状況にあった。しかし明代になると、八股文の書き方を集中的に訓練し、「三大全」を徹底的に頭に入れた上で、政策論などの対策として必要な歴史的知識を身につけるために、『少微通鑑節要《しょうびつがんせつよう》』（宋の司馬光の手になる通史『資治通《しじつ》鑑《がん》』を朱熹が短縮・再編集した『資治通鑑綱目《こうもく》』を更に要約し、科挙答案作成の手本になる著名人の論評を加えたもの）などの受験参考書を読み込みさえすれば、科挙に合格できる可能性が生まれたのである。最低限の参考書をそろえ、受験に赴く経費を準備することができれば、豊かではない家の出身者でも受験は可能になる。そして合格しさえすれば、政府高官になることも夢ではない。

つまり、明代初期に取られた一連の科挙改革は、必然的に士大夫の変質という結果をもたらすものだったのである。朱元璋以下の明代前期の皇帝たちが、どこまで意識的にこうした措置を取ったのかを明らかにすることはできないが、士大夫の大虐殺とセットでこうした科挙改革が行われたことには、朱元璋の一定の意図を認めないわけにはいかない。

その結果、何《か》炳棣《へいてい》『科挙と近世中国社会─立身出世の階梯』（寺田隆信・千種真一訳　平凡社一九九三）が詳しいデータを示して論証したように、明代においては社会的上昇と下降が恐るべき勢いで加速することになる。下層からのし上がって高位につく者がいる一方、高級官僚の地位にあった者の家でも、子孫が科挙に合格できなければ没落していく事例も多い。つまり、階級の流動化が著しく進行したのである。これは必然的に士大夫、つまり知識人を変質させることになる。従来の士大夫層は、明確な線引きこそないものの、ある程度限定された階層に属するエリート集団内部でほとんど完結していた。それが開かれたものになり、より低い階層から出た人々、つまり一定の庶民感覚ともいうべきものを備えた新たな士大夫が創出されたのである。おそらくこれが朱元璋の狙いだったのではないか。

### 新しい士大夫

その結果、先立つ宋・金、また次の清の時代とも全く性質を異にする士大夫が出現することになった。

朱元璋には二十六人もの男子がいたが、後継者たるべき皇太子は父からの強い抑圧ゆえか、早死にしてしまい、朱元璋は長子相続の原則に基づきその子を皇太孫として、後継者と定めた。一方で、肉親以外を信頼できなかった朱元璋は、息子たちを王として各地に配置して、強力な軍事力を持たせた。しかしこの政策は完全に裏目に出る。朱元璋死後、即位した孫の建文帝《けんぶんてい》にとって一番の脅威は、各地で軍隊を握っている叔父たちだったのである。建文帝は王たちの取り潰しに着手するが、対モンゴル最前線であるかつての元の大都、北平《ほくへい》で燕王《えんおう》の位にあった朱元璋第四子の朱棣《しゅてい》（一三六〇～一四二四）が一三九九年、先手を打って挙兵し、靖難の役と呼ばれる内戦が繰り広げられることになる。幸田露伴の代表作『運命』はこの戦役を題材としている。

三年にわたる戦いの末、燕王は南京を攻略、建文帝は行方不明になる。成祖永楽帝の誕生である【図4】。この時、方孝孺《ほうこうじゅ》（一三五七～一四〇二）以下、三千人に及ぶ人々が永楽帝に屈服することを拒否して、あるいは処刑され、あるいは自害したという。このような激越な節義の示し方は、これ以前の唐・宋の滅亡においては認められなかったものである。

図4　永楽帝（「歴代帝后半身像冊」台北国立故宮博物院蔵）

永楽帝と彼に仕えた人々も、宋代までの君臣とはよほど性格を異にしていた。永楽帝は武勇にすぐれ、自ら軍を率いて五度にわたりモンゴル遠征を行うなど、これ以前の王朝においては創業の主以外は行わなかったような、いわば皇帝にあるまじき行動を取った。

彼に仕えた臣下のうち、解縉《かいしん》（一三六九〜一四一五）は十九歳にして朱元璋から才能を認められた秀才であったが、その際「わしとおまえは父子同然、わかっていることは何でも言うがよい」と言われて、いきなり歯に衣着せぬ直言をするような人物であった。大臣たちにうとまれて、十年後にまた出仕せよと朱元璋に言われて帰郷した解縉は、永楽帝の即位後、腹心として大いに活躍するが、やはり直言が過ぎて嫌われ、永楽帝の後継問題に巻き込まれた末に、酒に酔わされて雪の中で凍死させられるという最期を遂げることになる。

また、永楽帝に深く信任された夏原吉《かげんきつ》（一三六六〜一四三〇）は、モンゴル遠征を繰り返す永楽帝を強く諫《いさ》めて怒りを買い、危うく殺されかけて、投獄されるに至る。永楽帝は遠征の途上病に倒れ、死に際に夏原吉の言葉を思い出して、「原吉はわしを大切に思ってくれていたのだな」と言い残した。獄中で赦免を知らされた夏原吉は、永楽帝の死に際の言葉を聞いて、倒れ臥《ふ》して慟哭《どうこく》し、立ち上がることができなかったという。

これらのエピソードから浮かび上がる人物像は、皇帝にせよ、臣下たちにせよ、宋代のそれとは大きく異なる。その第一の特徴は、抑制を知らぬ激越な感情表現である。宋代の士大夫たちは、感情に支配されず、常に冷静さを保つ余裕のある態度を目指し、それが彼らのエリートらしい振る舞いの背景となっていた。一方、明代の士大夫の中には激越な感情をむき出しにする事例が多く見出される。これは「雅」なるエリートの態度というより、「俗」な一般大衆の態度に近いものといえよう。朱元璋は、解縉に対する言葉に示されているように、気取りのない率直な士大夫を求めていたのであろう。その目的はある程度達成されたように思われる。

皇帝についても同じことがいえる。宋代の皇帝は、程度の差こそあれ、激しい感情をむき出しにすることはあまりなかった。一方明の皇帝は、朱元璋であれ、永楽帝であれ、歯止めなく感情を暴発させる。この傾向は後の皇帝たちにも引き継がれ、明の皇帝たちの伝記は、ドストエフスキー的ともいうべき情熱に憑かれた奇人列伝の様相すら呈することになる。

抑制を知らぬことの悪い側面が出れば、歯止めのない欲望の追求が生じることになる。これから見ていくように、明代の皇帝の何人かはその好例であるが、同様のことは士大夫にもいえる。明代士大夫に認められる身も蓋もない欲望追求、目的のためなら手段を選ばない性格は、新たな士大夫の悪しき側面といえよう。「雅」なる宋代士大夫なら恥じてしないような行動を、明代の士大夫は取ってしまうことがある。

こうして明代は、抑制のきいた宋代とは異なる、激情の時代になっていく。

### 新たな体制のもたらしたもの

宋代のように、知識人がある程度固定した階層にとどまり、同じ価値観を共有していれば、「雅」観念は揺るぎないものになり、非知識人もそれを高い価値のあるものとして仰ぎ、少しでもそこに近づこうとする。しかし、元代にそうした価値観が一度シャッフルされた後、明代に新たな士大夫層が創出された結果、価値観に揺らぎが生じはじめる。無論、明代の知識人たちも宋代までの書物を古典として受け継ぐ以上、強くその影響を受けてはいた。しかし彼らの中には、自身の出身階級の意識に照らしてそれに疑問を感じ、ついには異議申し立てをする人々が現れてくることになる。

知識人のアイデンティティに揺らぎが生じる原因はもう一つある。前述したように明代は前例を見ない、というより、続く清代にはこうした流動化の動きが沈静化することを考えれば、少なくとも近代以前にあっては空前絶後というべき競争社会であった。科挙に合格しさえすれば、誰でも高い地位につくことが期待できる。そして高い地位につけば、様々な便宜を図ることにより利益誘導も可能になる。それゆえ商人たちは、身内の中で最も優秀な子供を集中的に勉強させて官界に送り込み、一族の利益をはかるようになる。当然ながらそうした過程を経て官僚になった人物は、地縁・血縁でがんじがらめになって、身内の便宜を図らないわけにはいかなくなる。こうした風潮は社会全体に及び、後に『金瓶梅』という恐るべきリアリズム小説で赤裸々に描かれるような弱肉強食の事態が蔓延する。

こうした状況下で儒教の徳目を本心から信じることは可能であろうか。孔子の言葉を信じようとしても、眼前で起きている事実がそれを裏切り、正義を貫こうとする者は破滅して、狡猾な者が勝ち上がる現実といやでも向き合わざるをえない。明代の士大夫たちは、自身は人格的に優越した存在であるという、宋代の士大夫たちなら堅固に持っていたエリート意識も、孔子の言葉への確固たる信頼も、良心的な者であるほどもはや持つことができなくなる。士大夫たるものの存在理由ともいうべき儒教倫理に疑いが生じれば、彼らのアイデンティティは揺らがざるをえない。

ここで彼らがすべて画一化された「三大全」を学んできたことを想起すべきであろう。宋代の士大夫は、従来の様々な思想を踏まえつつ、理学、あるいは朱子学と呼ばれる新たな儒教を確信を持って構築することができた。一方、それを所与のものとして受け入れねばならない状況に置かれた明代の知識人たちは、当然の前提として信じていた朱子学の教義を裏切る現実に直面した時、倫理を無視するニヒリズムに陥るか、あるいは全く新しい思想体系を生み出して自らを救済することを求められる。ここから陽明学という全く新しい思想が生まれることになる。「三大全」を強制したことは、皮肉にも危険思想ともいうべき全く新しい思想を生み出す結果をもたらしたのである。

文学などの文化を担うのは、どうしても文字を操る知識人にならざるをえない。その知識人が、強烈なエリート意識に基づく「雅」観念を堅持していた宋・金までは、「俗」と規定された非エリート文化が文字の世界に浮上するチャンスは少なかった。しかし、元代における雅俗のシャッフルを経て、一見宋代に回帰するように見えながら、実際には元の遺産を引き継いだ明代において、社会の流動化とともに非エリートの環境から士大夫に参入する人々が出現する。更に科挙の大衆化は、必然的に書物を読む人間を増加させる。

ただ、科挙の大衆化だけで読書が非エリート層にまで拡大するはずもない。そこには、やはり元の遺産というべき別の状況が存在した。

### 元の読書状況を承けて

前章で見てきたように、元代には公文書が白話で書かれ、知識人が白話を用いた曲を書くことが一般化し、また非エリートが「全相平話《ぜんしょうへいわ》」のような「読んで面白い本」を読むことが一般化しつつあった。そうした中で明が成立し、本格的な科挙が再開され、公文書は原則として文言に戻るが、しかし人々の間に根付いた読書習慣はもはや変化しない。しかも、科挙官僚を中核とする士大夫が再び支配階級を形成するとはいえ、その性格が宋・金とは一変していたことはすでに述べたとおりである。むしろ、朱元璋が新たな士大夫を創出しようとしたことは、こうした社会の状況を前提とするものだったのではなかろうか。

そうした意味で、元末の高級知識人高明《こうめい》の手になる戯曲『琵琶記《びわき》』について、富貴の家に欠かせぬものだと朱元璋が讃えたという記事（徐渭《じょい》『南詞叙録《なんしじょろく》』など）は、事実かどうかはとももかく、ある意味象徴的といってよいであろう。朱元璋の息子だった寧献王朱権が自身も雑劇作家であり、最初の曲譜（曲を作る時の音律や韻の踏み方を明示したもの）にして曲論の古典である『太和正音譜《たいわせいいんふ》』を著したこと、朱元璋の孫に当たる周憲王朱有燉《しゆゆうとん》が、明代最大の雑劇作家として多くのすぐれた作品を書き、自ら出版していることは、朱元璋とその一族が白話を用いた文学形式である戯曲、特に雑劇を愛好し、自らその制作に従事するほどまでに重んじていたことを示すものである。

こうして、「読んで面白い本」を待望する非エリートの読者が誕生し、また皇帝の一族を含むエリートの中にもそうした書物を受け入れる人々が生まれつつあった。『三国志演義』『水滸伝』が生まれうる背景は整いつつあったのである。

『三国志演義』については、その成立の背景をある程度推定することは不可能ではない。前述の通り、「全相平話」のうち『三国志平話』は特に人気を博したらしく、その本文の拙劣さを考えれば、読者の需要に応えるために改良版を作るべき段階にあった。羅貫中《らかんちゆう》はおそらく元末に杭州で活動していた無位無官の知識人であり、雑劇作家としてすぐれた白話運用能力を持っていた彼が、建陽《けんよう》の出版社の依頼を受けて、改めて歴史書を取り込んだ改良版の制作に従事するというのは、状況的に十分考えられることである。一方、『水滸伝』については、その成立事情をうかがわせるものは何もないが、南宋において梁山泊に拠る「宋江三十六」と呼ばれる盗賊集団の物語は芸能で語られていたようであり、「読んで面白い本」の需要に応えるべく、それをまとめる動きが生じていたのではないかと推定される程度である。

しかしこうした動きは、明代前期に大きく展開することはできなかった。当時の経済状況がそれを許さなかったのである。

## 明代前期の出版状況

明代前期、中国社会は極端な不景気に見舞われた。主たる要因は通貨不足である。

元代には、中国はモンゴル帝国支配下で誕生した銀を基本通貨とするユーラシアレベルの国際経済システムに組み込まれることになった。その結果として、中国が保有していた銀は国外に大量に流出する。銀の不足が明らかになると、残った銀も所有者が大切にしてしまい込んでしまって、銀の流通量は極端に減少するに至った。元来農本主義的な考えを抱いていた朱元璋は、この状況への対応を兼ねて、租税を現物化するとともに、これ以上の銀の流出を防ぐために海禁、つまり鎖国を実施し、朝貢貿易以外の貿易は事実上禁止する。こうした動きの結果、明初においては貨幣経済が退潮して、現物経済が主流を占めるに至る。

この状況が、貨幣による売買を前提とする商業出版に深刻な打撃を与えたことはいうまでもない。現存する明代前期の刊行物が少ないのはそのあらわれといえよう。南宋から元にかけて、中国南部では杭州・金華や四川《しせん》などで商業出版が盛んに行われていたが、明代前期において活発な出版活動を行っていたのはほとんど建陽のみであったという（井上進『中国出版文化史』〔名古屋大学出版会二〇〇二〕第十二章「出版の冬」）。こうした状況下にあっては、常識的に考えれば、「読んで面白い本」の刊行など望みがたかったように思える。

## 「読んで面白い本」とは？

しかし、実際には「読んで面白い本」は刊行され続けていた。詳しくは拙著『中国文学の歴史　元明清の白話文学』（東方書店二〇二四）第二部第二章を参照されたいが、その実例としてまずあげるべきは、宣徳十年（一四三五）南京で刊行された雑劇『嬌紅記《きょうこうき》』である。この書物は、戯曲とはいいながら、実演では到底ありえない説明的なセリフや詩詞の引用を多く含み、毎ページ見開きの右側はすべて挿画からなっている。つまり、演劇の脚本としてではなく、絵を見ながら物語を追うことを楽しむための刊行物であることは明らかである。内容的には、若い知識人と令嬢のロマンティックな恋物語であり、ヒロインの活躍が目立つ点から考えても、女性に好まれる要素を持っている点が注目される【図5】。

『嬌紅記』以外には、明代前半に刊行された「読んで面白い本」の刊行物は知られていなかった。ところが一九六七年になって、上海郊外の嘉定《かてい》県にある墳墓から、多数の成化年間

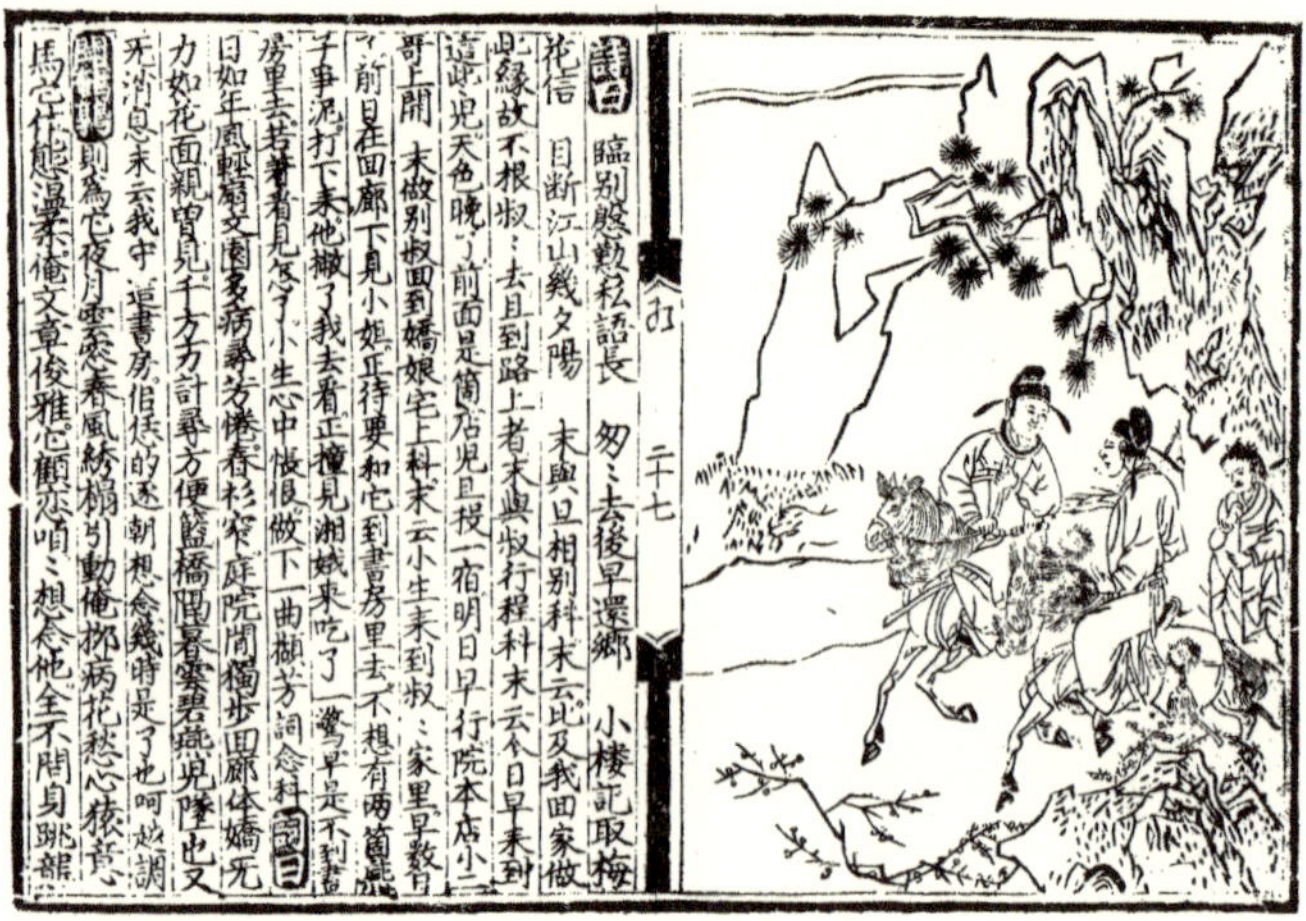

図5 『嬌紅記』

（一四六五〜一四八七）に北京で刊行された語り物テキストが発見されて、空白を埋めることになった。『成化《せいか》説唱詞話《せつしょうしわ》』と総称される十二篇からなるこのテキストは、一篇の戯曲を除いて、すべて「詞話《しわ》」と呼ばれる七言句韻文による語り物である。その内容は、実在こそしないが、芸能の世界ではよく知られた存在であったらしい『三国志』の関羽《かんう》の息子花関索《かかんさく》の破天荒な活躍を描いた『花関索伝』シリーズと、実在の北宋の名奉行包拯《ほうじょう》の物語群を中心とする。『花関索伝』のみ上図下文形式、その他は随所に一ページ分の挿画を挟み込む形式を取っており、前者は建陽、後者は江南の刊行物を北京の出版社が覆刻した可能性が高いであろう【図6・7】。

　注目されるのは、挿画が多いこと、包拯が絶対的な民衆の味方として権力者を容赦なく断罪

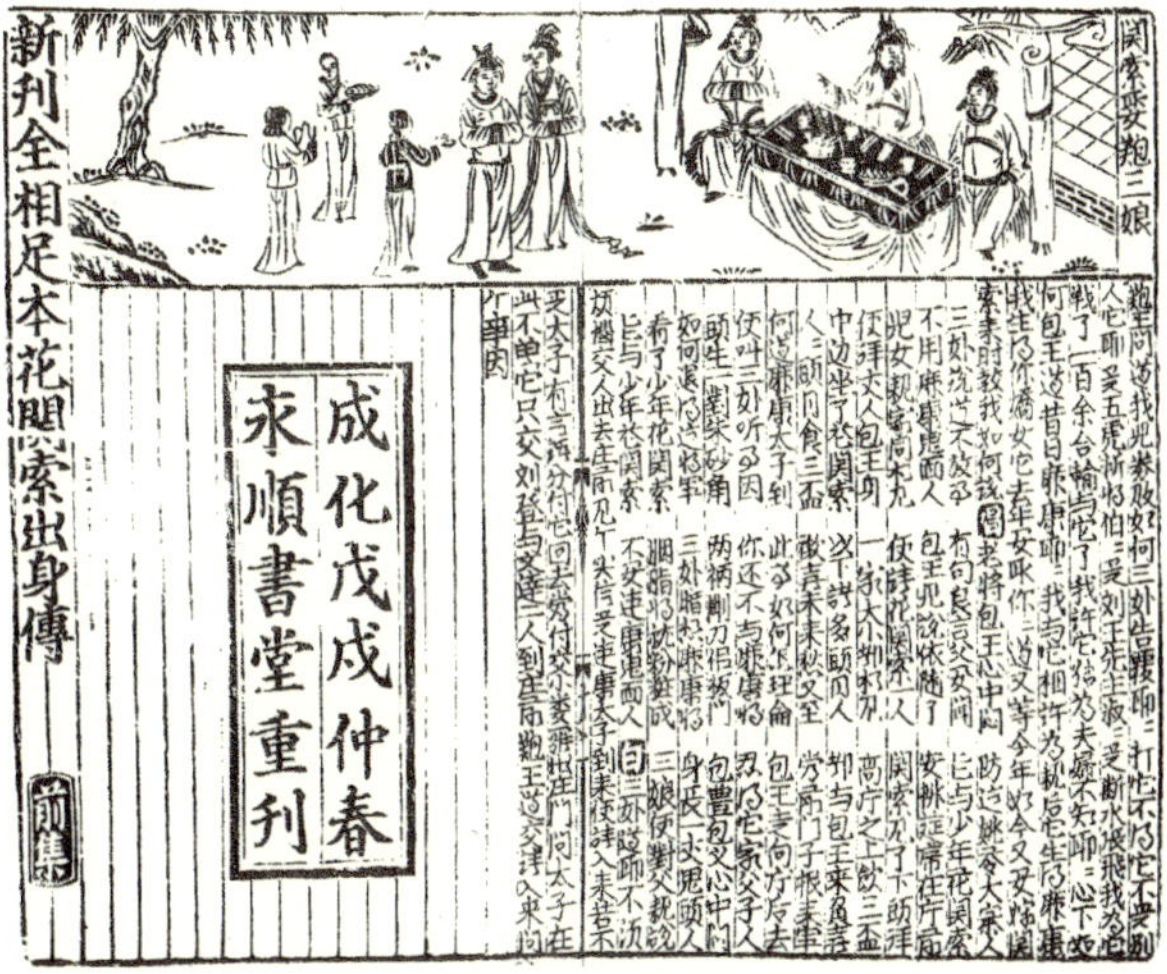


図 6　『花関索出身伝』（『成化説唱詞話』の一つ）

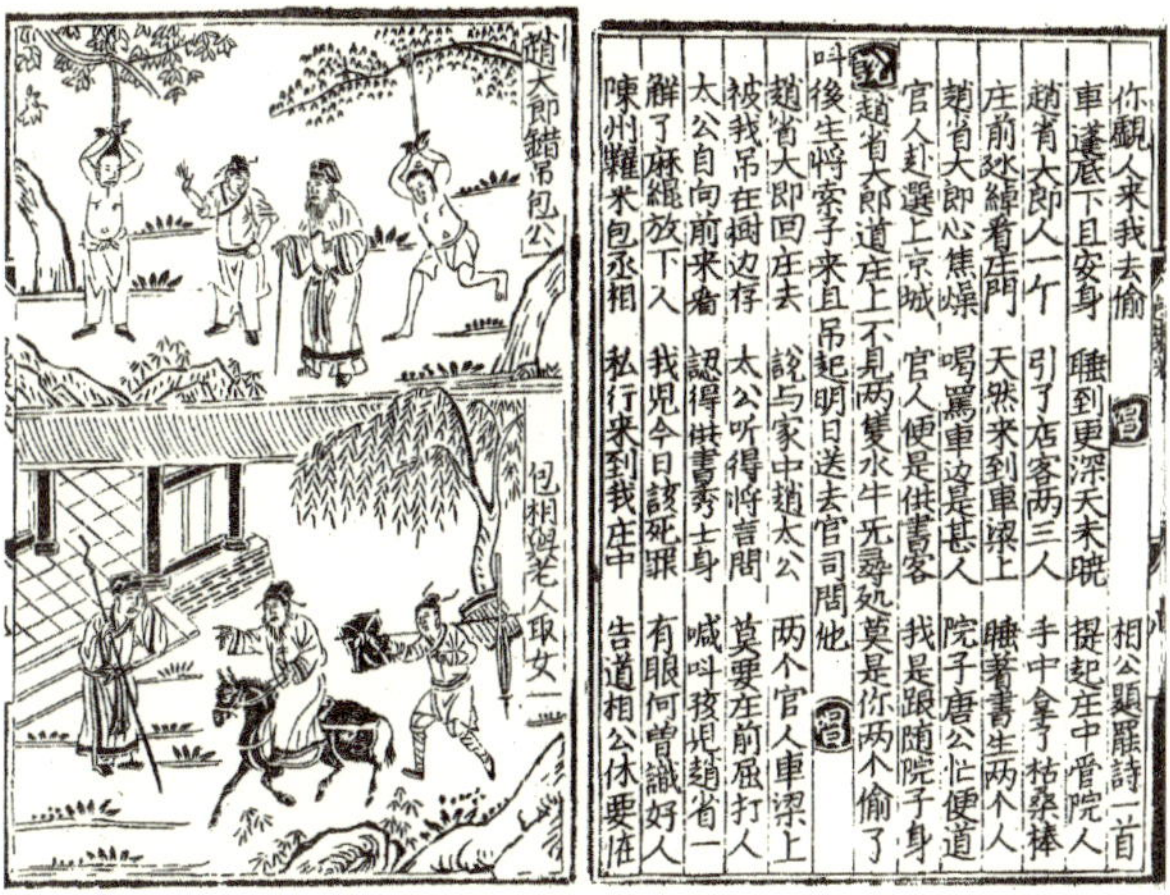


図 7　『包待制出身伝』（『成化説唱詞話』の一つ）

することに示されているように、全体的に反権力的志向が認められること、そして『花関索伝』において花関索の妻となる鮑三娘《ほうさんじょう》や、包拯の物語において権力者に迫害されながらも必死に抵抗する妻たちに見られるように、女性の活躍が目立つことである。

では、どのような人々がこうした本を読んでいたのであろうか。

## 「読んで面白い本」を求める読者たち

堅物の学者にして高級官僚だった葉盛《ようせい》（一四二〇～一四七四）が、その著書『水東日記《すいとうにっき》』巻十二で述べている次の記事は、これらの書物が刊行された背景を物語るものであろう。

いま物語を伝えて金もうけを狙う出版社の連中は、小説雑書（ここではつまらない本ということであろう）をでっち上げている。南の人間が好んで語る「漢小王光武《かんしょうおうこうぶ》」「蔡伯喈邕《さいはくかいよう》」「楊六使文広《ようりくしぶんこう》」、北の人間が好んで語る「継母大賢《けいぼたいけん》」といった類がとても沢山ある。農民・職人・商人・行商人らは、写し取り画を描き、どの家もどの人も所有しているというありさまである。愚かな女どもは特にこれを好むから、物好きな人が「女通鑑」というのももっともだ。

「漢小王光武」は後漢の光武《こうぶ》帝《てい》劉秀《りゅうしゅう》の物語だが、史実とは全く異なり、前漢の平帝の皇子劉秀が、簒奪者王莽《おうもう》の魔手を逃れるため、烏の導きなどで各地を逃亡するという内容だったものと思われる。「蔡伯喈邕」は後漢末期の大学者蔡邕《さいよう》を主人公とするが、これも史実とは無関係で、蔡邕が科挙（後漢に科挙はなかったが）を受験して首席合格し、丞相の娘婿に納まっている間に、故郷では飢饉で両親が餓死し、何とか生き残って訪ねてきた妻を邪険にしたため、天の怒りで雷に打たれて死ぬという物語で、前にふれた戯曲『琵琶記』は、これをハッピーエンドに改作したものである。「楊六使文広」は北宋の武門楊《よう》氏一族が報われない忠義を尽くし続けることを描く有名な楊家将《ようかしょう》物語で、これもまた実在の人物を主役としながら、史実とはかけ離れた物語である。「継母大賢」と呼ばれる物語は多いが、いずれも夫の没後に継母が先妻の子供を教育し、科挙に合格させる物語である。

　歴史上の実在の人物を主人公としながら、実際には史実と全くかけ離れた物語という点では、これらの物語は「全相平話」の子孫ともいうべきものであった。つまり「全相平話」は、より史実に近い『三国志演義』と、史実を無視する芸能の内容を反映した大衆向けの書物に分化していったことになる。そしてこの特徴は、『成化説唱詞話』とも共通するものである。これらの書物は、読んでも特に教養がつくわけでも、実際の役に立つわけでもない。面白さを楽しむ以外にこれらの本を読む目的は見出しえないであろう。

では、どんな人たちが読んでいたのか。ここで読者として行商人（原文「販」）があげられていることに注意されたい。明建国から百年近くを経たこの時期、全くの庶民というべき人々の間にも読書は広がっていたのである。

更に、読者として女性があげられていることも注意される。当時、女性は字を読めない方がよいという風潮があり、知識人の家庭であっても女性は識字能力を持たないのが一般的であった。明代後期における高級武官の生活を赤裸々に描いた『金瓶梅』において、主人公西門慶《せいもんけい》の六人の妻妾のうち、字が読めるのは潘金蓮《はんきんれん》ただ一人、そしてその潘金蓮が一番の悪女とされているのは、そうした風潮の反映であろう。このような状況下にありながら、女性がこれらの書物の愛読者とされていることは注目に値する。そして、『嬌紅記』『成化説唱詞話』のいずれも女性の活躍が目立ち、挿画が多いことは、これらの書物の読者として女性が想定されていたことを示唆するものである。文字を読めない人が書物を受容する際に、挿画が重要な意味を持つことはいうまでもない。葉盛が「画を描き」といっていることは、ここで批判されている庶民向けの読物にも、重要な要素として挿画が存在したことを示すものである。

明代前期、出版は低調になったが、元代に一度「楽しみのための読書」を知った人々は、もはやそこから離れることはできなくなっていた。出版量が少なく、価格も高かったであろう当時、彼らは自分で本文を写し、絵を模写してまで読物を手に入れようとしていた。そうまでして「楽しみのための読書」を追い求める人々が、名もなき大衆の中に生まれつつあったことをこの記事は示している。

こうして「楽しみのための読書」が広まったことは、識字層の拡大のあらわれであるとともに、知的好奇心が知識人以外の人々の間にも生まれつつあったことを示すものでもある。しかしこうした読物は、内容的にも文体的にも、まだ「四大奇書」には比すべくもないレベルにあった。また、『三国志演義』の原型がすでに生まれていたとしても、明代前期に刊行されたその実物が一つも残っていないことは、出版不況のため刊行量が少なかったことを示していよう。つまり、明代前期には、「楽しみのための読書」が不特定多数の読者へと広がる条件は潜在的に広がりつつあったが、まだ本格化するには至ることのできない段階にあった。

新たな展開は明代中期、正徳《せいとく》年間（一五〇六～一五二一）頃に現れ、続く嘉靖年間（一五二二～一五六六）に至って一気に展開することになる。

# 第三章　寧王朱宸濠の反乱――戦争マニア武宗正徳帝と王陽明

## 奇妙な皇帝たち

武宗正徳帝《ぶそうせいとくてい》治世の末期、正徳十四年（一五一九）に起きた寧王朱宸濠《ねいおうしゅしんごう》の反乱は、新たな展開をもたらす立役者たちを巻き込んだ象徴的な事件であった。

この事件について語る前に、そこに至るまでの展開を、それぞれに不思議な素顔を持つ皇帝たちの個性を見ながら追っておこう。

永楽帝《えいらくてい》は自ら大軍を率いてモンゴル遠征を繰り返し、ベトナムをも支配下に置こうとして軍を派遣し、更には宦官鄭和《かんがんていわ》の率いる大艦隊を遠くペルシア湾にまで派遣するなど、積極的な対外政策を採った。しかし、その永楽帝の没後、わずか一年の仁宗洪熙帝《じんそうこうきてい》の治世を経て即位した宣宗宣徳帝《せんそうせんとくてい》（在位一四二五～一四三五）は内政重視に転じ、以後明が対外積極策を採ることはなくなる。これは、結果的には明帝国を安定させ、平和をもたらすことになる。

永楽帝は自ら軍の指揮を執る人物であり、宣徳帝も騎射にすぐれ、叔父の漢王朱高煦《しゅこうく》の反乱を自ら討つなど、この頃までの皇帝たちは活発に活動し、臣民の前にも普通に姿を現していた。しかし続く英宗《えいそう》以降、様子が変わってくる。

宣徳帝が三十六歳（以下年齢の記載は満年齢による）で没した後に即位した英宗（年号は正《せい》統《とう》・天順《てんじゅん》と二つあるため、廟号の英宗で呼ぶ）はわずか七歳であった。幼少の身の皇帝は、日本でいえば大奥に当たる内廷から姿を現すことはほとんどなくなり、政治上の案件は、大臣たちが政務をとる場である外朝から、宦官を介して内廷に運ばれて裁決を得る形を取る。当然ながら、宣徳帝の時までのように皇帝が自ら表に出て政治を切り回すことも不可能になり、永楽帝の時から皇帝の秘書官として置かれていた内閣大学士が、事実上の宰相へと変化していくことになる。とはいえ、制度上は依然としてすべての権力は皇帝に集中したままであった。

そうした中で権力を握ったのが、英宗の家庭教師だった宦官王振《おうしん》である。物心ついた時から自分を教育してきた王振の精神的支配を脱することができなかった英宗は、正統十四年（一四四九）、王振に言われるまま、永楽帝・宣徳帝にならって、侵入してきたオイラト（モンゴルの部族）の首長エセンの親征に赴く。しかし幼少の皇帝と宦官の指揮下にある軍がエセンに対抗できるはずもなく、土木堡《どぼくほ》という地で大敗北を喫する中、王振は責任を問う武官に殺され、英宗はエセンの捕虜になってしまう。これが「土木の変」として知られる事件である。

この危機に当たって、兵部尚書《へいぶしょうしょ》（軍事大臣）となった于謙《うけん》（一三九八〜一四五七）らは英宗の弟景泰帝《けいたいてい》を擁立してエセンを撃退した。この間、エセンが英宗を伴って大同に現れ、城門を開けるよう求めた時、守将の郭登《かくとう》が、皇帝の一身より国家の方が重いとして、開門を拒否したことを記憶されたい。英宗を持て余したエセンは、結局英宗を送り返すが、今更帰ってこられても困る景泰帝は英宗を幽閉した。しかし、景泰帝や于謙に反感を持つ者たちが、景泰帝の病気に乗じてクーデターを起こし、英宗は復位して、于謙らは処刑、景泰帝も間もなく没する。

その後、英宗の跡を嗣いだ憲宗成化帝《けんそうせいかてい》には吃音の障碍《しょうがい》があったため、いよいよ臣下との接触は稀になった。成化帝は、幼少の頃から養育に当たってきた十九歳年長の万貴妃《ばんきひ》（「貴妃」は皇帝の妃《きさき》の称号の一つ。皇后に次ぐ地位にある）に支配され、死ぬまでその支配を脱することができなかった。即位とともに皇后とされた呉氏《ごし》は、万貴妃に対する態度が悪かったため廃位され、かわって万貴妃にへりくだった王氏《おうし》が皇后となったが、これも名目のみで、実質的には万貴妃が寵愛《ちょうあい》を独占していた。万貴妃は非常に嫉妬深く、他の妃や宮女が身ごもった成化帝の子は、みな闇に葬られていたが、後の弘治帝《こうちてい》だけは廃后呉氏に守られて生きながらえたという。万貴妃が亡くなると、成化帝は「貴妃が行ってしまった以上、わしも行かねばならぬ」と言って、間もなく亡くなった。

際限のない権力を手にしていたはずの皇帝が、なぜ終生宦官や妃の支配を脱することができなくなってしまったのであろうか。

朱元璋が中書省《ちゅうしょしょう》と大都督府《だいとくふ》を廃止した結果、明の皇帝は空前絶後の権力を手中にすることになった。ところが、幼児の英宗が即位することになり、おそらく朱元璋が想定していなかったであろう、無能力者が皇帝になるという事態が発生する。幼児である皇帝は内廷から出ることはなく、皇帝の意思の取り次ぎ役である宦官が権力を握ることになる。宣徳帝までの皇帝は、自身で軍事行動を指揮する有能かつ行動的な人物だったが、内廷育ちの英宗が王振に言われるまま、永楽帝・宣徳帝にならって親征に赴いて取り返しのつかない事態を招いて以来、皇帝が内廷から出ること自体ほとんどなくなる。

内廷に生まれ、女性と宦官のみに囲まれて育った皇帝は、容易に周辺の人間の強い影響を受けるようになる。英宗が王振に、成化帝が万貴妃に支配されたのはその結果であろう。そして彼らは、自身を支配する人間の抑圧から逃れようとはせず、その絶大な権力を、自身を支配する人間に対する愛着を示すために用いる。英宗は復位後も、自らを破滅に導いた王振に対する尊崇を変えることなく、土木の変で死んだ王振を祭る儀礼を行い、成化帝は万貴妃の後を追うように死んだ。これらは朱元璋の子孫に共通する歪んだ情熱の発露であろう。

成化帝の後を嗣いだ孝宗《こうそう》弘治帝は、万貴妃の手を逃れるため内廷以外で育ったためか、明王朝では数少ない名君といわれたが、残念ながらその寿命は長くはなかった。在位十八年の後、弘治帝が三十五歳で世を去ると、長子が武宗正徳帝として即位する。この人物こそ、異様な情熱で知られる明の皇帝たちの中でも、最も尋常ならざる人物であった。

## 武宗正徳帝の誕生

武宗正徳帝が即位したのは、一五〇五年、間もなく満十四歳になろうという時のことであった【図8】。生真面目で恐妻家だった弘治帝は、側室を一切置かなかった。正徳帝は張皇后の腹から生まれたことになる（ただし後に鄭旺《ていおう》という者が、実は自分の娘の鄭金蓮《ていきんれん》が正徳帝の母だと訴える事件があったが、真相はよくわからない）。皇后の息子が皇帝の跡取りになるのは、明王朝では珍しい事例といってよい。当然の結果として、正徳帝は父の弘治帝とは異なり、内廷で宦官と宮女に囲まれて育つことになる。正徳帝は天性聡明で、幼い頃は臣下からの講義を熱心に聴いたという。また武芸を好み、騎射に長じた。父の弘治帝は、武を好むのは平時にも乱を忘れぬ心がけだとして禁じようとしなかったが、これが後に大変な事態を引き起こすことになる。正徳帝は、朱元璋の子孫たちに共通するすぐれた資質を受け継いでいたことになるが、彼はこの一族からもう一つの性質も受け継いでいた。常軌を逸した情熱である。彼の情熱の対象は、芸能などの遊びと戦争であった。

正徳帝と同じように内廷で育った英宗は、幼少の頃からインテリ宦官の王振に教育されて育ったが、正徳帝の場合、身近にいたのは芸能に通じた宦官劉瑾《りゆうきん》だったのである。劉瑾は、あわせて「八虎」と呼ばれた仲間とともに、「鷹犬・歌舞・角觝《すもう》」を献上して正徳帝の歓心を買い、更にはお忍びの外出にも誘って、深く信任されるに至ったという。ここで注意されるのは、劉瑾が鐘鼓司《しょうこし》の出身だったことである。

宦官にも外の世界と同じように、十二監・四司・八局、あわせて二十四衙門《がもん》と呼ばれる官僚組織が存在した。その中で最も高位にあったのが司礼監で、その長である掌印太監《しょういんたいかん》は影の宰相ともいうべき存在であった【図9】。それとは対照的に、他の宦官の部局から蔑視されていたのが鐘鼓司だった。一度この部局に配属された者は、他の部局に移ることはできないものと定められていたという（沈徳符《しんとくふ》『万暦野獲編《ばんれきやかくへん》』巻六「二中貴命相」）。鐘鼓司は演劇等の芸能を担当する部局であり、ここに所属する宦官は雑劇などを演じるのが常であった。宦官の世界においても、やはり芸能者に対する差別は根強く存在したのである。劉瑾はこの差別を受ける身分から出て、おそらくは得意とする芸能などにより少年正徳帝に近づき、信任を得たものと思われる。

図8　正徳帝（「歴代帝后半身像冊」台北国立故宮博物院蔵）

即位して絶大なる権力を手中にした正徳帝は、自分の趣味を満足させるためにその権力を用いるようになる。武芸の稽古だけでは満足できず、宦官を集めて宮中で模擬戦闘をさせ、蹴鞠や相撲に耽り、演劇や芸能を愛好する。戦争好きと演劇・芸能好きは無関係ではない。さきにふれた沈徳符の記述による

## 十二監

**司礼監**
内閣からの文書を皇帝に取り次ぐ役割を担い、長官の掌印太監は影の宰相と言うべき存在。東廠と呼ばれる秘密警察も管轄する。宮中の文書の管理や、版木の管理と印刷も担当。

**内官監**
建設などを担当。

**御用監**
家具調度や文房具・絵画などの製造・管理を担当。

**司設監**
儀式に用いる儀仗などの道具類の製造・管理を担当。

**御馬監**
厩と馬、まぐさ、象の飼育の管理を担当。

**神宮監**
歴代皇帝を祀る太廟以下の廟の清掃や灯明を管轄。

**尚膳監**
皇帝以下の食事や宮中の宴席を管轄。

**尚宝監**
皇帝の印璽や勅命に押す印、将軍の印を管轄。

**印綬監**
臣下に与えた各種証明書の類の管理を担当。

**直殿監**
宮廷内の清掃を担当。

**尚衣監**
皇帝以下の衣服の製造を担当。

**都知監**
皇帝が内廷から出る際の先払いを担当。

## 四司

**惜薪司**
薪や炭の供給・管理を担当。

**鐘鼓司**
音楽・演劇・芸能を担当。

**宝鈔司**
紙の製造を担当。

**混堂司**
浴場を担当。

## 八局

**兵仗局**
武器・楽器・火薬・鎖・針の製造を担当。

**銀作局**
褒美として与えるための金銀や、金銀器の製造を担当。

**浣衣局**
宮女の老いた者をここに収容する。唯一宮廷の外にある。

**巾帽局**
宦官の帽子・靴の製造を担当。駙馬（皇帝の女婿）の冠・服や各地の王に所属する武官の帽子や靴も製造する。

**鍼工局**
宦官の衣服の製造を担当。

**内織染局**
宮廷内で使用する布の染色を担当。宮廷外に洗濯を行う部局を持つ。

**酒醋麵局**
宮廷内で用いる酒・酢・砂糖・醤油・味噌・小麦粉などの製造・管理を担当。

**司苑局**
宮廷内で用いる野菜・果物・茶などを管轄。

図9　二十四衙門

と、正徳帝は宮中で、唐の太宗が高句麗と戦った際、高麗の将摩利支《まりし》が張った陣を再現し、自らは軍旗のもとにすわって号令を出して、唐の兵に扮した配下の宦官たちにそれを破らせようとしたという。唐の武将薛仁貴《せつじんき》が摩利支と戦う物語は、元雑劇や『成化説唱詞話』にも見え、演劇・芸能ではおなじみの題材である。正徳帝は、芸能で演じられている戦争を、宦官たちを使って宮中で再現したことになる。また彼は宮廷内に市場を設け、自ら店主となって品物を売ったというが、商人の真似をするのも、演劇や芸能で見た庶民の生活を模倣したくなった結果であろう。芝居好きの正徳帝は、演劇や芸能で演じられている架空の世界を宮廷内で現実化することによって、自身で体験しようとしたことになる。しかし、演劇や芸能で演じられているのは架空の世界とはいえ、実は宮廷の外に現実に存在する庶民の生活に根ざしている。つまり、正徳帝は架空の世界を現実化することにより、軍人や商人の現実生活を宮廷内に再現し、自らその一員となっていたことになる。この奇妙なパラドクスの中に生きていた正徳帝が、やがて本物の現実世界に入っていくことを求めるようになるのは必然の流れであった。

### 宦官劉瑾の専横

劉瑾たちが実権を握っていくことを憂慮した戸部《こぶ》尚書（財務大臣）の韓文《かんぶん》は、部下の李夢陽《りぼうよう》の助言に従って「八虎」を処罰することを要求する決意をし、李夢陽に草稿を作らせた。草稿を見た韓文は、「文飾が多いと陛下はおわかりにならない。分量が多すぎると最後までお読みにならない」と言って、手を加えて短くしたという。大臣一同の連名であげられた上書を見た正徳帝はショックを受けて泣き、劉瑾たちの処罰が確定しかけるが、「八虎」は自分たちの中で最も有能な劉瑾に司礼監を掌握させるとともに、吏部尚書《りぶしょうしょ》（人事を司る部局の長）焦芳《しょうほう》から、明日韓文たちが正徳帝に膝詰め談判するという情報を得て、先手を打ってその夜のうちに正徳帝を囲んで哀願することによって、情勢を逆転させてしまう。

翌朝には事態は一変していた。大臣の大部分は免職され、劉瑾と通じた焦芳が内閣大学士のメンバーに入って、以後劉瑾は彼を通して外朝をも掌握することになる。この際に、李夢陽をはじめとする劉瑾に反抗した官僚たちは一網打尽に左遷された。その中に、当時の感覚では地の果てともいうべき貴州《きしゅう》龍場《りゅうじょう》駅の駅丞に飛ばされた王守仁《おうしゅじん》もまじっていた。この李夢陽（一四七三～一五三〇）と王守仁（一四七二～一五二九）という、反劉瑾の急先鋒だった二人の若手官僚こそ、やがてこの時代の文学と思想を代表する人物となっていくことになる。

劉瑾は、正徳帝が遊びに熱中している時を見計らっては政治上の重要問題を持ち出して、うるさがる正徳帝から「おまえに任せる」という言質を取ることにより実権を握り、以後正徳五年（一五一〇）に至るまで、劉瑾はほとんど独裁的な権力を揮《ふる》うことになる。この間正徳帝は宮廷の外に「豹房《ひょうぼう》」というハーレムに類した宮殿を作り、宮廷の俳優や楽人では満足できずに、河南各地の楽戸から芸にすぐれた者を集めて楽しみに耽り、宮中に帰ることは少なくなっていた。

こうした中で、朱元璋の子孫の一人で、寧夏《ねいか》で安化王《あんかおう》の地位にあった朱寘鐇《しゆしはん》が劉瑾を討つことを大義名分に反乱を起こす。この反乱自体は、現地にいた将軍仇鉞《きゆうえつ》が、加担するふりをして油断させておいて、安化王を捕らえたことで簡単に解決したが、征討軍の総司令官に任じられていた楊一清《よういつせい》と「八虎」の一人の宦官張永《ちようえい》の率いる軍は、そのまま寧夏に入って事後処理に当たった。その際に楊一清は、今では劉瑾と敵対するようになっていた張永を説得して、劉瑾を攻撃することに同意させた。凱旋した張永は、正徳帝の開いた慰労会の席上で、劉瑾が先に退出したのを好機に、劉瑾が謀反をたくらんでいると帝に告げた。劉瑾はこの時自分が帝に取って代わることを計画していたというが、さすがに宦官の身でそこまで大それたことを考えていたかは疑わしい。

正徳帝は、初めは劉瑾を殺すつもりはなかったようである。しかし、劉瑾の屋敷からおびただしい量の金銀と武器が発見されたこと、特に匕首《あいくち》を仕込んだ扇が二本発見されたことが正徳帝の怒りを招く。劉瑾は一寸刻みの刑に処され、恨みを抱く者たちが争ってその肉を買って食らったという。

## 戦争オタクが皇帝になる

劉瑾の死後、自らが政治に当たるようになった正徳帝は、自身の権力を自覚したのか、いよいよ気ままに振る舞うようになっていく。この時期、各地で反乱が頻発し、北京駐在の軍では不十分として、モンゴル防衛のため辺境の地（「辺鎮《へんちん》」と呼ばれる）に置かれていた精鋭軍を内地に移して討伐にあたらせることになった。帝はその将であった江彬《こうひん》・許泰《きょたい》らを寵愛し、国姓、つまり皇帝の姓である朱姓を与えた。この他にも帝は多くの者たちに朱姓を与えて義子としている。この一見不審に感じられる行動は、実は五代の時期にはありふれたものであった。五代後梁《こうりょう》の太祖朱全忠《しゅぜんちゅう》や後唐の太祖李克用《りこくよう》に多くの義子がいたことはよく知られている。これは、五代の皇帝たちがいずれも軍人皇帝だったことと関わるものであろう。血縁を重視する儒教倫理においては、異姓の人間を子にするのは基本的にあるまじきこととされるが、武人の間には異なる倫理感があったようである。更にここで連想されるのは、三国志物語で劉備《りゅうび》・関羽《かんう》・張飛《ちょうひ》が義兄弟の契りを結ぶこと、そして『水滸伝』で百八人の豪傑が義兄弟になることである。なぜ武人・アウトローたちの間にこのような擬制的家族関係が認められるのであろうか。

アウトローは社会秩序から外れた存在である。『水滸伝』には「江湖《こうこ》」というキーワードが頻出する。この語は社会秩序には収まらない人々、より具体的には非定住民たちを意味する。彼らは一箇所に定住しないため戸籍を持たず、従って税を納めないかわりに、国家の保護を受けることもできない。また国家権力にかわって地方における秩序維持を担う氏族を中心とした地域共同体に入ることもできない。そうした彼らにとって、頼りうるのは信義を誓った仲間だけである。それゆえに彼らは義兄弟などの擬制的家族関係を構築して、相互扶助を行うのである。この関係は血縁などのしがらみよりも優先されねばならない。よく知られているように、「好人は兵に当たらず」、つまり善人は兵にはならないという諺がある中国社会においては、武人も江湖のアウトローに準ずる存在であった。彼らがしばしば犯罪者同様入れ墨をしている(場合によっては強制される)のは、そのあらわれであろう。

正徳帝が多くの人々と義父子関係を結んだことは、こうした江湖の論理が、儒教倫理の総本山であるはずの皇帝のもとに入り込んだことを意味する。江湖の世界から身を起こした朱元璋が、その後懸命に払拭したはずのものが、その直系の子孫である正徳帝において復活したことになる。一種の先祖返りとも呼べようか。正徳帝は芸能の世界に囲まれて育ち、武芸に励んでいた。彼が見てきた芸能は、当初は宦官が演じるものであったが、芸能を生み出したのは楽戸たちであり、社会から差別を受ける楽戸たちも江湖の世界に属する存在であった。そこで彼が親しんでいた演劇・芸能では、「三国志」や梁山泊の物語など、江湖の物語が演じられていたことは、現在残っている宮廷演劇の脚本からも確認可能である。演劇・芸能に囲まれて育つうち、正徳帝は自身を江湖の世界の一員と感じるようになっていたのかもしれない。帝位について後、宦官ではない楽戸や武人たちと直接交流するようになって、彼のこうした傾向は一層促進されたであろう。彼が最も寵愛し、信頼したのは、武人の江彬、宦官の召使あがりの弓の名手銭寧《せんねい》、俳優の臧賢《ぞうけん》といった人々であった。

豹房で江彬たちと起居をともにするうち、辺鎮のよさを語る江彬の誘惑に乗った正徳帝は、正徳十二年（一五一七）、ついに辺境防衛の基地である九辺鎮の一つに数えられる宣府（現在の張家口市《ちょうかこう》宣化区《せんか》）に赴く。一度は北京の北の守りである居庸関《きょようかん》で、この関所を担当する剛直な御史《ぎょし》に阻まれてしかたなく戻るが、まもなく再度宣府行きを試みて、今回は御史の目をくぐって関所の突破に成功する。宣府がすっかり気に入った正徳帝は、「家裏《うち》」と呼んで落ち着いてしまう。

宮廷で女性と宦官に囲まれて育ちながら、一方では武芸を好み、先祖由来の適性を示していた正徳帝は、演劇で演じられる武人たちにあこがれを抱いていたのであろう。更には、自ら軍を指揮した永楽帝などの先祖たちへの憧憬の念もあったに違いない。そのような気持ちを持ち続けていた彼にとって、軍事都市である宣府における武人たちとの交わりは、夢の現実化と思えたのではないか。権力を皇帝に集中するという朱元璋によって作り上げられた体制ゆえに、明の皇帝は他の王朝の皇帝たちに比してもはるかに強大な権力をふるうことができる立場にあった。皇帝が個人的情熱に駆られて、その強大な権力を無制限にふるう時、何が起こるのであろうか。

### 「威武大将軍朱寿」の出撃

宣府滞在中に、折しもモンゴルが侵入してきそうだとの風聞があり、これを幸いとした帝は、駐屯していた諸将を率いて出撃し、モンゴルの軍と遭遇して、自ら実戦に参加する。翌十三年、北京に戻る際には、臣下に「臣」と称することを許さず、朝服以外の服を着るよう命じた。凱旋当日は、花火を合図に、軍服を着て剣を身につけ、赤馬に乗って騎兵に囲まれた帝が到着するという演出であった。帝は内閣の大臣たちに、自ら敵の首を斬ったことを誇らしげに告げると、そのまま馬を飛ばして、宮廷ではなく豹房に向かったという。秋になって再び辺境に赴こうとした帝は、「総督軍務《そうとくぐんむ》威武《いぶ》大将軍《だいしょうぐん》総兵官《そうへいかん》朱寿《しゅじゅ》」に命じて遠征に赴かせる勅命を起草するよう内閣に命じる。この大層な肩書きを持つ「朱寿」という将軍は、正徳帝が自身につけた名前である。内閣のメンバーは泣いて諫めたが、すべて無視される。更に、威武大将軍に公の爵位を与えよとの命が出され、内閣は「皇帝が臣下の爵位をうけることはありえない」と当然の反論をするが、これも無視される。正徳帝は、憧れていた人物像に自らを一致させるため、皇帝とは違う立場の仮想的人物をこしらえて、自身の皇帝としての権力により、それに実体を与えようとしたのである。その後、正徳帝は再び宣府に向かい、更に辺境各地を回って、自らを鎮国公に封じ、禄五千石を与えよとの命を下す。

翌十四年、北京に戻って皇帝の第一の責務である天を祭る儀式を行ったが、この際も百騎あまりを率いて馬で乗り付け、儀式の後は狩猟を行ったという。続いて帝は「威武大将軍鎮国公《ちんこくこう》朱寿」を南方に派遣する命を下すよう命じる。これに対する臣下の抵抗は激烈なものであった。激怒した帝は、諫めた臣下百七人に宮廷の正門である午門の前で五日間跪くよう命じ、杖刑三十回の上、更に処罰を加え、四十人を投獄、杖刑による死者も続出するが、なお抵抗はやまず、ついに帝は南巡を断念する。皇帝に劣らず、臣下の行動も激越であった。

南巡は断念されたものの、折よくというべきか、南方で寧王朱宸濠の反乱が勃発する。

### 寧王朱宸濠の反乱

寧王は朱元璋の第十七子にあたる献王朱権《けんおうしゅけん》に始まる。当初は北辺の地に封じられ、モンゴル防衛のため大軍を指揮する立場であったが、靖難《せいなん》の役の際に永楽帝に欺かれて軍を奪われ、江西の南昌《なんしょう》に移封された。永楽帝に疑われることを避けるため、朱権は著述に耽って多くの著書を残した。雑劇の作があることや、演劇研究の古典ともいうべき『太和正音譜《たいわせいいんぷ》』を著したことは前に述べた通りである。その後を嗣いだ孫の靖王朱奠培《せいおうしゅてんばい》は、やはり文学にすぐれたが、人格に問題があり、謀反の疑いを掛けられて、王に与えられていた軍事力である護衛を奪われた。

その子の康王朱覲鈞《こうおうしゆきんきん》を経て、第四代の王として即位したのが朱宸濠であった。

朱宸濠もやはり文学を好み、書画に名高い唐寅《とういん》（一四七〇〜一五二四）を招いたが、自由人の唐寅は朱宸濠とは肌が合わなかったらしく、間もなく立ち去ったため、反乱に巻き込まれることを免れている。李夢陽も江西で官職にあった時、朱宸濠のために文を書いて、反乱後に処罰されている。

若い頃から「術士」、つまり予知能力があると称する人々から、天子たるべき相があるなどとおだてられた朱宸濠は野望を抱き、まず劉瑾、後には銭寧や臧賢に賄賂を贈って護衛の復活を果たす。更に、跡継ぎのいない正徳帝の後継に自分の子を据えることを狙うとともに、周辺のアウトローたちとも結んで謀反の準備も進めていた。一方宮中では、銭寧・臧賢と対立する宦官張忠《ちようちゆう》が、彼らを陥れるために、正徳帝に対して朱宸濠の謀反の可能性を示唆する。これを聞いて疑いを抱いた正徳帝が、詰問の使者の派遣を決定したのが、反乱の引き金となった。これが朱宸濠は現地の地方官たちをおびき寄せて、あるいは殺し、あるいは捕らえ、十万の兵を集めて、長江を下って南京を衝こうとした。

かつての安化王の反乱とは異なり、国家を揺るがしかねない非常事態であったが、これは武功をあげることを望み、南巡を計画していた正徳帝にとっては渡りに舟と映った。自ら大軍を率いて寧王を打ち破れば、靖難の役を制した永楽帝の再来となり、あわせて南に赴く大義名分も得られる。正徳帝側近の武官たちは、豹房で寧王討伐の策を示すとともに親征を勧め、「威武大将軍鎮国公朱寿」が各軍を統括して討てという勅命が下された。内閣以下の臣下の諫めはすべて却下された。

しかし、正徳帝が出発する前に反乱は終わっていた。王守仁により短期間で平定されたのである。

## 王守仁の活躍

この時、王守仁は南贛巡撫《なんかんじゅんぶ》、つまり江西南部を広域的に管轄し、特に軍事を担当する地位にあった。正徳十二年に彼をこの任に抜擢したのは、当時の兵部尚書（軍事担当大臣）王瓊《おうけい》である。

王瓊は恐るべき頭脳と手腕の持ち主であり、同時に陰険な策謀家としても定評のある、つまりは善悪を定め難い、実に明代的な人物であった。各地で反乱が頻発していたこの時期、王瓊は個人的な「軍事」に熱中する皇帝にかわって思う存分その辣腕をふるったが、それが可能であったのは、彼が江彬・銭寧ら正徳帝のお気に入りの面々に巧みに取り入り、その口添えを得たからこそであった。すぐれた業績を上げようとすれば、善人とは言い難い人々にも媚びへつらうことができなければならない。時代は複雑な人間を要求していたのである。

正徳六年以来、江西南部では反乱が頻発し、一方を制圧しても他方でまた反乱が勃発するという、いたちごっこが続いていた。しかも、鎮圧のため広西から導入された「狼兵《ろうへい》」と呼ばれる異民族系の軍隊は、規律に問題があり、反乱者より恐れられる始末であった。そこで王瓊が切り札として登用したのが王守仁だったのである。

王瓊の全面的なバックアップを受けた王守仁は、二月に着任後、地元民に募集を掛けて、民兵として訓練を施し、十月から本格的に行動を開始して、翌十三年正月には反乱を全面的に鎮圧してしまう。その後、福建で起きた反乱兵の処理に向かったところに届いたのが、寧王反乱のしらせであった。寧王が地方官たちを捕殺した時、王守仁が居合わせなかったのは幸運だったといえよう。

寧王反乱のしらせを受けた大臣たちがあわてふためく中、王瓊だけは泰然として、「諸君心配は無用。私が王伯安（守仁の字）を南贛に起用したのは今日に備えてのことだったのだ。謀反人どもはすぐ捕まるまでのことさ」と言ったという。その言葉に誤りはなかった。

南京に向かった寧王朱宸濠は、途中の長江に面する都市安慶《あんけい》の包囲に手間取っていた。王守仁は、安慶を救援すべきだという意見を抑えて、朱宸濠の本拠地南昌を攻略し、戻ってきた軍を巧妙な戦略で包囲して打ち破り、更に逃れた朱宸濠の船に火攻めを掛けて生け捕りにしたのである。反乱勃発からわずか三十五日であった【図10】。

ここで注意すべきは、王守仁はもとより、彼の配下で功績をあげた諸将の多くは、知府・通判・知県などの肩書きを持つ文官だったことである。特に吉安《きつあん》知府の伍文定《ごぶんてい》は、文官でありながら最前線で勇戦したという。宋代にも文官が軍の司令官に任じられる例は多かったが、自ら実戦に参加することは少なかったようである。ところが明代には、文官が自ら戦闘に従事し、白兵戦の末に戦死する事例などが多く見える。これも明の士大夫が、宋・金とは性格を異にしていたことを示す事実であろう。

**武宗正徳帝の死**

その後に起きた出来事は悲喜劇と呼ぶべきかもしれない。

北京を出撃して間もなく、王守仁から勝利のしらせが届くが、正徳帝はそれを隠して進撃を続ける。帝はもと楽戸の妻だった劉美人《りゅうびじん》を寵愛しており、出発に当たって彼女からかんざしを一本もらっていた。ところが盧溝橋を渡る時にそれを落としてしまい、数日間大々的な捜索を行ったが、見つけることはできなかった。進んで山東の臨清《りんせい》まで来たところで、残してきた劉美人を呼び寄せようとしたが、劉美人は証拠のかんざしがなければ動かないというので、正徳帝は単身船に乗って迎えに戻ったという。これも芝居を現実の世界で演じている感がある。

王守仁は帝の出迎えに向かって、朱宸濠を直接引き渡そうとしたが、江彬と宦官張忠は、南

図10　寧王の乱関係図

昌に近い巨大な湖鄱陽湖《はようこ》に一度朱宸濠を解放した上で、帝が自ら捕らえるという茶番を演じようとした。危険を感じた王守仁は、やむなく朱宸濠を連れて杭州に向かう。彼が頼ったのは、劉瑾を倒したことで評判の高かった宦官張永であった。王守仁は張永に、疲弊した江西に帝の軍を進めてこれ以上民を苦しめないように求めて、朱宸濠を引き渡した。張永が帝に事情を説明したことで、王守仁は何とか罪を免れることができたが、正徳帝の在位中にはその功績が賞されることはついになかった。

　結局南京までたどり着いた正徳帝は、そのまま翌十五年の八月まで南京に留まり、そこでようやく朱宸濠らを受け取って北京に戻ることにした。その帰途、清江というところで小舟に乗って魚取りをしていて、舟が沈んで溺れかけ、何とか助けられたものの、以後体調を崩す。十二月に北京に戻り、盛大な凱旋式を挙行した後、天を祭る儀式を行ったが、途中で帝は血を吐いて倒れ、十六年二月に豹房で世を去った。満二十九歳であった。

武宗正徳帝は、自身の抱いた理想像に自らを適合させようとして一生を過ごした。つまりは幻想に支配された生涯だったというべきかもしれない。しかし、皇帝に与えられた無制限の権力は、妄想ともいうべき彼の願望をある程度まで実現してしまった。正徳帝の抱いた理想像と現実とのギャップが彼の生涯を喜劇的なものにしてしまったことは、彼の性格と地位がもたらした悲劇ともいえよう。

### 武宗の伝説

しかし、彼は死後に報われることになる。演劇・芸能の世界を現実のものにしようとした武宗正徳帝は、自らが演劇・芸能の世界の住人になっていくのである。清初を代表する劇作家李《り》漁《ぎょ》の『玉搔頭《ぎょくそうとう》』は、彼と劉美人の物語の演劇化である。あたかも演劇世界の住人の如き正徳帝の行動は、そのまま演劇の題材になったのである。また、さまざまな劇種で広く演じられている「梅龍鎮《ばいりゅうちん》」は、武宗（演劇・芸能ではこの廟号の方が多く用いられる）が普通の軍人に扮して山西大同に赴き、旅館の娘李《り》鳳姐《ほうそ》と恋に落ちるという物語で、清の唐英《とうえい》によって文字の形にま

図11　京劇「梅龍鎮」上演風景（鳳姐：盧思、武宗：張春祥）（写真：木村武司、提供：日本京劇振興協会）

とめられて流布し、京劇などで今日もなお人気演目の地位を保っている【図11】。

更に注目すべきは、『聊斎志異《りょうさいしい》』の著者蒲《ほ》松齢《しょうれい》が、おそらく民間芸能に基づいて作った語り物集である『聊斎俚曲集《りきょくしゅう》』に収録されている「増補《ぞうほ》幸雲曲《こううんきょく》」である。この作品における武宗は、「朝廷に出ても君王の仕事をする気になれぬが、あらゆる芸をすべて身につけ、天下を治める地位などには執着せぬ」という、政治には関心がないものの、あらゆる技能を身につけた超人的能力の持ち主である。宮中を飛び出した武宗は、途中で庶民のために人助けをしながら大同に着き、妓楼で野暮な男のふりをしつつ、兵部尚書の息子であることをかさに着て色男ぶりをひけらかす王龍《おうりゅう》を打ち負かす。

ここでは武宗正徳帝は、貴人が民間人に変装して各地を回り、庶民と親しんで、悪い権力者をこらしめるという、「水戸黄門」や「暴れん坊将軍」で日本でもおなじみのキャラクターになっている。こうした武宗伝説の成立時期は確定できないが、明の遺民だった杜濬《としゅん》（一六一一〜一六八七）に「聴韓生説武宗平話（韓さんが語る武宗の講談を聴く）」という詩（『変雅堂遺集《へんがどういしゅう》』巻九）があることから考えて、少なくとも明末清初には武宗正徳帝を題材とした芸能が存在したものと考えられる。正徳帝は演劇・芸能の世界で、庶民のために悪しき権力者を懲らす正義の味方として偶像化されたのである。

このように武宗正徳帝が伝説的人物として演劇・芸能の世界で語られていくことになったのは、彼が武人や俳優を重んじたことと無関係ではあるまい。これまで見てきたように、文官から見れば正徳帝は非常識極まりない問題児だったが、武官や俳優・楽人から見れば、過去に例を見ないほど自分たちを重んじてくれる、そして自分たちの気持ちを真に理解してくれる理想の皇帝だったに違いない。芸能の演じ手や、その重要な受け手だった武人たちの間で武宗正徳帝が理想化されていくのは、いわば必然の流れだったのである。

演劇・芸能における仮想の世界が、現実の皇帝を支配して仮想を現実化させ、その現実をもとに仮想の世界がひろがっていくという、虚実が相互に往き来する世界がここに出現した。そしてそれを支えたのは、異様なまでの情熱であった。この時期から、従来の価値基準にとらわれず、自由に、かつ熱狂的に、自らが「真」と感じるものを求める傾向がひろまっていく。対象が現実か虚構かは問うところではない。

この「真」の追求こそ、明代後期の人々に共通する深刻な課題となっていく。そこで主役ともいうべき役割を担ったのが、これまで見てきたように正徳帝をめぐって重要な役割を果たした二人の人物、王守仁と李夢陽であった。

# 第四章　新しい哲学と文学を求めて——陽明学と復古派

## 陽明学の誕生——激情の時代の思想

寧王《ねいおう》の乱を鎮圧した王守仁《おうしゆじん》こそ、明代中期に出現した新たな哲学、陽明学の創始者である王《おう》陽明《ようめい》にほかならない。そして、劉瑾《りゆうきん》攻撃の口火を切り、寧王に連座して処罰された李《り》夢陽《ぼうよう》は、これ以降明代文壇を支配していく復古派の指導者であった。これは、正徳《せいとく》年間が明代文化の転換点であったことを物語る事実といえよう。

王守仁、字は伯安、陽明は号である。父の王華は成化十七年（一四八一）の科挙に首席で合格して礼部《れいぶ》（儀礼や科挙などを担当する官庁）左侍郎《じろう》（次官）まで昇り詰めたが、息子の王守仁が劉瑾に逆らった巻き添えを受けて、南京吏部尚書《りぶしようしよ》（明では副都南京にも予備の政府が置かれていた）に転じたという人物であった。科挙の首席合格者は状元《じようげん》と呼ばれ、合格発表と同時に中国全土にその名が知れ渡る存在である。王陽明（以下思想家としての彼について述べる際には、この名を用いることにする）はスーパーエリートの息子だったことになる【図12】。

王陽明は学問にすぐれる一方で、若い頃から軍事を好み、弓術にすぐれたという。事実、寧王の乱を平定した後、正徳帝側近の武人たちが江西に乗り込んできて、弓術の腕比べに参加させて恥をかかせようとしたが、王陽明は三度射てことごとく的に当てて兵士たちから喝采されたといわれる。彼は高官の貴公子ではあったが、やはり明代の士大夫《したいふ》らしく武芸にも長けていたのである。

図12　王陽明

　弘治十二年（一四九九）、科挙に合格し、以後順調にキャリアを積んでいたが、正徳元年（一五〇六）に劉瑾の怒りに触れて、杖刑四十回の上、貴《き》州龍場《りゅうじょう》の駅丞という、当時としては地の果てのように認識されていた異民族地帯の小官に飛ばされてしまう。この時劉瑾は刺客を放って彼を殺そうとしたが、入水自殺を偽装して逃れたという。龍場では従者が病に倒れ、王陽明は自ら薪を割り、水を汲んで粥を作って食べさせるような状態であった。憂さを晴らすため詩を作ってみたが、気分が晴れないので、「越曲《えつきょく》」、つまり彼の出身地である浙江《せっこう》の歌謡を唱《うた》いながら冗談を言うことでようやく気を紛らすことができた。このような状況で、聖人がこうなったら一体どうしただろうと考えるうち、夜中に突然「格物致知《かくぶつちち》」の意味を悟り、眠りの中に語りかける者があるように感じて、思わず躍り上がったという。

　この逸話は王陽明が時代の子だったことを如実に物

語っている。詩より民間歌謡によって気を晴らすことができたというのは、彼が民間文芸に深く親しんでいたこと、そこに唱われる率直な感情に共感していたことを示していよう。この点は、後に述べる李夢陽と通うものがある。悩んだ末に悟りを開くに至った「格物致知」とは、「四書」の一つ『大学』に見える語で、朱子学の基本テーゼである。

王陽明も、明代知識人のご多分に漏れず、永楽《えいらく》の三大全を基準とする受験のため朱子学のみを学んできた。しかし王陽明が他の者と異なったのは、朱子学を言葉の上だけで表面的に受け入れるのではなく、その真の意味に迫ろうとしたことである。朱子学の解釈によれば、「格」は「至」であり、「格物」とは、あらゆる「物」の「理」(そのものをかくあらしめているもの)は何であるかをとことん突き詰めることである。従って「格物致知」は、事物をかくあらしめているものを追究することによって「致知」、つまり自らの知を完成させることを意味する。

朱子学の真理を体得しようとした若き王陽明は、実に明代人らしい率直さと情熱をもってその教えを実践しようとし、庭にあった竹の「理」を解明するため、ひたすら「格物」に努めたが、七日間精神を集中した末に心を病んでしまった。以後、「格物致知」とは何であるかを考え続けた彼が、龍場で追い詰められた環境に置かれた中でとことん思索した末に、ついにその真の意味にたどり着いたと悟ったのである。王陽明は、「格」を「正す」と解釈し、「格物」はあらゆる物を意識する際に動く「意」を正すこと、「致知」はその結果として真の「知」である「良知」を実現することだと悟ったのである。実現することである以上、「致知」は単に「知」にとどまることなく、行動と一体のものになる。そこから陽明学の有名な「知行合一《ちぎょうごういつ》」というテーゼが出現する。王陽明こそは机上の学者ではなく、誰よりも行動の人であったことは前章で見た通りである。

更にこの時王陽明は、「聖人の道はわが内部にこそある。理を外部の物に求めたのは誤りであった」と悟ったという。これは無論「格物致知」の悟りと連動するものであり、ここから「心即理」、つまり心こそが「理」であるという陽明学の最も重要なテーゼが生まれることになる。朱子学は「性即理」、つまり人間が持つ善なる「性」こそが「理」であるとしたのに対し、王陽明は「性」のみならず、それが発動した結果発生する「情」をも含む「心」こそが「理」だとしたのである。つまり「情」が肯定されたことになる。これは人間が持つ自然な感情を価値あるものとして認めることにつながっていく。そして、王陽明によれば、「良知」とはすべての人間が生まれながらに持っているものである。彼は「致良知」、つまり「良知」を自覚し、最大限にそれを発揮することにより聖人となりうるとした。とすれば、知識や教養と関わりなく、何人《なんぴと》であろうと聖人となりうることになる。

この過程は、朱元璋《しゅげんしょう》が立てたプログラムが結果的に何をもたらしたかを如実に示すものといえよう。思想を朱子学に限定したことは、朱子学に満足できないすぐれた頭脳の持ち主が出現した時、その他の既存の思想の間をさまようのではなく、全く新しい思想の創造に向かうという結果をもたらす。そしてそれが強烈な実践と結びつくものになったこと、ついには知識や教養を重視しない方向にすら進みうる要素を持つことは、士大夫の変質と無関係ではあるまい。王陽明が若い頃から武芸に励んでいたことは、武人を下に見る宋代の士大夫とは異なるメンタリティを彼が持っていたことを示すものであろう。さればこそ、彼は兵士たちの信頼を得て武功を立てることができたのである。そして、「情」が肯定されたことは、陽明学がまさにこの激情の時代の思想だったことを示すものである。

王陽明の思想は、その後継者たちの一部によって、更に激烈なものになり、ついには反知性主義と欲望肯定にまで至る。それが白話文学が知識人に受け入れられる素地となるのだが、この点については後に述べることにしよう。

## 復古派の誕生

一方、文学においてもこの時期激越な動きが生じていた。復古派の誕生である。その中心人物となったのが李夢陽であった。

復古派は、正徳年間（一五〇六～一五二一）を中心に活動した七人と、嘉靖《かせい》年間（一五二二～一五六六）を中心に活動した七人が主要メンバーだったことから「前後七子」、また日本で彼らの影響を強く受けた荻生徂徠《おぎゅうそらい》が「古文辞」という語を用いたことから、日本では「古文辞派」とも呼ばれる。前七子の中心として活躍したのが李夢陽と何景明《かけいめい》（一四八三〜一五二一）であった。

彼らは「文必秦漢、詩必盛唐」をスローガンに、強烈な復古主義を唱えたとされる。ここでいう「秦漢」とは戦国・漢代の文、具体的には戦国の諸子百家や漢の司馬遷《しばせん》・班固《はんご》らの文を指す。無論、実態はそこまで単純なものではなく、六朝《りくちょう》や初唐の詩もある程度評価の対象であったことはもとより、人によっては宋代の作品も評価する場合もあるといったぶれはあるが、大まかな傾向としては、中・晩唐や宋・元の詩、唐宋八大家の文などは評価せず、司馬遷・班固の文や、李白・杜甫をはじめとする盛唐の詩人の詩を模範とし、それを模倣するのが基本であったことは間違いない。

今日も日本で広く読まれている『唐詩選《とうしせん》』は、本書後半の主役の一人になる王世貞《おうせいてい》（一五二六〜一五九〇）と並んで後七子のリーダーだった李攀龍《りはんりゅう》（一五一四〜一五七〇）の編と称する書であり、実際には出版社が名声高い李攀龍の名を拝借しただけだともいわれるが、その内容が復古派の主張に沿っていることは間違いない。同書に白居易《はくきょい》・杜牧《とぼく》の詩が一首も取られず、韓愈《かんゆ》もわずかに一首のみであることは、復古派の主張の方向性を明確に示すものである。李攀龍を尊崇した荻生徂徠の影響により、この書は日本で大いに広まり、その結果、漢詩といえば雄壮なものというイメージが定着することになったことを思えば、復古派は日本にも重大な影響を及ぼしたといってよい。

しかし、明代末期に当時を代表する大知識人銭謙益《せんけんえき》（一五八二〜一六六四）が彼らの作を模倣剽窃《ひょうせつ》にすぎないと厳しく批判して以降、復古派は急激に衰退することになる。とはいえ、清代になっても、この派の系統から呉偉業《ごいぎょう》・王士禛《おうししん》・沈徳潜《しんとくせん》といった大詩人が出ており、その影響を過小評価することはできない。

## 李夢陽の文学思想

明代中期から後期に掛けて、復古派が一世を風靡した背景には、宋代以降の詩文を読む必要がなくなるという、極めて現実的な理由があったことは間違いない。しかし、この説を唱えた人々、特にその最初の人物ともいうべき李夢陽には、このような発想に至らざるをえない切実な思いがあったはずである。それは何だったのであろうか。

李夢陽は「詩集自序」という文を書いている。この文は、李夢陽自身と友人王叔武《おうしゅくぶ》（名は崇文《すうぶん》。李夢陽と同じ弘治六年〔一四九三〕に進士《しんじ》〔科挙合格者〕になっている。一四六八〜一五二〇）の会話という形を取る。まず王叔武は次のように言う。

詩とは天然自然の音である。いま道で拍子を取って唱《うた》ったり、路地で口ずさんだり、疲れた時には呻《うな》ったり、元気な時には吟じたりして、一人が唱えば大勢が声を合わせるものが「真」である。これが「風（『詩経』の詩の区分の一つ。各地の民謡）」というものなのだ。孔子は、「礼が失われれば、それを野に求める（『漢書』「芸文志《げいもんし》」に孔子の言葉として見える語）」と言っておられる。いま、「真詩」は民間にこそあるのだ。なのに、文人や駆け出しの学者は、しばしば韻《いん》を踏んだ言葉をこしらえて、それを詩だと言うようなことばかりしている。

李夢陽が、「民間の音楽なら聴いたことがあるが、曲は異民族のもので、内容は淫、響きは哀しく、メロディは退廃的、金・元の音楽だ。「真」でなどあるものか」と反論すると、王叔武は言う。

「真」とは、情をもとにして音として発されるものなのだ。昔は国ごとに「風」が異なっていて、それぞれの風俗に合わせてメロディができあがっていたものだ。いまの風俗は異民族の支配を経ているのだから、異民族風になるのは当たり前だ。そもそも「真」というのは「情」をもとにして音として発されるものであって、雅俗の区別とは関係ないのだ。

そして王叔武は、文人が作る詩が、言葉こそ巧みだが情に乏しいのに対し、民間の人々が唱う歌は、文飾こそないものの、すべて情から出ていると論じる。この言葉に衝撃を受けた李夢陽は、唐詩を模範とした近体詩（律詩・絶句）を作るのをやめて、李白・杜甫の歌行《かこう》（民謡形式の詩）を模倣し、更に六朝の詩、魏晋《ぎしん》の詩、漢の賦《ふ》や楚辞、古代歌謡などの模倣を次々に試みる。しかし、ことごとく王叔武に否定され、ついに『詩経』を模倣すると、「理想に近づいたが、役には立たぬ。もうおやめなさい」と言われてしまう。反論しようもないまま絶望した李夢陽は、詩をしまい込んでしまうが、二十年たった今になってそれを出版する者がいると聞いた李夢陽はこう言う。

これは「真」ではない。王君が言う文人や駆け出しの学者の韻を踏んだ言葉にすぎない。「情」が少ししか出ず、言葉にばかり巧みなものだ。……いつも自分でも改めて「真」を求めたいと思っていたのだが、今では老いてしまった。曾子《そうし》（孔子の弟子）が、「学ぼうにももう間に合わないこともある」と言っている通りだ。

現実に王叔武との間にこうしたやりとりがあったのかはわからない。ただ、ここで李夢陽が王叔武の論理に圧倒されるという形を取っている以上、李夢陽は王叔武の言葉という形を借りて、自身の思想を表明していると考えるべきであろう。李夢陽は傲岸不遜《ごうがんふそん》な人柄で、江西《こうせい》提学副使（学校・試験などを統括する官）であった時には、そのために上司や同僚と激しいトラブルを起こし、同僚を陥れるため偽造文書まで作ったことを暴露されて免職になっている。この文における李夢陽の人物像がそれとは全くかけ離れたものであることからしても、王叔武に言われるままにさまざまな試作に取り組んだ末に、全面的自己否定に至るこの文における李夢陽の姿は、彼が「真詩」を求めて苦しみ続けた過程を示すものと見るべきであろう。

注目すべきは、ここで追究されるのが「真」なる詩であり、「真」なる詩は「情」から出るものとされていることである。陽明学の思想が、結局「情」の肯定へと向かいうる性格を持っていたことを想起されたい。王陽明と李夢陽は全くの同時代人であり、李夢陽が王陽明の思想的影響を強く受けた形跡はない。両者が期せずして「情」を重視する方向に向かっているのは、当時の社会において「情」を評価する動きがあったことの反映であろう。理性的であることを重視した宋代の士大夫たちは、「情」に溺れることを忌避する傾向にあった。明の士大夫は、それとは一変して、率直に感情をむき出しにすることをいとわない。「情」に動かされることをいとわない彼らが、「情」の肯定へと向かうことはある意味必然であった。この動きは、王陽明の後継者たちによって理論的裏付けを与えられて、続く時期に更に進行し、ついには中国史上例を見ない熱狂の時代を生み出すことになるのだが、それについては後の章で述べることにしよう。

率直・素朴な「情」の発露を重視することは、飾らぬ民衆の「うた」の評価に直結する。しかし、いかに時代の趨勢とはいえ、なぜ当代一流の詩人であった李夢陽が、自分の詩よりも民衆が唱う歌の方がすぐれているという認識に至りえたのであろうか。ここで李夢陽の出自を検討してみよう。

### 「真詩」を求めて

李夢陽は陝西慶陽《せんせいけいよう》の出身である。慶陽は、現在では甘粛省《かんしゆく》に属し、寧夏《ねいか》に隣り合う辺境の町である。曾祖父は王氏の入り婿になり、開封《かいほう》から慶陽に流れてきた。当時入り婿は人身売買の一形態に近いもので、李夢陽の曾祖父は貧民だったといってよいであろう。祖父は小商人から中程度の商人にまで成り上がり、その長男である伯父はこの地の衛、つまり駐屯師団で書記役を務めたが、任俠の徒だったという。この伯父が都に出張に行った時に土産に買ってきた本を二人の弟に与えたのが、この家に学問が入り込む発端となった。下の弟である李夢陽の父は、伯父の仕事の手伝いをして文字を覚え、学校に入って、官職につき、開封にいた封丘王《ほうきゆうおう》の教授(王の学問の先生)になった。この父が王から李に姓を戻したようである。

以上の履歴からわかるように、李夢陽は純然たる庶民の家の出身であった。たまたまきっかけを得て父が学問をして官職につき、その子として科挙を受験して、合格した結果として士大夫の一員となったにすぎない。彼は九歳の時、父がいる開封に向かうまでは、辺境の地である慶陽にあって、任俠の徒である伯父のもとで過ごしたのである。後に免職後、開封に引退した李夢陽は、賓客を集め、任俠の徒も仲間にして、弓矢を持って狩猟を盛んにしたというが、こうした生活態度は、彼の生い立ちと無関係ではあるまい。

こうした育ち方をした李夢陽にとって、庶民たちは決して下に見るべきものではなく、任俠の徒は身近な存在であり、大衆的な演劇・芸能や民間の人々が唱う歌にも深く親しんでいたに違いない。彼が雅俗の別を真っ向から否定していることに注目されたい。彼は、民間の歌に込められた真実の感情、「真」なる「情」を身にしみてよく知っていたに違いない。そうした彼にとっては、どんなに技巧をこらそうと、自分が作る詩には、民衆が唱う歌がもつ真実を見出すことができないと感じられたのではないか。いかに努力しようと、「真」なる詩を作ることができないならば、どうやって「真」なる詩にたどり着けばいいのか。李夢陽はそこで、「真」なる詩を模倣することにより、その「真」をわが物にしようとしたのであろう。李夢陽にとって「真」なる詩とは、李白・杜甫に代表される盛唐の詩であった。それゆえ、盛唐詩の模倣に走ることになったのであろう。

李夢陽が盛唐詩の模倣者となったのは、民間の歌が持つのと同じ「真」を獲得するための、やむにやまれぬ切実な思いゆえだったのではないか。ここに再び、我々は朱元璋が立てたプログラムの結果を見出すことができよう。新たに生まれた庶民出身の士大夫、彼らの間には庶民に対する共感と、宋代の士大夫とは異なる激しいむきだしの情熱があった。庶民の歌や芸能に対して偏見を持たない知識人の存在、そして彼らが共通して抱く「真」なるものへの情熱は、「四大奇書」に代表される白話文学が展開していく要因となるのである。

正徳年間は明代文化の転換点であった。熱狂的な「真」の追究、「情」の肯定、文武格差の縮小などが、続く嘉靖期以降、奔流の如くに進行していく動きの前提となるのである。

# 第五章

## 誰が、何のために『三国志演義』『水滸伝』を作り上げたのか

## バブル経済へ

正徳十六年（一五二一）、正徳帝《せいとくてい》は嗣子のないまま没した。後継者を指定する遺言などもなかったため、大臣たちは協議した末、正徳帝の叔父興献王《こうけんおう》の長子、つまり正徳帝の従弟を次の皇帝に迎えることを決定し、正徳帝の遺詔という形でそれを公表して、湖北安陸《こほくあんりく》（現在の湖北省荆門市《けいもん》）から興献王の長子を皇帝として迎えた。世宗嘉靖帝《せいそうかせいてい》（一五〇七〜一五六七）である。ここに、四十五年に及ぶ嘉靖帝の治世が幕を開ける。

嘉靖年間、従来の不景気から一変して景気が急速に向上し、万暦《ばんれき》年間（一五七三〜一六一九）にはバブル状態に達する。その原因となったのは日本銀の流入である。石見《いわみ》銀山において灰吹《はいふき》法が導入され、銀の産出量が飛躍的に増加した結果、日本の銀の産出量は劇的に増大する。日本では、中国の銅銭・絹織物などの需要が多く（日本ではなじみ深い永楽《えいらく》通宝は、いうまでもなく明で製造された銅貨だが、中国ではほとんど流通せず、もっぱら輸出用に用いられた〔三宅俊彦『中国の埋められた銭貨』（同成社二〇〇五）第11章「中国から見た日本への銭貨流入の背景」〕）、更に日本で銀が大量に産出した結果、日本と中国の間で金銀の交換レートに大きな差が生じたため、日本から中国に大量の銀が流れ込むことになったのである。

ただ、こうした状況下にあっても、嘉靖帝の統治下にあっては、明朝政府の貿易統制には変化がなかったため、自由な貿易を求める人々の間で、日本人・中国人その他からなる国際的な組織が結成され、大規模な密貿易を行う武装集団が横行するようになる。これがいわゆる倭寇《わこう》である。

明代前期が極端な不景気に陥った大きな原因が、通貨たる銀の不足にあった以上、銀の大量流入が景気の上昇をもたらすのは必然である。とどまるところを知らぬ銀の流入は、ついに経済の過熱を引き起こすに至る。これが、一時は衰退していた商業出版を復活させ、活性化することになるのも必然であった。嘉靖期から出版量は急激に増加しはじめる。

すでに見たように、「楽しみのための読書」を求める人々が存在した以上、売れ筋商品となりうる読物の刊行が本格化するのもまた必然であった。こうして、嘉靖年間に『三国志演義』『水滸伝』という「四大奇書」のうちの二つが刊行され、流布するに至る。

以上見てきたように、この二篇が刊行されるための社会的条件はそろいつつあった。ただ、この二篇は、「全相平話《ぜんしょうへいわ》」などの先行する白話小説類と比較すると、非常に雄大な規模を具え、その本文も比べものにならないほど質の高いものである。しかも、その初期の刊本の多くは非常に美しい版面を持ち、とうてい葉盛《ようせい》が述べていたような庶民向けの刊行物とは思えない。

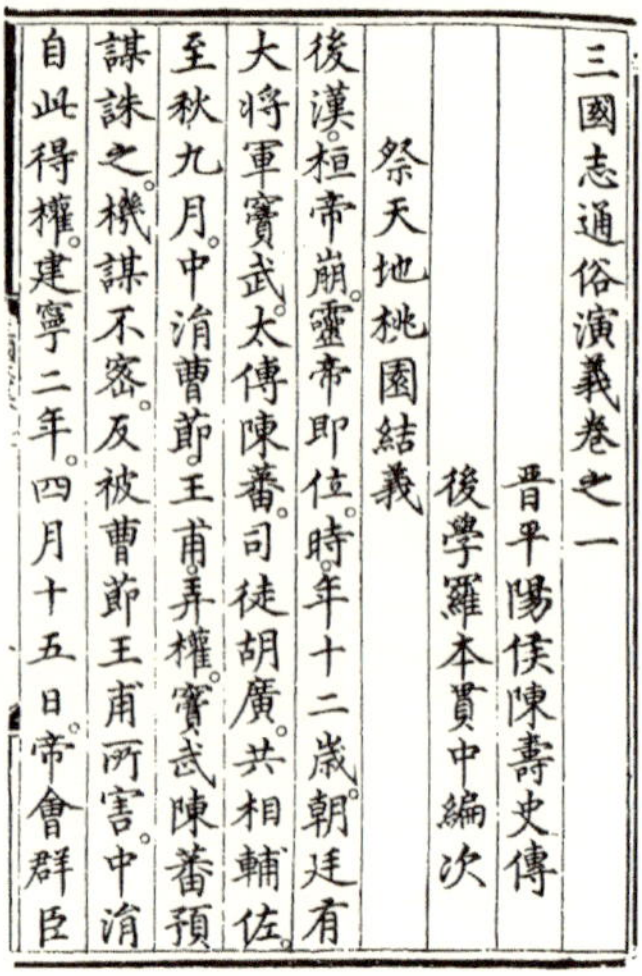
三國志通俗演義卷之一
晉平陽侯陳壽史傳
後學羅本貫中編次
祭天地桃園結義
後漢桓帝崩。靈帝即位。時年十二歲。朝廷有
大将軍竇武。太傅陳蕃。司徒胡廣。共相輔佐。
至秋九月。中涓曹節。王甫弄權。竇武陳蕃預
謀誅之。機謀不密。反被曹節王甫所害。中涓
自此得權。建寧二年。四月十五日帝會群臣

図13　『三国志演義』嘉靖壬午序本

いったい誰が、どうやって、この二篇をこれほどまでに高い水準のものに仕上げ、何のために、かくも長大な作品を刊行したのであろうか。

## 『三国志演義』と『水滸伝』を刊行した男

現存する最古の『三国志演義』の刊本とされるのは、嘉靖元年（一五二二）の序を持つ嘉靖壬午序本と通称されるものである。無論これは序の日付であって、現存する本がこの年に刊行されたとは限らない。『水滸伝』については、完全な形で残るものとしては万暦三十八年（一六一〇）の序を持つ容与《ようよ》堂《どう》本が最古だが、後の補刻部分をかなり含むものの、石《せき》渠閣《きょかく》補刻本が更に先行するものと考えられる【図13・14】。

しかしこれらの刊本は、おそらく正徳から嘉靖前期の間に、一人の人物によって出版された本に基づいているものと推定される。その人物こそ、嘉靖前期に軍の大立者として権勢をふるった武定侯郭勛《かくくん》（一四七五〜一五四二）であった（郭勛とその周辺については、井口千雪氏が『三国志演義成立史の研究』（汲古書院二〇一六）以下、多くの研究を発表しており、本書における郭

勲に関する記述は基本的に井口氏の研究に基づく）。

　武定侯郭勲は、明建国の功臣郭英《かくえい》の子孫である。前に述べたように、朱元璋《しゅげんしょう》は建国の功臣をほとんど抹殺してしまったが、郭英は朱元璋の家と通婚関係にあるいわば身内だったため粛清を免れ、靖難《せいなん》の役でも建文《けんぶん》帝側の将となって永楽帝と戦ったにもかかわらず、郭英の家は取り潰しを免れている。以後紆余曲折はあるものの、郭氏は高級武官の地位を世襲してきた。第三章でふれた、土木の変の際に活躍した郭登《かくとう》は、郭勲とは系統を異にするものの、この一族の一人であり、実戦部隊の司令官であるとともに、明代武官中最高とうたわれる詩人でもあった。

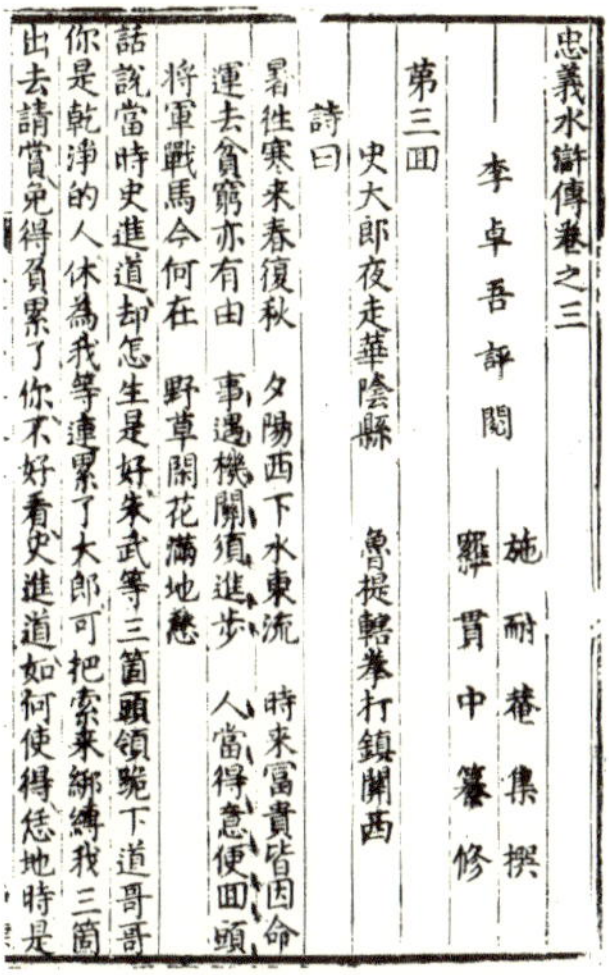
忠義水滸傳卷之三
李卓吾評閱　施耐菴集撰
羅貫中纂修
第三回
史大郎夜走華陰縣　魯提轄拳打鎮關西
詩曰
暑往寒來春復秋　夕陽西下水東流　時來富貴皆因命
運去貧窮亦有由　事遇機關須進步　人當得意便回頭
將軍戰馬今何在　野草閑花滿地愁
話說當時史進道却怎生是好朱武等三箇頭領跪下道哥哥
你是乾淨的人休為我等連累了大郎可把索來綁縛我三箇
出去請賞免得負累了你不好看史進道如何使得恁地時是

図14　『水滸伝』石渠閣補刻本（京都大学文学研究科蔵）「李卓吾評閲」とあるが、これは清代の出版社が後から勝手に入れた文字で、実際には批評は存在しない。

## 「武官」とは何か

　ここで当時の武官について説明しておく必要があろう。明代には、行政の権力を握るのは科挙官僚を中心とする文官であり、軍事行動においても文官が司令官（督師と呼ばれる）となるのが普通であった。武官は政治上の実権を与えられなかったが、一方で公・侯・伯の爵位を与えられ、世襲することが認められていた。文官はいかに位人臣《くらいじんしん》を極めようと、原則として爵位を得ることはできない。非常な武功をあげて、文官でありながら爵位を得た数少ない例外の一人が、嘉靖元年新建伯に封じられた王守仁《おうしゅじん》（陽《よう》明《めい》）であることは、彼の武功がいかに大きかったかを示すものである。

つまり、文官には政治の実権を与えるが世襲は許さず、爵位を世襲する武官には政治の実権を与えないという制度であったことになる。これは、南北朝時代のように世襲的に権力を握って皇帝に対抗する貴族が生まれないようにするとともに、五代のように軍人が権力を握ることも防止するという、合理的なシステムであった。

また、当時の職業軍人は基本的に世襲であった。武官任用のための科挙である「武挙」も存在はしたが、ほぼ形骸化したもので、この試験に合格して任用された武官は、実戦の役にはあまり立たなかったという。こうした状況下で、軍人たちの指揮に当たる高級武官が世襲であることは、一定の軍事的技能を伝承し、軍団と信頼関係を保つ指揮官を常時確保するという点で意味を持っていたであろう。なお外戚なども、権力は与えないが名誉は与えるという意味で爵位を受けるのが一般的であった。

ただし、すべての武官が軍人であると考えてはならない。文官の地位は重いものであり、その主要なポストは科挙などを経て選抜された者以外には容易に与えられなかったのに対し、武官の地位は皇帝や権力者の意思次第で気軽に与えることができた。その結果、特に武人というわけでもない人間が武官の肩書きを手にする例が出てくる。後に見る『金瓶梅』の主人公西門《せいもん》慶《けい》はその好例である。特に、高官や高位の宦官《かんがん》の子弟が、恩蔭《おんいん》（高位の者の身内が官職を与えられること）として武官の地位を授かる例は多い。当初は文官は子弟が武官になることを恥じて受けなかったが、万暦の初めに辺境防衛で大功を立てた劉天和《りゅうてんわ》の孫にあたる劉守有《りゅうしゅゆう》が錦衣《きんい》衛《えい》都督に任命されて以来、それも一般化したという（『明史』「刑法志三」。劉守有の名は後に出るので記憶されたい）。

劉守有の例に見られるように、そうした場合錦衣衛に所属する地位を与えられる例が多かった。錦衣衛とは、元来は儀仗《ぎじょう》と宮中の守護を担当する武官の組織であり、事実その役割を担っていたが、他方ではナチスのゲシュタポにも似た秘密警察としての側面を持っていた。特に嘉靖年間には、後述するように人間不信に陥った嘉靖帝が行った恐怖政治の担い手として錦衣衛は暗躍し、北京市民の半数近くが錦衣衛関係者であるという風聞もあるほどであった。

郭勛は、正徳三年（一五〇八）に武定侯の爵位を嗣ぎ、正徳六年には総兵官（一地方の軍を統轄する司令官）鎮守両広《ちんじゅりょうこう》となり、九年・十年には反乱鎮圧で功績をあげている。つまり、郭勛は名目だけの武官ではなく、実戦部隊の司令官だったことになる。

## 武定侯郭勛の出版事業

嘉靖帝の即位後間もなく、「大礼の議」と呼ばれる明帝国を揺るがす大問題が発生する。問題の焦点は、嘉靖帝が先代正徳帝の兄弟や子ではなかったところにあった。ここで礼法上嘉靖帝の父母をどのように扱うかという問題が発生する。当時の首輔《しゅほ》（内閣大学士の筆頭）で、嘉靖帝を迎えることを主導した楊廷和《ようていわ》は、弘治《こうち》帝を父とし、嘉靖帝の父母は叔父母とするよう求めた。しかし、進士になったばかりの張璁《ちょうそう》という人物が、礼法上も実父を父としてよいと建言し、嘉靖帝は子たる身の人情の当然としてそれに従おうとした結果、朝廷をあげての紛争に発展したのである。臣下の抵抗は熾烈を極め、百数十人の官僚が宮門で座り込みをしたため、嘉靖帝は激怒して百八十人を杖刑に処し、十七人はこのため命を落とすことになった。いよいよ弘治帝を「皇考（帝の父）」から「皇伯考（帝の伯父）」と改称することになった時、なお反対しようとする大臣たちに対して、帝を支持する決定的な一言を発したのが郭勛であった。

以後、郭勛は嘉靖帝から絶大な信頼を受け、さまざまな儀式の際には帝の名代をつとめ、嘉靖十九年（一五四〇）には翊国公《よくこくこう》に爵位が進んだが、専権の振る舞いが目立つとして彼を憎む者は多かった。翌二十年、帝の先祖祭祀の場である太廟が焼失する。このような大事件が起きた場合、その責任追及を口実に政敵の攻撃がなされるのが常であり、首輔夏言《かげん》（一四八二〜一五四八）をはじめとする文官たちによる郭勛弾劾《だんがい》が集中し、ついに郭勛は投獄され、翌二十一年獄中で死ぬことになる。

郭勛は文学を愛好し、正徳十一年（一五一六）から十五年（一五二〇）にかけて、『白楽天詩集』『白楽天文集』『元次《げんじ》山《さん》（唐の詩人元結《げんけつ》）文集』や郭氏一族に関わる本を刊行している。彼の出版事業は白話文学にも及んでいた。雑劇の曲辞も含む大規模な曲選『雍熙《ようき》楽府《がふ》』は郭勛の編になると称し、彼自身による刊本が現存する。そして、今では失われてしまってはいるものの、『三国志演義』と『水滸伝』をも刊行していたらしいのである。

郭勛が刊行した『三国志演義』『水滸伝』は、晁瑮《ちょうりつ》（一五〇七〜一五六〇）の蔵書目録『宝文堂書目』に見える。晁瑮は嘉靖二十年（一五四一）に進士となった歴とした士《し》大夫《たいふ》だが、この目録には多くの白話文学作品が記録されており、知識人が白話文学に興味を示し始めていた実例として興味深い。その中に次の記述が認められる【図15】。

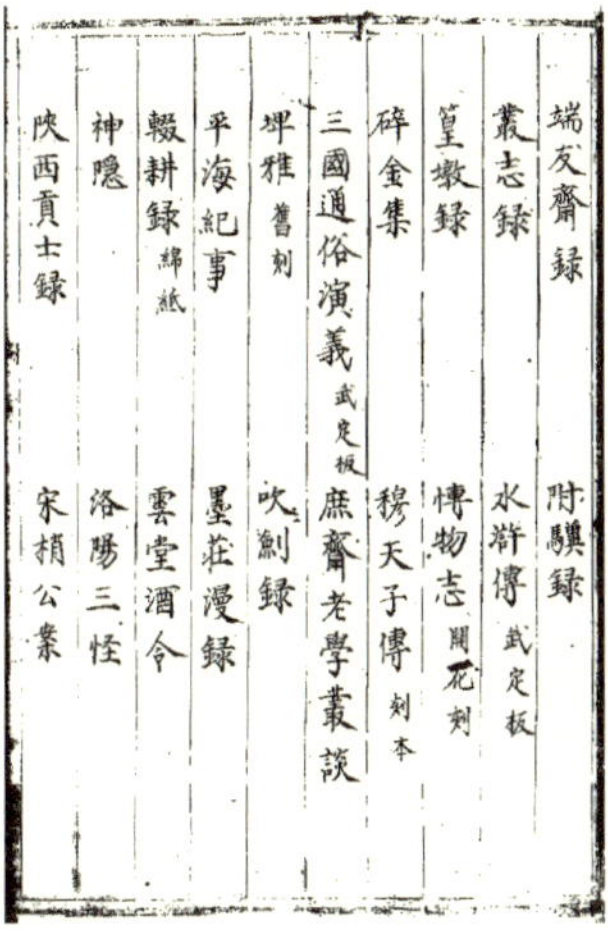

端友齋録　附驥録
叢志録　水滸傳 武定板
篁墩録　博物志 閩花刻
碎金集　穆天子傳 刻本
三國通俗演義 武定板　庶齋老學叢談
埤雅 舊刻　吹劍録
平海紀事　墨莊漫録
輟耕録 綿紙　雲堂酒令
神隱　洛陽三怪
陝西貢士録　宋楫公案

図 15 『宝文堂書目』

水滸伝　武定板

……

三国通俗演義　武定板

ここでいう「武定板」は、武定侯郭勛による刊本を意味するに違いない。郭勛が刊行した「武定板」と呼ばれる『水滸伝』が存在したことは多くの文献に見える。この点から考えると、『三国志演義』の「武定板」も同様に郭勛の刊行物と思われる。晁瑮は郭勛が失脚した年に科挙に合格しており、直接郭勛からもらい受けたとは考えにくいが、どこから入手したにせよ、一流の士大夫が郭勛によって刊行されたこの二篇を所有していたことは間違いない。

更に、嘉靖十九年（一五四〇）の著者自序を持つ高儒《こうじゅ》の蔵書目録『百川書志《ひゃくせんしょし》』にも、「三国志通俗演義二百四巻（現存するこの時期の『三国志演義』は二百四十の章からなるのが普通である。中国語では二百四十を二百四ということがあり、それに由来する誤りかと思われる）」と「忠義水滸伝一百巻」が記載されている。高儒は錦衣衛高官であり、彼の伯父高得林《こうとくりん》と父高栄《こうえい》は、かの正徳帝を惑わしたとして非難された劉瑾《りゅうきん》以下の宦官グループ「八虎」の一人高鳳《こうほう》の甥として、恩蔭により錦衣衛の地位を授けられた。正徳元年（一五〇六）に高得林を錦衣衛の長官とする命が下ったことは、内廷と外朝の双方で高氏が権力を握ることになるとして激しい反発を招き、当時の重大な政治問題となったが、正徳帝は反対を意に介さなかった。そして、高得林の墓誌銘の篆額《てんがく》（篆書で誰の墓であるかを大書するもの）を書いたのは、ほかならぬ武定侯郭勛であった。

こうした一連の事情からは、宦官と武官が結んで文官に対抗する勢力を構成していく過程、宦官の一族が武官の地位を得て、既存の武官と手を結んでいく状況などが浮かび上がってくる。軍事行動に当たっては、宦官が監軍として同行し、場合によっては指揮を執ることも多く、文官に対する対抗の必要もあって、武官と宦官は結びつきやすい状況にあった。このように高氏一族と郭勛が密接な関係を持っていたものと推定される点からすると、高儒が所有していた『三国志通俗演義』と『忠義水滸伝』も、「武定板」である可能性が高いであろう。

武定侯郭勛は『三国志演義』と『水滸伝』を刊行していた。そして、晁瑮と高儒が所有していたことから考えて、この二篇は当時の文官・武官の間にかなり広まっていたようである。これは、郭勛が自分の刊行したこの二篇を、周辺の文官・武官に配布した結果である可能性が高いであろう。彼は何のためにこの二篇を刊行したのであろうか。

## 『三国志演義』『水滸伝』刊行の意図

この点については、さきにもふれた井口千雪氏が「武定侯郭勛による『三国志演義』・『水滸伝』私刻の意図」（『日本中国学会報』第七十一集（二〇一九年十月））で論じているところを傾聴すべきであろう。井口氏は、郭勛が嘉靖帝の絶大なる信頼を頼みとして、武官の地位向上を図ったことを指摘する。前に述べたように、武官は文官より下位に置かれ、軍事行動においても通常総司令官は文官がつとめるが、実際の戦闘には武官が命がけで従事する。にもかかわらず、報告書を作成するのは文官であるため、成功すれば文官の手柄、失敗すれば武官の責任とされる傾向があるということは、武官に共通する怒りであった。すでに述べたように、明代には文官が自ら最前線に出て戦闘に従事する例もあり、また王守仁のように真に戦闘指揮に長けた文官も存在はしたが、しかし中国社会自体に軍人を下に見る傾向があり、こうした不満が消えることはなかった。そこで郭勛は、武人の地位を向上させるべく、武官選抜の科挙である武挙の場で、軍事担当大臣である兵部尚書と二度にわたって席次を争うなど、文官と正面から衝突し、更には武官が文官に抑圧されていることを論じる意見書を提出して、兵士の待遇向上を臆することなく要求した。

このことを踏まえれば、郭勛が『三国志演義』と『水滸伝』を刊行した意図も見えてくる。『三国志演義』は、最も本質的なところを単純化していえば、劉備《りゅうび》・関羽《かんう》・張飛《ちょうひ》が曹操《そうそう》と戦う物語である。曹操はすぐれた詩人である。詩人であることは、宋《そう》代以降においては士大夫たることの重要な条件である。一方、この時期の『三国志演義』には、群雄の一人劉表《りゅうひょう》の「劉備とは長い付き合いだが詩を作るところを見たことがない」というセリフがある（嘉靖壬午序本巻七「劉玄徳襄陽赴会」）。劉備は詩を作らない、つまりは士大夫には含まれない人間であった。『三国志演義』は、武人である劉備・関羽・張飛が、圧倒的に有利な立場にある知識人曹操と戦って、敗北を繰り返しながらも屈服せず、ついには帝国を建てるに至るという構造を持っているのである。

また『水滸伝』には、第三十三回で弓の名手花栄《かえい》が同僚の文官劉高《りゅうこう》を「こいつは文官の上に腕も立たず」と非難し、第三十四回で官軍の武将から宋江《そうこう》の側に寝返った秦明《しんめい》が、もと部下の黄信《こうしん》に仲間入りするよう誘って「文官から不愉快な目にあわされずにすむぞ」と言うように、直接的な文官批判が数多く認められる。

つまり、郭勛がこれらの書物を刊行し、配布したことには、武官の地位を主張するためのプロパガンダの意味があったと思われるのである。無論それにとどまるものではなく、井口氏は『三国志演義』については、嘉靖帝の帝位継承にあたり、皇権弱体化の結果を描くことにより将来への警鐘を鳴らすとともに、大礼の議における嘉靖帝の立場を擁護することを目指したとする。また『水滸伝』については、右の理由以外に、郭勛自身が『水滸伝』で宋江や林冲《りんちゅう》を保護する大貴族の柴進《さいしん》同様に無頼漢を匿《かくま》っていたことや、『水滸伝』において重要な地位を占める道教の一派正一教《しょういっきょう》と深い関係を持っていたことを指摘する。おそらく郭勛はこれら複合的な目的をもって『三国志演義』と『水滸伝』を刊行し、自身の主張を浸透させるため各方面に配布したのであろう。

社会の上層に属する人々が『三国志演義』『水滸伝』を読み始める

郭勛の配布先には宮廷も含まれていたようである。明末の宦官 劉若愚《りゅうじゃくぐ》の『酌中志《しゃくちゅうし》』という書物には、「内板経書紀略」という宦官の部局で刊行した書籍（「内府本」と呼ぶ）の版木目録があり、そこに「三国志通俗演義　二十四本」が見える。劉若愚によれば、『三国志通俗演義』は宦官の間でも人気の書だったという。そして、現存最古の『三国志演義』刊本とされる嘉靖壬午序本は、サイズが大きく、大きな文字で彫られた美しい本で、にもかかわらずかなり誤字があるなど、当時の政府出版物に共通する特徴を具えており、この内府本そのもの、もしくはその覆刻本（コピー）である可能性はかなり高そうである。

そして、嘉靖壬午序本各巻の最初にあげられている「晋平陽侯陳寿史伝《しんへいようこうちんじゅしでん》　後学《こうがく》羅本貫中《らほんかんちゅう》編次《へんじ》」という文言は、高儒『百川書志』に見える、おそらく武定板であろう『三国志通俗演義』の説明と完全に一致している。また、嘉靖壬午序本の「序」は「修髯子《しゅうぜんし》」という人物が書いたものだが、『三国志演義成立史の研究』における井口氏の解明によれば、この「修髯子」は実に郭勛その人である可能性が高いのである。

以上の事実から考えて、嘉靖壬午序本は、序文も含めて郭勛の刊本に完全に基づいている可能性が高い。もしこの推定が正しいとすれば、郭勛は嘉靖帝とその周辺にも『三国志演義』を配布していたことになる。

このように、社会の上層に属する人々の間に『三国志演義』と『水滸伝』が配布されたことは、大きな結果を引き起こすことになった。李開先《りかいせん》（一五〇一〜一五六八）は、その著書『詞《し》謔《ぎゃく》』で次のように述べている。

崔銑《さいせん》・熊過《ゆうか》・唐順之《とうじゅんし》・王慎中《おうしんちゅう》・陳束《ちんそく》はこう言っていた。「『水滸伝』は委曲が尽くされ、一本筋が通っていて、『史記』以後ではこの書ということになる」。

ここで名をあげられているメンバーのうち、崔銑だけは上の世代になるが、残る四人は、李開先自身もあわせて、「嘉靖八才子」と呼ばれる当代一流の知識人に数えられる人々であった。彼らは唐宋八大家を重んじ、復古派に対抗する唐宋派として当時の文壇で重きをなしていた。この記述は、白話で書かれた『水滸伝』が、一部の知識人の間で『史記』にも匹敵するようなすぐれた文学作品ととらえられるようになったことを意味する。金・元以来、白話文学は評価を得るようになってはいたが、それは韻文である曲に限定されたものであった。ここで散文である『水滸伝』が、一流文人からかくも高い評価を獲得したことは、画期的な事実といってよい。

しかし、ここでいくつかの疑問が浮上する。第一に、彼らはなぜ『水滸伝』を読んだのか。

換言すれば、どこから入手し、なぜ読もうと考えたのか。次に、彼らはなぜ『水滸伝』をかくも高く評価したのか。そして第三に、最も根本的な問いとして、なぜ『水滸伝』はこのような高い評価を得るものとなりえたのか。これ以前に存在した「全相平話」などの散文による白話文学作品が低い水準の文章しか持ちえなかったことを考えると、なぜ『水滸伝』において突然非常にすぐれた白話文が出現するのかは、大きな疑問といわざるをえない。

以下、推測をまじえつつ、これらの疑問に答えることを試みてみよう。

## なぜ知識人が『水滸伝』を読んだのか

まず第一の問いに対する答は、これまで述べてきた内容からおのずと明らかであろう。李開先たちは、『水滸伝』を武定侯郭勛、もしくはその周辺から入手した可能性が高い。では、彼らは郭勛と関係を持っていたのか。これも井口千雪氏が「武定侯郭勛の人脈―その文学活動を支えたもの　後編」(『和漢語文研究』第十六号)で述べているように、郭勛が失脚した時、李開先もともに失脚している。その背景には、郭勛同様、李開先も首輔夏言と激しく対立していたという事情がある点からすれば、両者の間には政治的にも一定の関係があったものと想定可能である。だとすれば、李開先が郭勛から武定板『水滸伝』をもらい受け、友人たちに見せた、もしくは友人たちにも配布した可能性は十分にあることになる。

しかし、李開先と『水滸伝』の関わりはそれにとどまるものではなさそうである。ことは右の第三の疑問に関わる。

元末明初に施耐庵《したいあん》なる人物が『水滸伝』の原型を書いたといわれるが、そもそも施耐庵という人物は、実在自体確認できず、具体的なことが全くわからないことは前に述べた通りである。従って、嘉靖年間以前の『水滸伝』の実態は不明というほかない。そして、嘉靖期になって「武定板」、つまり郭武定本が登場することになる。

そうなると、『水滸伝』は実はこの時期に作られたのではないかという可能性が当然浮上してくる。実際第三十八回に、乱暴者の李逵《りき》について、「我到敬他真実不假（私は彼が真実で偽りがないことにこそ敬意を持ちます）」と宋江が言うセリフがあるが、これはどう考えても陽明学の影響なくしては出てこない言葉であろう。

しかし、そのように断じてしまうわけにもいかない理由がある。まず、『水滸伝』に見える官職制度や風俗習慣は、南宋のものをかなり忠実に伝えており、明代の人間がこれを全部書いたとは考えにくい。やはり基本形は、南宋で語られていたものをベースに、元末明初頃に書かれたと見るべきであろう。そしてもう一つ、『水滸伝』には明らかな矛盾点があり、それは後の改作の結果としか思えないのである。

『水滸伝』は、これほどの長篇であるにもかかわらず、全体はほぼ一貫しており、一見するとさしたる矛盾というほどのものはないように見える。しかし、よく注意して見ると、重要なキャラクターについて大きな矛盾が存在する。豹子頭《ひょうしとう》林冲である。

### 林冲の謎

第七回から第十二回の初めまで、まるまる五回を費やして語られる林冲の物語は次のようなものである。禁軍（正規軍）の槍棒術指南だった林冲は、美人の妻に禁軍司令官高俅《こうきゅう》の養子が横恋慕したため、親友陸謙《りくけん》の裏切りにより無実の罪に落とされて配流され、配流先まで追いかけてきた陸謙に焼き殺されかけた末に、陸謙たちを叩き斬って梁山泊に身を寄せることになる。このくだりは『水滸伝』の中でも特に人気があり、日本でも山東京伝《さんとうきょうでん》によって『忠臣水滸伝』に翻案されるなど、広く知られていた。一九七三年から翌年にかけて日本テレビ系列で放送されたドラマ「水滸伝」では中村敦夫演じる林冲、最近上演された歌舞伎「新水滸伝」でもやはり林冲が主役となっていることは、日本におけるこの物語の浸透度を示すものであろう。日本の時代劇に、二枚目スター演じる善良な若侍が理不尽に陥れられ、ついに堪忍袋《かんにんぶくろ》の緒が切れて悪人を叩き斬るという類型の物語が多いのも、おそらく林冲物語の影響と思われる【図16】。

林冲は当然ながら二枚目キャラクターであり、善良で分別のある人物として描かれている。自分の妻にちょっかいを出した若い男をつかまえて、なぐろうとした途端に、相手が高俅の養子なのに気づいて手出しができなくなるくだりでは、正義のためなら何事もためらわない親友魯智深《ろちしん》から批判されており、どう見ても常識人でかなり微温的な性格の持ち主としか思えない。ところが、第七回で最初に登場した際の容貌描写は「どんぐり眼に虎ひげ」という、二枚目とはほど遠いものなのである。なぜこのようなギャップが生じるのであろうか。

この謎を解く鍵は林冲の綽号《あだな》にある。「豹子頭」、つまり豹の頭というのは、「三国志」物語における張飛の容貌描写で用いられる語なのである。そう考えると、「どんぐり眼に虎ひげ」も張飛の容姿そのものということで納得がいく。実際、後半では林冲は騎兵部隊の指揮官として「丈八蛇矛《じょうはちだぼう》」を持って活躍するが、これは張飛の得物《えもの》そのものであり、第四十八回には「梁山泊の者はみな「小張飛」と呼ぶ、これぞ豹子頭林冲」という句が見える。そもそも、林冲は梁山泊では席次第五の関勝《かんしょう》の次にあり、関勝が関羽の子孫の関羽もどきであることを考えれば、当初から張飛もどきとして設定されていたものと思われる。

図16　林冲が陸謙たちを襲う場面
（容与堂本『水滸伝』第十回挿画）

そこでよく見ると、同じ『水滸伝』の

中でも、陸謙たちを殺す前と後とでは、林冲の性格は一変しているのである。陸謙たちの殺害後、雪の中を逃れた林冲は、夜番をしている百姓たちに火に当たらせてもらうが、酒を所望して断られたのに腹を立てて暴れ出し、百姓たちを追い払って酒を全部飲んだ末に、酔い潰れて倒れているところを捕まってしまう。これは到底それまでの林冲が取りそうもない行動だが、張飛ならやりそうなことだと納得がいく。

以上を合わせれば、張飛もどきとしての林冲が本来の姿であり、林冲物語における林冲の人物像の方が後から入ってきたものなのは明らかであろう。では、この林冲像はどこから来たのか。

ここで注目されるのが、ほかならぬ李開先作の戯曲『宝剣記《ほうけんき》』の存在である。この戯曲のストーリーは、異なる点もかなりあるものの、大まかには林冲物語とかなり一致している。そして、南曲による演劇作品の一般的傾向に従って、主人公林冲は温和な二枚目キャラクターとされているのである（士大夫の家の出身で、文を捨てて武に転じたとされる）。この戯曲の物語が『水滸伝』に導入されたと考えれば、矛盾が生じた原因は説明可能になるが、それには大きな問題がある。『宝剣記』の序によれば、この作品は嘉靖二十六年（一五四七）の成立なのである。郭勛は嘉靖二十年（一五四一）に失脚している以上、『宝剣記』が武定板『水滸伝』に影響するはずがない。つまり、いわば完全なアリバイがあることになる。『宝剣記』が『水滸伝』

に影響を与えた可能性を探るためには、アリバイ崩しをしなければならない。

### 『宝剣記』誕生の真相

蘇洲という人物の名を借りて李開先自身が書いたらしい『宝剣記』の序には、実は次のような記述がある。

坦窩《たんか》が始め、蘭谷《らんこく》がそれを引き継ぎ、山泉翁《さんせんおう》がそれを正して、中麓子《ちゅうろくし》が完成させたのだという。

「中麓子」とは李開先の号である。すると、李開先はこの戯曲をゼロから作ったのではなく、先行作品に手を入れたことになる。では坦窩・蘭谷・山泉翁とは誰であろうか。

調査の結果、このうち「坦窩」は陳銓《ちんせん》、「山泉翁」は劉澄甫《りゅうちょうほ》という人物であることが明らかになった（詳しくは拙著『中国白話文学研究』〈汲古書院二〇一六〉第六章「『宝剣記』と『水滸伝』」参照。ただし同書の段階では陳銓の名前までは明らかになっていない。この点は井口千雪氏のご教示による）。「蘭谷」については不明だが、状況から考えて陳銓の子陳溥《ちんふ》の可能性がありそうである。そして、この人々はある後ろ暗い事件で結びついていた。

話は再び正徳年間に戻る。正徳十一年（一五一六）一月、モンゴルの侵入があり、宦官張《ちょう》忠《ちゅう》・都督劉暉《りゅうき》・兵部侍郎《じろう》（次官）丁鳳《ていほう》が軍を率いて出撃した。張忠は前にも名が出た正徳後期に権勢をふるった宦官、劉暉は江彬《こうひん》らとともに豹房で正徳帝の側近だった武官である。この軍事行動においては、宦官が司令官格だったことになる。張忠らの軍は敵に巡り会うことなく戻ったが、それでもスパイを捕らえたという名目で賞を得た。更に翌月には、他の場所で安《あん》国《こく》・杭雄《こうゆう》という武将がモンゴルを打ち破ったことについて、これは張忠らの指揮がよろしきを得た結果だとして、張忠たちは更に恩蔭として子弟に官職を与えられるなどの賞を受け、この功績を上申した兵部尚書王瓊《おうけい》までが子に錦衣衛の職を授けられた。その一方で、実際に戦って功績をあげた安国たちに与えられた賞は形ばかりのものであった。

これは、張忠・劉暉が正徳帝のお気に入りの側近であり、第三章で述べたように、王瓊が巧妙に正徳帝側近の江彬・銭寧《せんねい》らに取り入っていたため、功績評価がねじ曲げられた結果であった。そしてこの時、功績評価を担当する紀功御史として張忠らの軍に同行していたのが、ほかならぬ劉澄甫だったのである。その結果、劉澄甫も賞を得た上に、山西《さんせい》参議に昇進している。そして、『宝剣記』オリジナルの作者である陳銓の子にあたる陳溥も、この時管糧郎中《かんりようろうちゅう》（食糧を管轄する役職）として遠征に同行し、やはり賞を得た上に山東《さんとう》参議に昇進している。しかしその翌年には、二人はともに弾劾を受けて免職された。

この事実は、劉澄甫と陳溥が共謀して、安国たちの功績を奪って張忠たちのものとした見返りとして地位を得たが、やり方があまりに露骨だったため、反対派の弾劾を受けて失職に至ったことを物語っていよう。つまり、彼らは正徳帝周辺にあった宦官・武官と密接な関係にある文官であり、自らを「清議」と呼ぶ反宦官・武官派の士大夫とは敵対していたことを示すものである。劉澄甫は陳溥とは当然親密な関係にあったものと思われ、それゆえ陳銓が書いた戯曲に劉澄甫が手を入れることになったのであろう。陳銓と劉澄甫の仲介者は陳溥だったであろうから、前述したように「蘭谷」は陳溥かもしれないが、確証はない。

劉澄甫は、成化年間に大学士となった劉珝《りゅうく》の孫であり、劉氏一族は山東の大族であった。同じ山東出身の李開先は、劉澄甫の叔父劉鈗《りゅういん》のために墓誌銘を書いて、進士合格当時劉鈗の世話になったという思い出を記しており、そこには劉澄甫の名も見える。劉氏一族は北京でもかなりの勢力を持っており、李開先は同郷の後輩として、この一族と密接な関わりを持っていた可能性が高いであろう。

陳銓は李開先より四十六歳年長である。すると、陳銓が『宝剣記』の原型を作ったのは、『水滸伝』郭武定本が刊行されるよりかなり前であることになり、『宝剣記』の物語が『水滸伝』に取り込まれる可能性は十分に出てくる。しかし、ここで一つの疑問が生じる。『宝剣記』が出版されるのは、前述の通り嘉靖二十六年のことであり、それ以前には『宝剣記』は陳銓・

劉澄甫・李開先らの関係者以外には広く知られていなかったはずである。そのような無名の作品が『水滸伝』に取り入れられることはありうるであろうか。

## 誰が『水滸伝』を作り上げたのか

前に述べたように、『水滸伝』は正徳・嘉靖期に改作されている形跡がある。ではその改作はいつなされたのか。ここで注意されるのが、やはり前にふれた文官を直接的に攻撃する言葉が、第三十二〜三十五回の花栄《かえい》・秦明《しんめい》の物語という限定された部分にしか見られないことである。その他の部分にも文官や知識人に対する敵意は随所に見えるが、「大頭巾（文官がかぶる頭巾に由来する蔑称）」「文官」といった言葉で直接的に攻撃するのはこの部分にしか見られない。そしてこの部分と、さきにふれた陽明学との関わりを思わせるセリフが見える第三十八回を含む第三十六〜四十一回の宋江の江州配流の物語の部分は、ともに後から附け加えられた要素と推定されるのである（拙著『「四大奇書」の研究』〔汲古書院二〇一〇〕第三部第一章「『水滸伝』成立考」参照）。これは、この部分が郭武定本段階で追加もしくは改変されたことを示唆するものである。

李開先は、失脚する以前の詩文をすべて廃棄しており、詳しいことはわからないが、夏言という共通する敵を持ち、同時に失脚している点から考えて、郭勛と結びついていた可能性がある。そして『宝剣記』の原型を作った劉澄甫たちは、武官・宦官と深い関係を持ち、彼らの利害のために動く文官であった。李開先は劉澄甫の一族と親密であり、人的系統からいっても郭勛と関わりを持つ理由がある。また、後に述べるように、嘉靖八才子などの彼の友人たちの多くも、軍や武官と密接な関係を持っていた。以上の諸点から考えると、やはり井口千雪氏が「武定侯郭勛の人脈―その文学活動を支えたもの　後編」で述べているように、郭武定本作成段階で『水滸伝』に改訂が加えられたとすれば、そこに李開先が関わっていた可能性は十分にあるものと思われる。そして、李開先が『水滸伝』改訂に関わっていたとすれば、彼の周辺以外では知られていなかったはずの『宝剣記』の内容が『水滸伝』に入り込んでいる理由も、説明可能になるのである。

李開先が改訂に関わっていたとすれば、先に示した第二・第三の疑問もおのずと解決する。『水滸伝』の本文が驚くべき高い水準を持つ白話文であることは、それを書いた人間が非常にすぐれた白話運用能力を持っていたことを示す。嘉靖八才子の一人として、当代有数の文章家といわれ、しかも『宝剣記』をはじめとする白話文学作品を多く残し、地元である山東章丘《しょうきゅう》でも曲制作の結社を主宰していた李開先は、文言・白話双方について高度な運用能力を持っていた。彼が全体の文章を書き換えたとすれば、その本文がすぐれたものになったことにも納得がいく。そして、『水滸伝』を高く評価したのは、「嘉靖八才子」を中心とする李開先の友人たちであった。彼らが、偏見なく『水滸伝』を読み、評価したのは当然のことであろう。そして、李開先が『水滸伝』郭武定本を所持していたのも当たり前のことになる。

以上、仮説の域は出ないが、『水滸伝』郭武定本成立について考えうる可能性を示してみた。そこには、武官と、武官に近い立場にある文官との協同の結果という可能性が認められた。ここにも、これまで述べてきた文と武の接近という明代らしい事情が背景にあったことになる。

## 『三国志演義』の誕生

では『三国志演義』についても同じことがいえるであろうか。

やはり元末明初に、羅貫中《らかんちゆう》が『三国志演義』の原型を作ったとされる。羅貫中は確かに当時実在した人物であり、施耐庵と『水滸伝』の場合よりは信頼性が高いかもしれないが、具体的なことはわからない。ただ、前に記したように、『三国志平話』の人気を承《う》けて、建陽《けんよう》の出版社がその改良版を作ろうとした結果、『三国志演義』の原型ができあがった可能性は高いであろう。そして実際、『三国志演義』の原型が建陽で生まれた可能性を示唆する事実が存在するのである。

明代に刊行された『三国志演義』は、分量をコンパクトにするため作られた簡略版を別にすれば、大まかに二系統に分かれる。一つの系統は建陽で刊行され、全ページの上部に挿画を持つ「全相平話」以来伝統の上図下文形式を取る。この系統の版本は、そもそも題名自体が『三国志演義』ではなく、『三国志伝』と題することを原則とする。もう一つの系統が、嘉靖壬午序本に代表される版本である。嘉靖壬午序本は前述の通り内府本の可能性があり、その場合には北京で刊行されたことになるが、その他の版本はおおむね江南の南京・蘇州などで刊行されている。

この二つの系統の本文は不思議な関係にある。通常、系統を異にする本文を持つ場合、一方がもう一方に削除もしくは増補を加えていることが多いのだが、この二系統は分量的には大差なく、内容も、一部の例外を除けばほとんど同じといってよい。しかし、文章は大きく異なっているのである。より正確にいえば、初めの部分の本文にはあまり差がないが、後にいくにつれ異同が増加し、後半は全体の半分近くが異なる文章になっている。にもかかわらず、書かれている内容はほぼ同じである。これは何を意味するものであろうか。

このようなことが起きるのは、一方の本文に対して、もう一方が全面的な書き換えを施した結果としか考えられない。分量の増減が少ないということは、意図されたのは内容の改変ではなく、文章の書き換えだったことになる。簡単にいえば、拙い本文をより読みやすく洗練された本文に書き換えたということである。では、二系統のどちらが原型なのか。

建陽系統の版本のうち最古のものは、葉逢春《ようほうしゅん》本という、スペインのエスコリアル修道院図書館に所蔵されている刊本である。この本には嘉靖二十七年（一五四八）の序があり、日附だけでいえば嘉靖壬午序本よりかなり遅れるが、序が刊行時期を忠実に伝えるとは限らぬことは前に述べた通りであり、まして嘉靖壬午序本の序を書いたのが郭勛であるとすれば、それはこの本文を持つテキストが最初に刊行された時の序をそのまま掲載しているだけである可能性が高い以上、両者の先後関係は明らかではない【図17】。

ただ文章を比較すれば、どちらがより古い本文を持つかは一目瞭然である（詳しくは『中国文学の歴史　元明清の白話文学』第二部の三を参照）。葉逢春本の本文はかなり拙く、時として意味を取りにくいことすらあるのに対し、嘉靖壬午序本の本文は非常に読みやすい。つまり、建陽系統の本文をリライトしたのが嘉靖壬午序本の系統の本文であることになる。建陽では、この後も明末に至るまで、葉逢春本とほぼ同じ本文を持つ刊本が出版され続ける。古い本文を維持し続けたことは、『三国志演義』、というより『三国志伝』が建陽で作られたことを示唆するものであろう。『三国志通俗演義』という題名は、『三国志伝』とは異なる新しい本文を持つ改良版であることを示すためのものかもしれない。『三国志伝』は『三国志』の「伝」、つまり『春秋』に対する『春秋左氏伝』のように、細部を欠く原本の内容を補う詳しい説明を加えたものというもったいをつけたタイトルである。それに対して『三国志通俗演義』は、「通俗」、つまり教養のない人にでもわかるように、「演義」、つまり深い内容（義）をわかりやすく述べ

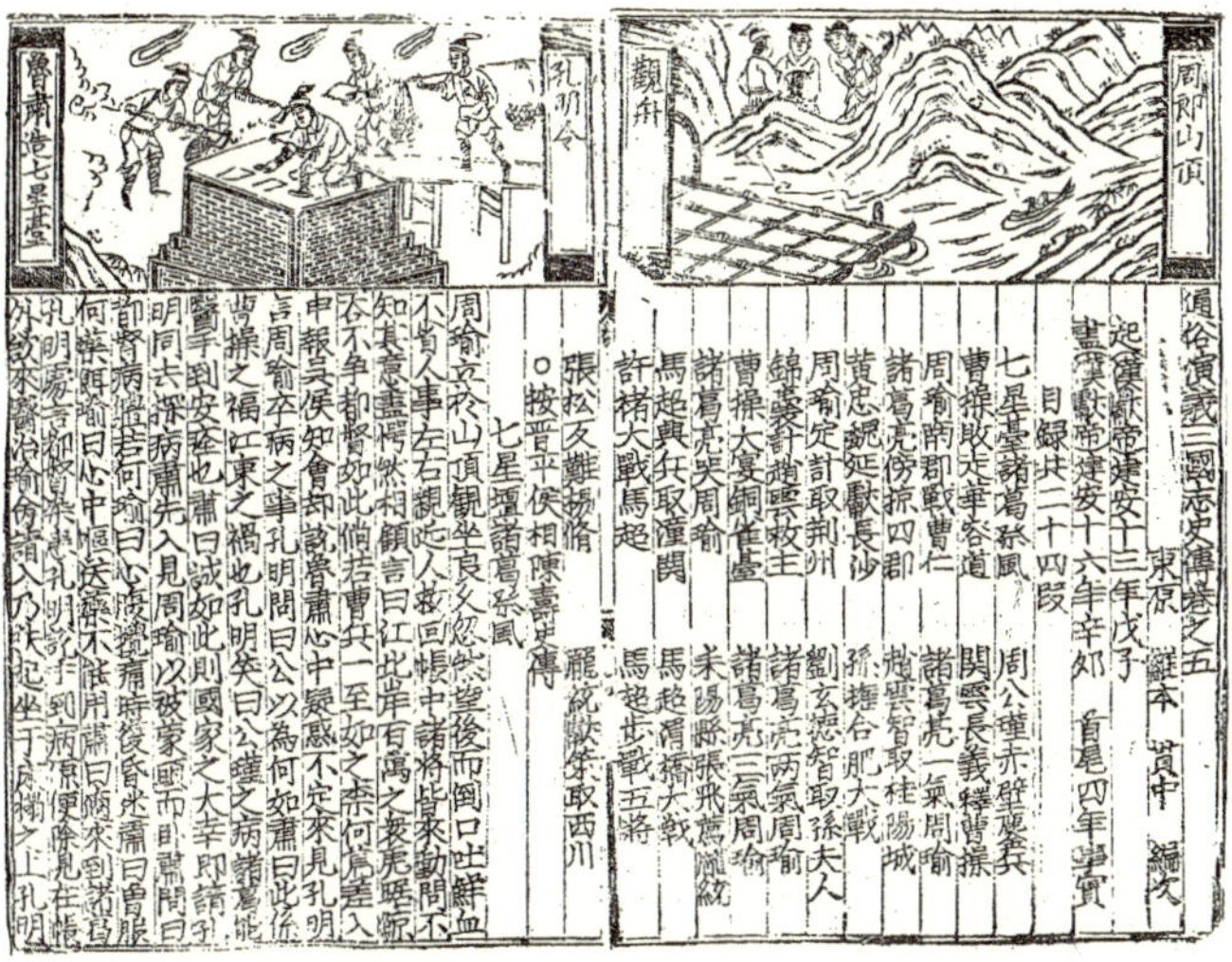


図17　『三国志伝』葉逢春本　孔明が風を呼ぶ壇を築いている場面

た（演）『三国志』、言い換えれば「誰でもわかる『三国志』」という親しみやすいものであることも、『三国志伝』が歴史書、『三国志演義』が大衆的教養書と自己規定していることを示している。

つまり「三国志演義」と題する書物は、この段階で教養書として生まれたことになる。では、誰が何のために改良を加えたのであろうか。やはり郭勛が刊行に当たって手を入れたのか。

『三国志演義』嘉靖壬午序本には、前に述べた嘉靖元年（一五二二）の日附を持つ修髯子序以外にもう一つ、「庸愚子《ようぐし》」なる人物の序があり、そこには弘治七年（一四九四）の日附が記されている。この時郭勛はまだ満十九歳、武定侯だったのは祖父の郭昌《かくしょう》で、まだいわば部屋住みの身だった。この段階で彼が『三国志演義』の改訂を行ったとは考えにくい。とすれば、誰が何のためにこのような改訂を加えたのか。
その鍵は、嘉靖壬午序本の修髯子序にある。郭勛その人の手になる可能性があるこの序では、「客」と「私」の仮想問答が設定されており、「『三国志』という歴史書がもう存在するのに、その上更に『三国志通俗演義』があるというのは、余計ではないか」という「客」の問いに対して、「私」はこう答える。

いや。歴史書に書かれていることは、事柄が詳しくて文章は古めかしく、「義」は微妙で込められた内容は奥深い。学問に通じた儒者や子供の頃から学問をした者でなければ、巻を開くと眠くなってしまわない者は少ない。だから物好きが卑俗な言葉でまとめて本にして、天下の人が耳に入れてその内容に通じることができるようにしたのだ。

ここで注意されるのは、『三国志』は難しいので、読み出すと大抵の人は眠くなってしまうといっていることである。『三国志』は特に難解な書物ではない。つまり、ここで想定されている読者は、知識人などではなく、字は読めるが、そもそも文言の書物を読み慣れていない人々ということになる。

書物刊行の目的を示すこの記述と、内容が劉備・関羽・張飛たち武人の活躍を主題として、知識人である曹操は敵役であること、この序を書いたのが嘉靖元年当時、「団営」つまり首都駐屯軍精鋭部隊の司令官だった郭勛、もしくはその身近な人間であることを考え合わせると、主たる読者として想定されていたのは武官（下士官や兵士まで含むかもしれない）だったものと思われる。では、なぜ武官のためにこの書が作られたのか。

劉鑾《りゅうらん》『五石瓠《ごせきこ》』の「水滸小説禍をなす」には、明末の流賊張献忠《ちょうけんちゅう》が『三国志演義』『水滸伝』を軍事の参考書として使用していたと記されている。満洲族についても、『三国志演義』を戦術書として学んだという風聞がある。つまり、『三国志演義』に書かれている戦闘描写は絵空事ではなく、現実の戦闘行為を反映したものだったのである。確かに、クライマックスの赤壁の戦いの描写は、朱元璋が宿敵陳友諒《ちんゆうりょう》を倒した鄱陽湖《はようこ》の戦いに類似した点が多い。

おそらく『三国志演義』は、『三国志伝』をもとにして、軍の内部で、楽しんで歴史と戦術を学べるテキストとして、より読みやすい文体にリライトされたものだったのであろう。『三国志通俗演義』とは、教養に欠けることを自覚している武官でも手に取りやすくすることを目的に改められた題名だったのではないか。誰がそれを行ったかは定かではない。郭勛が刊行していることから考えると、たとえばその一族で文名が高かった郭登などが関与しているのかもしれないが、確かなことはいえない。

郭勛は、軍の内部で読まれていたこの書物を刊行し、アピールのため嘉靖帝を含む各方面に配布したのである。その内容が充実したものであったため、『三国志演義』が教養書という枠組みを超えて、読物として広く受容されるようになったことは、先に述べた『酌中志』の宦官の間で非常な人気を博していたという記述からも見て取れる。重要なのは、郭勛の配布先が、武官だけではなく文官にも及んでいたであろうことである。読みやすさと内容の面白さゆえに、『三国志演義』は幅広い層で人気を博し、その結果江南の出版社から次々と刊行され、建陽の『三国志伝』を圧倒していく。

こうして『水滸伝』と『三国志演義』は、武定侯郭勛による刊行をきっかけに広がっていくことになる。しかしこの段階では、まだ高級武官である武定侯郭勛が印刷して配布したにすぎず、商業ベースに乗って広く流布したわけではない。江南の出版社が『水滸伝』『三国志演義』などの白話文学を大量に刊行するきっかけは何だったのか。また、特に反体制的な性格を強く持つ『水滸伝』が、なぜ知識人にも受け入れられえたのか。これらの問題について考察することは、『金瓶梅』誕生の謎解明へとつながっていく。

# 第六章　「南倭」と短篇白話小説集の出現

## 世宗嘉靖帝――聡明な「暴君」

正徳帝《せいとくてい》の常軌を逸した行動に悩まされた臣下たちは、新たに迎えた嘉靖帝《かせいてい》に期待を掛けた。嘉靖帝は即位当時満十四歳の少年だったが、聡明さを示して、正徳帝が無軌道な行動ゆえに残したさまざまな問題を解決し、その期待に応えるかに見えた。しかし、臣下たちはまもなく聡明な人間の方がよい皇帝になるとは限らないという事実を思い知らされることになる【図18】。

即位後ただちに、嘉靖帝の実の父母を礼法上どう扱うかという問題が生じ、大礼の議という明王朝を揺るがす事態に至ったことは前述の通りである。聡明な嘉靖帝は、礼法上の慣例を重視する臣下たちよりも、自身の父母に対する孝を優先させて、それを押し通すだけの能力を持ち合わせており、反対派に峻烈な態度で臨んで自らの望みを実現させた。この過程を通じて自身の絶大な権力を自覚した嘉靖帝は、治世の後半になると、錦衣衛《きんいえい》や宦官《かんがん》の秘密警察組織である東廠《とうしょう》を手足に用いて、恐怖政治を布《し》くに至る。

ただし、嘉靖帝が秘密警察を用いて取り調べた対象は文武官僚であって、一般民衆に対して厳しい言論統制を行ったというわけではなかった。その点で錦衣衛はナチスのゲシュタポなどとは異なり、言論に関する規制は、政府や満洲族に対する些細な批判でも容赦なく取り締まった清代よりもはるかに緩やかであった。言論統制は、ある程度の社会的地位のある人間が過激な言動を取った場合、監察官（言官と呼ばれる）から弾劾されるという、知識人社会内部の自己規制の形でなされるのが一般的であった。明代後期は、言論についてはかなり自由な状況にあったことを知っておく必要がある。

嘉靖帝は、正徳帝とは全く対照的に、あるべき皇帝像を心に持ち、自身をそこに当てはめていこうとした。皇帝にあるまじき行動で悪評の高かった正徳帝の後を承《う》けて、少年の身で傍系から入って即位した彼は、周囲に対して、更には自分自身に対しても、帝位にあることの正統性を実証するため、皇帝の理念にふさわしい存在であらねばならないという観念にとらわれていたのであろう。それは対外関係において特に鮮明にあらわれることになる。彼の理念においては、皇帝とは朝貢体制の頂点に位置する存在であり、諸外国は大明帝国を宗主国として尊重し、恭順の意を表しつつ朝貢せねばならない。それゆえ、朝貢に名を借りてあからさまに利益を求めようとする日本やモンゴルに対しては、厳しい態度を取ることに

図 18　嘉靖帝（「歴代帝后半身像冊」台北国立故宮博物院蔵）

なる。その結果、「北虜南倭《ほくりょなんわ》」が嘉靖年間を通じて明帝国を揺るがす大問題となるに至る。

### 「北虜南倭」と嘉靖帝

「北虜」とは北方の野蛮人を意味し、モンゴルを侮蔑的に指す語である。嘉靖年間は、ちょうどアルタン（一五〇七～一五八二）が力を伸ばしてモンゴル統一に向かう時期に当たる（モンゴルのリーダーであることを公認されてハーンとなるのは嘉靖三十年〔一五五一〕）。アルタンは朝貢を求めていたが、嘉靖帝はアルタンが侵入を繰り返していることを理由に認めようとせず、ついに嘉靖二十九年（一五五〇）、「庚戌《こうじゅつ》の変」と呼ばれる大侵入を招くことになる。その後、交易の拠点である馬市を設けることになったが、トラブルが続発したため、嘉靖帝はこれを廃止し、今後馬市の開設を提言するものは処刑すると宣言するに至る。嘉靖年間を通じて「北虜」が大きな政治・軍事問題となった背景には、皇帝としてのあるべき態度にこだわる嘉靖帝の姿勢があった。

「南倭」についても似通った事情がある。よく知られているように、足利義満は明に対する朝貢を行い、「日本国王」に封じられた。以後も日本からの朝貢は続いていたが、莫大な利益をもたらす朝貢の権利をめぐって細川氏と大内氏が争い、嘉靖帝即位早々の嘉靖二年（一五二三）、寧波《ねいは》において、賄賂を受けた市舶太監《しはくたいかん》（貿易を司る市舶司担当の宦官）が細川氏をひいきしたことに怒った大内氏の者たちが暴れだし、ついには明の武官を殺害するに至った。この結果、当時は若手官僚だった夏言《かげん》の意見により、市舶司《しはくし》は廃止された。朝貢貿易自体は嘉靖十八年（一五三九）に再開されたが、人や船の数は厳しく制限され、また市舶司は廃止されたままで、市舶司にかわって日本からの物品受入に当たった商人が代金を踏み倒すなどの事態が相次いだ。

折しも日本では石見《いわみ》銀山の産出量が急増し始めた時期に当たり、貿易を望む者は日本・中国双方に多かった。こうして、日本人と中国人、更にはポルトガル人・琉球人など、その他の国の人々をも巻き込んで、密貿易を行う大規模な組織が形成される。これを通常「倭寇《わこう》」と呼ぶが、実際には右に述べたように、「倭」つまり日本人のみではなく、多様な地域に出自を持つ人々により形成された国際的な組織であった。

ここでも原則主義を守って、貿易統制という国是を貫こうとする嘉靖帝は、その取り締まりを命じ、嘉靖二十五年（一五四六）、浙江巡撫右副都御史《せっこうじゅんぶゆうふくとぎょし》（事実上の浙江の長官）に任命された朱紈《しゅがん》は密貿易集団の本拠地だった舟山《しゅうざん》諸島の双嶼《そうしょ》を襲撃、多くの者を捕らえ、中心人物たちを処刑した。以後統制を失った密貿易集団の多くは略奪行為に走り、「嘉靖大倭寇」と呼ばれる事態が発生する。

つまり「北虜南倭」は、よき皇帝を目指して原則主義を貫徹しようとする嘉靖帝ゆえに引き起こされた側面を持つ。大礼の議において激しい反発を受けて以来、臣下を信頼できなくなった嘉靖帝は、前述のように錦衣衛を使って官僚に探りを入れ、高官でも容赦なく処刑し、また意に沿わぬ者は宮廷内でとげのついた棒で腿《もも》を打つ杖刑を加えるなど、恐怖政治の色彩を濃くして、自己の意に沿わない者は容赦なく排除していく。しかし、独裁的に権力をふるう一方で、内廷から出ることを厭うようになり、嘉靖十一年（一五三二）武定侯郭勛《かくくん》に豊作を祈る儀礼を、翌年にはやはり郭勛に皇帝が行うべき最も重要な任務である天を祭る儀礼を代行させて以降、各種儀礼にはすべて代理を立て、宦官を通じて内閣をコントロールすることによって政務を執るようになる。また、強大な権力を独占した者の常として、死を恐れるようになり、不老長生の術を求めて道教に耽《ふけ》りはじめる。

嘉靖十八年（一五三九）、前年に亡くなった母を父と合葬するため、嘉靖帝は自ら湖北に赴くが、道中火災にあい、危うく焼死しかけたところを、火の中に跳び込んだ乳兄弟の錦衣衛指揮陸炳《りくへい》によって救出される。嘉靖二十一年（一五四二）には、宮中で宮女楊金英《ようきんえい》らが嘉靖帝を絞殺しようとする事件が起こる。嘉靖帝は意識不明に陥るが、紐の結び目がゆるかったためにかろうじて助かる。この後、嘉靖帝は不快な記憶があり、かつ処刑された宮女の中に無実の者もあったため、その幽霊が出るという噂もある内廷を避けて、西側に西苑と呼ばれる宮殿を新たに造営し、内廷には近づかなくなる。二度にわたって九死に一生を得た嘉靖帝は、これも道教の神の加護ゆえと信じ込んで、西苑における道教儀礼にいよいよはまり込んでいく。

こうした状況で嘉靖帝から信任を得るためには、道教儀礼に協力せねばならない。嘉靖帝に信任されて首輔《しゅほ》となった夏言・厳嵩《げんすう》（一四八〇〜一五六七）・徐階《じょかい》（一五〇三〜一五八三）は、いずれも道教儀礼の中で天帝に上奏する文である青詞《せいし》を書くことにすぐれていた。夏言は嘉靖二十七年（一五四八）に失脚して処刑されるが、その大きな原因の一つは、青詞を他人に代作させていたことが帝に知られたためだという。厳嵩は、嘉靖二十一年（一五四二）から四十一年（一五六二）まで内閣にあり、その大部分において独裁的な権力をふるった。彼は後世、唐の李林甫《りりんぽ》や南宋の秦檜《しんかい》などと並んで奸臣の代表とされることになるが、賄賂を取ったこと、巧みに責任を回避して保身を図ったことなどは事実ではあるものの、基本的には嘉靖帝の意向に迎合することに巧みであったがゆえに、長期にわたって権力を握り、嘉靖帝が受けるべき非難を代わって身に負っている感がある。彼が奸臣として名高くなるのには別の事情があるのだが、それについては追って述べたい。

「北虜南倭」に対応することになった人々は、いつ怒りを買うかわからず、ひとたび怒りを買えば死に直結することになる嘉靖帝と、嘉靖帝の意向を忖度して、保身と自己の利益を優先する厳嵩の下で動かねばならなかった。彼らの多くが過酷な運命をたどったのも当然の結果であったといわねばならない。

そうした生死のかかった軍事行動の場で、短篇白話小説が刊行され、更には『金瓶梅』が生まれる前提が形作られていくことになる。

### 最初の短篇白話小説集『六十家小説』

『三国志演義』『水滸伝』が郭勛によって刊行されたとはいえ、それは商業目的のものではなかった。葉逢春《ようほうしゅん》本などの存在から考えて、おそらく建陽《けんよう》では『三国志伝』などの書物が通俗歴史書という意識のもとに刊行されていた可能性が高いが、白話小説が本格的に刊行され始めるのは嘉靖中期のことになる。この頃刊行された白話小説としては、おそらく最初の本格的な短篇白話小説集『六十家小説』と、一部のみを残す『水滸伝』がある。ここから白話小説が商業ベースに乗って刊行されはじめ、万暦《ばんれき》年間における爆発的な刊行に至るのである。

「嘉靖残本」と呼ばれる『水滸伝』は、全百回のうち八回を残すのみで、刊行主体もわからず、刊行時期も不明だが、内容や用字法から嘉靖頃の刊行ではないかと推定されている。一方、『六十家小説』の刊行主体ははっきりしている。

『六十家小説』は、六十篇の短篇小説からなる大規模な選集であった。元来は『雨窓集』以下、各十篇を収める六つの短篇小説集により構成されていたらしい（『六十家小説』という名称が当時からあったものかは確実ではないが、ここでは便宜上この名称を用いる）。ただ、その半数以上は失われ、現在残っているのは日本の内閣文庫に所蔵される十五篇（通称『清平山堂話本《せいへいさんどうわほん》』）と、『雨窓集《うそうしゅう》』『欹枕集《きちんしゅう》』という元来の名称を一部に残す十二篇のみである。中里見敬《なかざとみさとし》氏が『中国小説の物語論的研究』（汲古書院一九九六）「Ⅱ　六十家小説の成立に関する研究」で論じているように、かの晁瑮《ちょうりつ》『宝文堂書目』には『六十家小説』を構成する六つのうち『随航集《ずいこうしゅう》』の名があるほか、この選集に収められていたと思われる短篇小説が多数見え、嘉靖年間にこのシリーズがある程度広まっていたこと、またすでにまとまった形ではなく、分散して流布する傾向があったことがわかる。この『六十家小説』を刊行したのは、洪楩《こうべん》の清平山堂であった。

**洪楩と清平山堂**

洪楩については中里見氏の著書に詳しい。清の丁申《ていしん》の『武林蔵書録』によれば、彼は杭州《こう》の人で、『夷堅志《いけんし》』『容斎随筆《ようさいずいひつ》』で名高い洪邁《こうまい》の後裔、洪鍾《こうしょう》の孫であった。洪鍾は成化十一年（一四七五）の進士、弘治十一年（一四九八）に長城の修復に当たるなど、軍事関係の業務に当たることが多く、正徳五年（一五一〇）には刑部尚書《けいぶしょうしょ》（法務大臣）の身で、総督川陝《せんせん》湖広河南四省軍務（四川・陝西《せんせい》・湖広・河南四省の軍務の統括者）を兼任して四川・湖南の反乱鎮圧に当たったが、七年の末に至っても鎮圧することができず、召喚されて引退している。つまり、軍と密接な関係を持つ文官だったことになる。孫の洪楩は恩蔭《おんいん》により詹事府主簿《せんじふ》（皇太子の教育に関する業務を担当する官だが名目的な閑職）の官位を受けている。

洪楩は「清平山堂」の名で出版事業を行い、『六臣注文選《りくしんちゆうもんぜん》』『唐詩紀事《とうしきじ》』『新編分類夷堅志』等を刊行した。このうち『唐詩紀事』が近代に編集された善本叢書『四部叢刊』にその影印が収められて、今日でも容易に目にすることが可能であるのをはじめ、いずれもかなり広く流布した刊本であり、相当な発行部数があったものと思われる。この点から考えると、洪楩の出版事業は単なる士《し》大夫《たいふ》の道楽ではなく、商業的性格を持っていた可能性が高そうである。もしこの推定が正しければ、洪楩は高官の孫として官位を持ち、杭州では勢力を持つ一族の当主であり、副業として出版業を営んでいたことになる。第八章で述べる万暦の末に『元曲選《げんきよくせん》』を刊行した臧懋循《ぞうぼうじゆん》の事例において典型的に見られるように、士大夫が副業として出版事業を行うという事例はかなり多い。

洪楩が刊行した書物のうち、『六臣注文選』『唐詩紀事』はいうまでもなく純然たる高級知識人向けの書物である。『新編分類夷堅志』は、『夷堅志』が元来投稿雑誌のような性格を持っていた関係上、全く無秩序に記事が並んでいたのを、分類して排列し直したもので、内容からいえば読物といってよいが、この書の刊行については、おそらく先祖に当たる洪邁の顕彰という意味があったものと考えるべきであろう。『夷堅志』も無論文言で書かれている。これらを見る限り、清平山堂の刊行物は、洪楩の身分にふさわしく、士大夫向けの堅いものを中心としているように見える。つまり、『六十家小説』は清平山堂の刊行物としてははなはだ異色のものであることになる。しかも、これ以前に短篇白話小説がまとまって刊行された事例は、記録に残る限りない。なぜ洪楩はこのような書物を刊行したのであろうか。

ここで注目されるのが、『六臣注文選』と『新編分類夷堅志』に、『西湖遊覧志』の著者として知られる田汝成《でんじよせい》（一五〇三〜一五五七）の序が附されていることである。田汝成は杭州の出身で、嘉靖五年（一五二六）に進士となり、十八年（一五三九）には嘉靖年間に軍事で辣腕をふるった翁万達《おうばんたつ》（一四九八〜一五五二）を輔佐して、広西の反乱鎮圧で功績をあげた後、二十年（一五四一）に退職して杭州に帰っている。同じ町に住んでいた以上、両者の間に交流があるのは当然とも見えるが、しかし彼らの間には特別なつながりがあった。

明の皇帝の行動と、皇帝のもとに届けられた上奏文などを日ごとに記録した明代史の根本資料『明実録《みんじつろく》』の嘉靖四十一年十一月の項に次のような記事が見える。

丁亥（七日）、南京戸科給事中の陸鳳儀《りくほうぎ》が総督胡宗憲《こそうけん》の専横貪淫に関わる十大罪を弾劾する上奏を行った。「……総督府には銀が山の如くに蓄えられ、悪人どもが数知れず集まって、郷官（退任後郷里に引退しているもと官僚）呂希周《りょきしゅう》・田汝成・茅坤《ぼうこん》といった者どもは、皆舌を遊ばせ筆をふるって、入れ替わり立ち替わり門客となっております。しかも無軌道に女色に耽ることを隠そうともせず、郷官洪楩の娘を妾にいたしました。……」

洪楩と田汝成は、ともに総督胡宗憲（一五一二～一五六五）と関わりを持っていたのである。胡宗憲とは何者だったのであろうか。

### 倭寇対策担当者の運命

前述したように、朱紈（一四九二～一五四九）は、浙江舟山諸島にあった密貿易集団の本拠地双嶼を襲撃し、壊滅させるが、こうした過激な行動は、密貿易により利益を得ていた地元の人々の激しい反発を買い、その意向に沿った官僚からの弾劾を受けて降格された朱紈は、嘉靖二十八年（一五四九）、絶望して自殺する。その後、倭寇による略奪が激化したことに対応するため、嘉靖三十一年（一五五二）に派遣されたのが王忬《おうよ》（一五〇七～一五六〇）であった。

王忬の出身地である太倉は蘇州の東の海に近い地で、しばしば倭寇の被害をこうむっていた。彼は倭寇の危険を身にしみて感じていたものと思われる。王忬は高官の息子として生まれ、嘉靖二十年（一五四二）に進士となった後、順調に昇進する。二十九年、アルタンの大侵入にあたり、順天府、つまり北京周辺担当の御史（監察官）だった王忬は、危地にあった通州に駆けつけて防衛に当たる。密偵の報告により王忬が防衛に挺身していることを知った嘉靖帝は、彼を通州防衛の責任者に抜擢している。王忬が倭寇対策を任されたのは、こうした軍事上の能力を評価されたことによるものであろう。

王忬は兪大猷《ゆだいゆう》（一五〇三～一五七九）ら優秀な軍人を起用して倭寇にかなりの打撃を与えたが、倭寇の侵入が各処に及ぶため、いたちごっこの感があり、根本的に解決することはできなかった。一方で倭寇懐柔を進める提案も行ったが、嘉靖帝には容れられぬまま、嘉靖三十三年（一五五四）、アルタンの侵入で急を告げる北方対策のため、大同巡撫に転出する。その後彼がたどった過酷な運命については、後にふれることにしたい。

王忬にかわって倭寇対策に任じられたのは張経（一四九一～一五五五）であった。彼は、さきに田汝成が活躍したことを述べた広西の反乱鎮圧における功績を評価されて、新たに設置された総督の職に任じられたのである。これと並行して、工部（建設・造営担当部局）侍郎《じろう》（次官）の趙文華《ちょうぶんか》（一五〇三～一五五七）が、倭寇を鎮めるためには海神を祭るべきだと言上し、現地の監督を兼ねて派遣される。当時にあっても噴飯物と思われたであろうこのような提案が実行に移された背景には、趙文華が当時の権臣厳嵩の義児を名乗る子分だったという事情がある。趙文華の真の目的は倭寇対策に介入することにあり、厳嵩の威光をかさにきた横暴な振る舞いが多かったため、官位が上であることを理由に譲ろうとしない張経との対立が激化する。その末に趙文華は、張経が援兵を待って動かずにいるのを好機として、再三にわたって張経が臆病風に吹かれて戦闘を避けていると讒言《ざんげん》する上書を送る。その結果、張経が待っていた援兵が到着して戦闘を開始し、倭寇に対して大戦果をあげたちょうどその時、張経逮捕の命が下されて、張経は処刑されることになる。

趙文華とともに讒言を行い、張経の功績を横取りしたのが、浙江巡按御史《じゅんあんぎょし》として現地にいた胡宗憲であった。張経らが趙文華と対立する中、胡宗憲だけは趙文華に接近し、倭寇に大勝した際にも二人は協同して功績をあげていた。それを口実に、趙文華は功績を自分と胡宗憲のものだと言上し、胡宗憲も張経を弾劾する上奏を行ったのである。張経の後任となった者たちも趙文華の上奏によって次々に解任・処罰され、嘉靖三十五年(一五五六)、胡宗憲が趙文華の推薦により総督となる。

ここまでの展開からも明らかなように、胡宗憲は一筋縄でいく人間ではない。これまで見てきた王瓊《おうけい》などと同様、彼は善悪の基準では計れない、実に明代的な複雑な人物であった。胡宗憲は徽《き》州績渓《せきけい》の出身である。この地は、国家専売の塩販売を請け負って、当時の経済を握っていた徽州商人(新安商人とも呼ばれる)の本拠地であった。嘉靖十七年(一五三八)に進士となり、監督官である巡按御史として北辺防衛、ついで湖広地域の反乱鎮圧を担当した後、嘉靖三十三年(一五五四)に浙江の巡按御史に着任し、倭寇対策に当たることになったのである。

彼は早くから、征討一本槍では解決はできないという認識のもとに、懐柔策を併用するプランを持っていたようである。張経を弾劾したのも、単に張経を陥れることだけを目的としたものではなく、張経のように武力で対応するだけでは倭寇問題の根本的解決はできないという考えがあったものと思われる。

### 胡宗憲の辣腕

総督となって全権を握った胡宗憲は、いよいよ自身のプランを実行に移すことになる。ただ、前任者たちの例から考えても、プランを実現するためには二つの手を打っておく必要があった。一つは朝廷からの支持を確保することである。必要なのは嘉靖帝の信頼だが、嘉靖帝を動かしているのが厳嵩であることを考えれば、厳嵩からの支持を得る必要がある。胡宗憲が趙文華に接近したのもそのためだったであろう。この時期の政治に携わる者が自らが理想とする事業を実行しようとすれば、まず地位を安定させるために汚いことに手を染めることは不可避であった。以後胡宗憲は厳嵩に媚びへつらうことによって、安心して倭寇対策に専念できるよう、自身の地位の確保を図っていく。必然的に、彼は奸臣厳嵩に媚びへつらうやからとしての批判を受けることは避けられない。正しい目的を達成しようとすれば、不正に荷担せざるをえず、その結果人格がむしばまれていくという状況は、この時代に大きな政治的業績をあげた人物の多くに共通して認められる。通常の道徳的尺度でははかれない胡宗憲の異様な人間性は、こうした状況がもたらしたものであった。

もう一つは「郷官」との関係である。胡宗憲は、朱紈が破滅に追い込まれた原因をよく理解していたものと思われる。前述のように、この時期の倭寇は実際には国際的私貿易組織であり、浙江で活動する集団のリーダーは王直・徐海などの中国人であった。貿易を行う以上、彼らは地元の有力者と利害関係を持つことが多く、朱紈のように武断的なやり方は地元の反発を招くことになる。それゆえ朱紈は弾劾されて自殺に追い込まれたのである。その土地の世論を主導し、朝廷をも動かす力を持つのは、今では引退して地元で生活している「郷官」と呼ばれるもと官僚たちである。そこで胡宗憲は、郷官を抱き込み、彼らを通じて土地の世論を誘導するとともに、適当な落とし所を探ろうとしたのであろう。さきに引いた『明実録』の記事に、「郷官」呂希周・田汝成・茅坤が胡宗憲の「門客」となり、同じく「郷官」の洪楩が胡宗憲と特殊な関係を結んでいるとあったことの背景には、こうした事情を想定すべきであろう。

こうして周到に手を打った上で、胡宗憲は懐柔と討伐という飴《あめ》と鞭《むち》を巧妙に使い分けながら、倭寇の組織を壊滅に追い込んでいく。まず一番の武闘派というべき徐海の一党を巧妙に操って仲間割れさせる。徐海の帰服を許して仲間の麻葉《まよう》を捕らえさせておいて、別の仲間の陳東に徐海を攻撃させた結果、徐海は逃れた先で官軍に包囲されて、海に身を投じて死に、陳東も捕らえられて、徐海一党は壊滅する。趙文華はこの手柄をわがものにしてしまうが、胡宗憲は意に介することなく、続いて翌嘉靖三十六年（一五五七）には、王直が同じ徽州の出身であることを利用して、同郷のよしみを説いて信頼させ、官職を与えるとして帰順させる。この時、胡宗憲は約束を守り、この機会に海禁を解除して倭寇を鎮静化しようと図ったが、巡按御史の王本固は王直を投獄してしまう。胡宗憲は王直を許すことによって他の者も帰順させることができると説いたが、原理主義的な嘉靖帝には認められず、結局胡宗憲は王直を処刑せざるをえなくなる。

こうして、貿易自体を認めることによって倭寇を消滅させるという方策は潰《つい》え、その後も倭寇の襲撃が続いたため、胡宗憲はしばしば弾劾を受けるが、厳嵩に手厚い贈り物をし、嘉靖帝には白鹿・白亀などの祥瑞を贈って喜ばせることによって権力を維持する。しかし、嘉靖四十一年（一五六二）、厳嵩が失脚すると、胡宗憲は弾劾を受けて逮捕されて失脚、一度は罪を免れるが、四十四年（一五六五）、再び弾劾を受けて逮捕され、獄中で自殺することになる。権力者に媚びることをもためらわずに危ういバランスを取りつつ、倭寇沈静化という大目標を目指した胡宗憲は、あと一歩というところで嘉靖帝の原理主義のために目標を達成できず、非業の死を遂げることになったのである。しかし、彼によって倭寇が衰えたことは間違いなく、その功績は不滅のものといってよい。結局嘉靖帝の在世中には彼が目指したことは実現せず、隆慶元年（一五六七）、嘉靖帝の死後ただちに海禁が緩和されたことで倭寇は沈静化に向かう。

胡宗憲の読みは正しかったのである。

### 胡宗憲の幕府に集った人々

七年間ほどにわたって杭州で幕府（司令部）を開き、強大な権力をふるった胡宗憲のもとには多くの人が集まった。配下の武将としては兪大猷と戚継光《せきけいこう》（一五二八〜一五八八）が代表格になる。注意されるのは、この二人は武将でありながら豊かな教養を持ち、詩人としても知られることである。戚継光が著した『紀効新書』『練兵実紀』は兵学書の古典といってよい。一方、胡宗憲の片腕として、相次いで淮揚《わいよう》巡撫となって活躍したのは、李遂《りすい》（一五〇四〜一五六六）と唐順之《とうじゅんし》（一五〇七〜一五六〇）であった。李遂は文官ではあるが、用兵に長じることで知られた。唐順之は兵学書『武編』の著者としても知られ、倭寇との戦いでも自ら甲冑を着けて前線で戦い、船の中で病死した。彼らはともに趙文華の推薦を受けてこの任についている。

つまり、文官として軍事を統べる胡宗憲の幕府には、文事に通じた武官と、軍事に通じた文官が集っていたことになる。中砂明徳氏は『江南——中国文雅の源流』（講談社選書メチエ二〇〇二）第四章「北虜南倭」においてこれを「文武のクロスオーバー」と呼んでいる。中砂氏は、更に先にあげた「郷官」のうち茅坤（一五一二〜一六〇一）についても、軍事に精通し、倭寇対策の研究を進めていたことを指摘している。茅坤は胡宗憲の参謀としての役割を果たしていたのであろう。また、「郷官」ではないために先の弾劾には名前がなかったが、胡宗憲の参謀役だったといわれる徐渭《じょい》（一五二一～一五九三。字の文長、号の青藤の方がよく知られているかもしれない）も軍事にすぐれた能力を持っていたといわれる。徐渭は書画において名声が高いが、文学においても詩文のほか、雑劇連作『四声猿』や演劇資料として名高い『南詞叙録』のような白話文学に関わる業績も残している。

ここまで見てくれば、田汝成が胡宗憲の門客だった理由も明らかであろう。彼は地元杭州で影響力を持つ郷官であり、かつ豊富な軍事上の経験を持ち、参謀役もつとめうる人材だったのである。田汝成の主著『西湖遊覧志』の序には、この書物は「剣泉鄢公」の尽力で刊行できたとあるが、この人物はおそらく厳嵩の腰巾着として悪名高かった鄢懋卿《えんぼうけい》のことであろうと思われる。田汝成は、胡宗憲を通じて厳嵩の人脈と関係を附け、『西湖遊覧志』刊行の便を得たのであろう。洪楩も、大官だった祖父洪鍾の孫という立場で、一定の影響力を持つ郷官として胡宗憲のもとにあったかと思われるが、両者の関係はそれにとどまるものではなかった。さきに引用した『明実録』に見えた洪楩の娘のことについて、沈徳符《しんとくふ》『万暦野獲編《ばんれきやかくへん》』補遺巻二「二胡暴貴不終」にはもう少し詳しく書かれている。

胡宗憲は江南で妓女との遊びに耽り、精力絶倫を自負して、妓女たちを抱きながら、幕客たちと幕府で淫乱をほしいままにして、酔いに任せて御史の門番に戯れた末に、将校を派遣して斬らせるに至っている。また兵士徐子明の妻と通じ、郷官洪楩の娘を妾として家に入れた。

『明実録』は上奏文の引用だけに具体性を欠いていたが、沈徳符のあけすけな記述からは、好色な胡宗憲の歓心を買うため、洪楩が自分の娘を妾として差し出したという実態がはっきり読み取れる。

洪楩は胡宗憲と非常に密接な関係を持ち、彼の幕府に出入りしていた。田汝成が洪楩の出版した書物の序文を書いたのも、両者が胡宗憲の幕府における門客仲間として親密な関係にあったからであろう。洪楩の出版事業は、胡宗憲の幕府という場と関係を持っていたのではないか。ここで改めて胡宗憲の幕府の構成員を検討してみよう。

まず、武将でありながら文学を好む兪大猷と戚継光。門客としては、引退した文官だが軍事に通じた田汝成と茅坤、それに大きな官職についた経験はないが、豊富な軍事知識を持つ徐渭。そして茅坤は文学にもすぐれ、当時主流だった復古派とは異なり、唐宋八大家を重んじる唐宋派に属していた。そもそも唐宋八大家という言い方が定着したのは、彼が編集した『唐宋八大家文鈔』によるとされる。徐渭は復古派の批判者として知られ、また白話文学の大家でもあった。更に、胡宗憲と密接な協力関係にあった唐順之は唐宋派の大家であり、茅坤は彼に心酔していた。

もう一つ、彼らの多くには興味深い共通点がある。唐順之は王畿《おうき》（龍渓）の教えを受け、羅《ら》洪先《こうせん》（念庵）と親密な関係にあったが、この両人はともに陽明学者として名高い人物である。唐順之とともに胡宗憲を佐《たす》けた李遂も陽明学者欧陽徳《おうようとく》（南野）の弟子であった。また徐渭は王畿の従兄弟であり、やはり陽明学の影響を受けていた。

つまり胡宗憲の幕府は、軍事に通じた知識人と、文学に通じた武人を主たる構成員とし、白話文学の大家である徐渭もその中に含む、文武が入りまじった場であり、また陽明学の影響も色濃かった。洪楩の出版事業がこうした場と無関係だったとは考えにくい。そうした中で『六十家小説』は刊行されたのである。

## 『六十家小説』刊行の背景

ここで『六十家小説』の形態を確認してみよう。『清平山堂話本』などの名で呼ばれる『六十家小説』の現存する刊本はほぼ同じ形態を持つ。半葉（一ページ）十一行からなり、一行の文字数は二十一字。これは同じ洪楩が刊行した『唐詩紀事』の半葉十行、一行の文字数二十字、『六臣注文選』の半葉十行、一行の文字数十八字に近い。また挿画は一切なく、批評（一種の読書指南。第八章参照）や注釈の類も皆無で、句読点も附されていない。つまり、『唐詩紀事』などの堅い書物とほぼ同じ外見を持っているのである。これは、たとえば葉逢春本『三国志伝』などの建陽の刊行物とは全く対照的といってよい【図19】。

以上を総合すれば、洪楩が『六十家小説』を刊行した理由も見えてくる。これまで見てきたように、白話小説の読者の中でも大きな比重を占めていたのは武官・武人であった。胡宗憲の幕府は軍事の場であり、当然ながら多くの武官・武人が集まっている。そこに、軍事に通じた知識人が加わり、その中には白話文学に通じた者も含まれている。そうした場にあって、白話で書かれた小説を、伝統詩文同様の読物として刊行する動きが生じたのではないか。

元代には、モンゴル人・色目人、そして旧金・南宋国民のうち武人や胥吏《しょり》を主たる対象に「全相平話《ぜんしょうへいわ》」などの白話による教養書が刊行されたものと思われる。それを承けて元末明初以降に「全相平話」の改良版として建陽で作られた『三国志伝』を、主に武官向けにリライトしたものが『三国志演義』だったのではないかと推定される。そして、武官の中でも最高位にあった郭勛によって『三国志演義』と『水滸伝』が刊行される。一方で、士大夫にも低い階層の出身者が増え、元来世襲武官の家である軍戸などからの科挙合格者も多く出現するとともに、武をたしなむ文官が増加し、白話文学への抵抗が薄れる。郭勛の『三国志演義』『水滸伝』刊行は、特に『水滸伝』の白話文の見事さによって、知識人における白話文学の評価を向上させる結果をもたらした。

更に、陽明学、特に王畿らのいわゆる陽明学左派は、「現成良知《げんせいりょうち》」、つまり人間は生まれながらにして「良知」を持っているという説を唱えた。そこからは、知識や教養よりも持って生まれた「真」を保つことの方が大切であるという発想が生まれてくる。これは、教養はなくても「真」である人間、たとえば『水滸伝』の魯智深《ろちしん》のように、利害得失にとらわれることなく、正しいと思ったことは一切ためらわず実行する人物を至高とする発想につながっていく。こうして、知識人の間にも「俠」を重んじる動きが広まることになる。これが武人に歓迎される動きであったことはいうまでもない。胡宗憲のもとにあった知識人の多くは陽明学の徒であった。

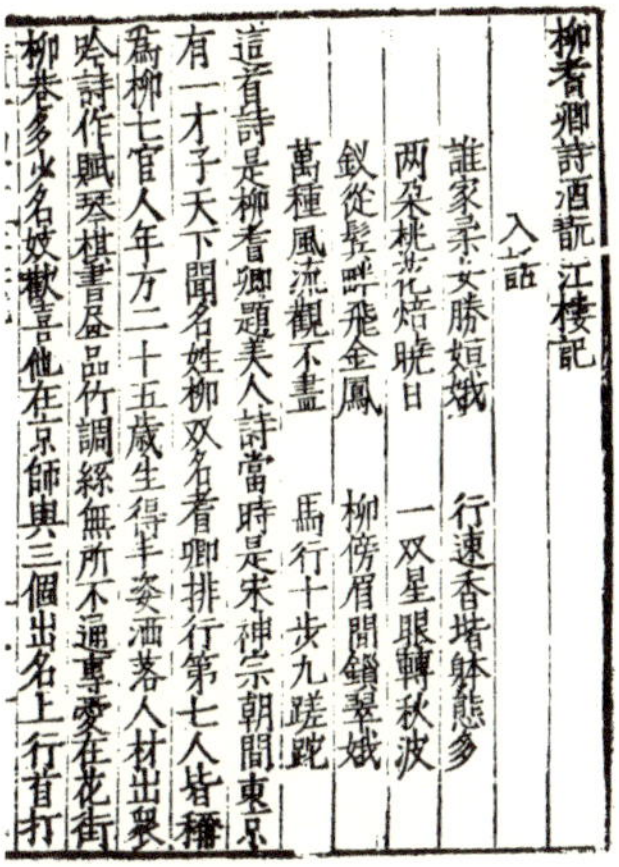
柳耆卿詩酒翫江楼記
入話
誰家柔女勝嫦娥　行速香堦體態多
两朶桃花焙暁日　一双星眼轉秋波
釵從鬢畔飛金鳳　柳傍眉間鎖翠娥
萬種風流觀不盡　馬行十歩九蹉跎
這首詩是柳耆卿題美人詩當時是宋神宗朝間東京
有一才子天下聞名姓柳双名耆卿排行第七人皆稱
爲柳七官人年方二十五歳生得丰姿洒落人材出衆
吟詩作賦琴棋書畫品竹調絲無所不通専愛在花街
柳巷多少名妓歡喜他在京師與三個出名上行首打

図19　『清平山堂話本』（『六十家小説』）「柳耆卿詩酒翫江楼記」（国立公文書館蔵）

こうした状況を承けて、文武融合の場であった胡宗憲の幕府において、最初の本格的短篇白話小説集である『六十家小説』が、六つの短篇集という形式を取って次々に刊行されたのである。その体裁が知識人向けの堅い書物に類似していることは、これらの書物が、従来建陽で刊行されていたような挿画や附録を伴う大衆的白話文学刊行物とは一線を画す、知識人向けの書であることをアピールしようとしたことのあらわれであろう。

実は、一部のみを残す『水滸伝』のいわゆる嘉靖残本も、現在残っている部分に限っていえば挿画がなく、半葉十行で一行の文字数二十字、句読点も批評・注釈も一切ないという点で『六十家小説』と類似している。嘉靖残本の刊行者は全く不明だが、やはり同じような意識をもって刊行された可能性が高いように思われる。前述のように、『水滸伝』は内容面で一部の知識人に重視される理由があり、かつその非常にすぐれた白話文は、文言では表現しえない日常生活や庶民の生態を細部まで描きうる新たな文体として、やはり一部の知識人に衝撃を与えつつあった。

そこで注目されるのが、胡宗憲の幕府に集った知識人の中に、前に引いた李開先《りかいせん》『詞謔《しぎゃく》』に『水滸伝』を評価したとして名があがっていた人物が含まれていることである。唐順之こそその人にほかならない。

**浮かび上がるもう一つのグループ**

李開先によれば、崔銑《さいせん》・熊過《ゆうか》・唐順之・王慎中《おうしんちゅう》・陳束《ちんそく》が『水滸伝』を讃えたという。前述したように、この顔ぶれのうち、崔銑を除く四人は、李開先とあわせて「嘉靖八才子」を構成するメンバーである。嘉靖八才子は、当時「後七子」と呼ばれていた王世貞《おうせいてい》・李攀龍《りはんりゆう》らの指導のもとに全盛を誇っていた復古派に対抗して、唐宋八大家を重んじる唐宋派と呼ばれるグループの中核となっていた文人たちであった。胡宗憲の幕府にあった人々のうち、茅坤が「唐宋八大家」という名称の元祖ともいうべき存在であり、また唐順之を深く重んじていたことは前述の通りである。徐渭も反復古派の態度を鮮明にしていた。つまり、胡宗憲のもとにあった知識人たちには、第一に反復古派的立場を取り、唐宋派、もしくはそれに近い考えを持っていること、第二に軍事に通じ、武官と密接な関わりを持つことという共通点を有していた。そしてもう一つ、胡宗憲の立場からいえば当然のことながら、厳嵩の人脈に近い位置にあるという点でも共通していた。

唐順之と李遂は、ともに厳嵩の子分である趙文華の推薦により任命されている。そして、ここでもう一つ興味深い関係が浮上する。唐順之・趙文華、そして李開先は、みな嘉靖八年の進士なのである。李開先と唐順之は親友の間柄であった。そして李遂も、彼らとは至って親密な関係にあった。

ここに、胡宗憲の幕府にいた人々と李開先の間の結びつきが浮上する。更に、徐渭の従兄弟にして唐順之の師だった陽明学左派の中心人物王畿（龍渓）も、実は郭勛・李開先と同時に失脚している。
そして、嘉靖八年の進士たちは『金瓶梅』と深い関わりを持っているのである。

# 第七章　「北虜」と『金瓶梅』

## 『金瓶梅』の謎

『金瓶梅』は驚異の書である。

今日の日本においては、『金瓶梅』については「ポルノ小説」というイメージを持つのが一般的であろう。ことは中国においてもそれほど大きくは変わらない。近年中国で「四大奇書」から『金瓶梅』を外し、かわりに『紅楼夢《こうろうむ》』を加えて「四大名著《しだいめいちょ》」と呼ぶことが多いのも、『金瓶梅』は「淫書」であるという古くからある認識が今なお消えないためであろう。

しかし、『金瓶梅』は決して性愛描写を中心にした書ではない。そうした描写があることは間違いないが、分量からすれば全体の十分の一にも足りないであろう。そこで描かれているのは、食欲・金銭欲・権勢欲などあらゆる欲望の実態であり、性欲はその一つとして、当然出るべくして出てくるにすぎない。物語は、主人公西門慶《せいもんけい》とその六人の妻たちを中心とする生活を淡々と叙述していく。そうした日常描写の中から、金と権力がある者は何でもできるが、ない者は踏み潰されていくしかなく、その前では正しさなどはほとんど何の意味も持たないという、恐るべき社会の実態がありありと描き出されていくのである。

なぜここまで夢も希望もない恐るべきリアリズム小説が生まれえたのか。その理由の一つは、『金瓶梅』の成立過程に求められよう。「四大奇書」の他の三篇は、芸能（『三国志演義』の場合は更に歴史書）に基づいて、しかも一人の人間ではなく、長期間にわたり多くの人々が関わることによって作り上げられたものであり、羅貫中《らかんちゅう》・施耐庵《したいあん》といった作者とされる人々は、もし現実に関わっていたとしても、芸能をもとに物語をまとめて原型を作ったという程度の役割を果たしたにすぎなかった。それに対して『金瓶梅』は、ある一人の作者が、何らかの意図を持って構想し、創作したものなのである。つまり、ある個人による純粋の創作であるという点において、『金瓶梅』は中国における最初の近代小説といってよい存在ということになる。しかも、内容を精査すると、作者は上流階級の実態を熟知しているのみならず、宋代の史実についても非常に詳しい知識を持っており、一流の知識人だったものと思われる。

このような小説は、この時期にあっては、中国はもとより、他の地域においてもほとんど例がないといってよい。それゆえ、『金瓶梅』の作者が誰かという問題は中国文学最大の謎の一つとされ、李開先《りかいせん》・王世貞《おうせいてい》・沈徳符《しんとくふ》など、すでに名の出た人々を含む多くの名があげられてきたが、いまだ決着を見てはいない。論者は、それぞれ外的要因と本文の一部に基づいてこの人物が作者だと主張するが、外的要因についてはさまざまな解釈が可能である以上、異なった見方をすれば別の人物を作者とする論も立てられる理屈で、決定的な証拠がないため、甲論乙駁《こうろんおつばく》が続く状況になっているのである。

この謎を解くには、外部の要因ではなく、『金瓶梅』そのものに依拠して考えねばならない。『金瓶梅』の本文自体が指し示すものがあるとすれば、それが真の作者であるに違いない。そして、『金瓶梅』の本文を詳しく読み直してみると、実はその中に多くの手がかりが散在しているのが見て取れるのである。作者は、当時の事情に通じた人にはすぐわかるように、意図的にさまざまな手がかりをまいておいたに違いない。それを組み合わせれば、自然にこの謎は解けるはずである。まず、この謎を解く第一の鍵となりうるのが『水滸伝』との関係である。

『金瓶梅』は『水滸伝』のパラレルワールド小説なのである。豪傑武松《ぶしょう》の兄武大《ぶだい》の妻潘金蓮《はんきんれん》が、西門慶と密通した果てに夫を毒殺し、それを知った武松が潘金蓮と西門慶を殺す『水滸伝』第二十六回の物語は、『水滸伝』全篇の中でも最も名高い一幕といってよかろう。『金瓶梅』はここで武松が二人を殺すのに失敗した世界を設定し、無事生き延びた西門慶と潘金蓮が、弱者たちを踏みつけにしながら、自分たちの欲望のままに生きていくさまを描く。では、なぜ作者は『水滸伝』を下敷きにしたのか。これが問われねばならない。

一つの回答は、『金瓶梅』は『水滸伝』のアンチテーゼとして書かれたというものである。『水滸伝』では好漢たちが「義」のために行動するさまが描かれる。『金瓶梅』は、金と権力がすべてを支配する、「義」とは無縁の世界を描くことによって、『水滸伝』の世界を否定したのである。両者の関係は、鶴屋南北《つるやなんぼく》が『東海道四谷怪談』によって、結果的に『忠臣蔵』の世界を否定してしまったことにも比せられよう。ではなぜ『水滸伝』を否定しようとしたのか。そこには何らかの理由があるはずである。

## 『金瓶梅』と嘉靖年間の事件

作者の謎を解く第二の鍵となるのが、荒木猛氏が『金瓶梅研究』（思文閣出版二〇〇九）で指摘したように、『金瓶梅』の中に当時実在した人物の名前が多数認められることである。中国には同姓同名が多い以上、ある程度は偶然の一致という可能性もあるが、偶然にしては一致度が高く、しかも一致する人名には一定の特徴が認められる。

特に注目されるのが、狄斯彬《てきしひん》・曹禾《そうか》・凌雲翼《りょううんよく》という三人の嘉靖二十六年（一五四七）進士と同名の人物が登場することである。凌雲翼については名前が出るだけという程度だが、狄斯彬は、清官であるために他の者たちから「狄混《てきこん》（馬鹿の狄）」と呼ばれているという、ある意味で『金瓶梅』の世界を象徴するような役割を与えられている。更に重要なのは曹禾の役回りである。彼の名は第四十九回に見える。

西門慶は科挙に首席合格した蔡蘊《さいうん》と知り合って交わりを結ぶ。その後御史に任じられてやってきた蔡蘊を歓迎する宴席で、一別以来どうしていたかをたずねる西門慶に、蔡蘊はこう答える。

何と曹禾に弾劾されて、私の同年進士で史館にいた者十四人が、一度に追われて地方の職を授かることになってしまいました。

「史館」とは翰林院《かんりんいん》のことである。優秀な成績で科挙に合格した者は、翰林院入りしてエリートコースに乗ることになっていた。それが全員翰林院から追われたと蔡蘊は言う。そして、これと全く同じ出来事が嘉靖八年（一五二九）、実際に起きているのである。

この年、科挙に合格して翰林院入りした二十人が、突然嘉靖帝《かせいてい》の命で翰林院から追われてしまった。そして、この時追われた二十人には、唐順之《とうじゅんし》・陳束《ちんそく》・熊過《ゆうか》・任瀚《じんかん》という嘉靖八才子のうち四人が含まれていたのである。更に唐順之・陳束・熊過の三人は、李開先が『水滸伝』を高く評価した人物としてあげる五人にも含まれている。

この事件は多くの文献で言及されており、当時非常に有名だったものと考えられる以上、『金瓶梅』の読者たちは、蔡蘊の言葉を読めば、すぐに唐順之たちのことを連想したに違いない。蔡蘊は西門慶と結んで利権を貪る貪官である。唐順之たちはそれになぞらえられていることになる。そして、彼らに正義の鉄槌を下したのは嘉靖二十六年進士の曹禾であった。作者は明らかに唐順之たちに対して含むところがあるものと思われる。

当時の時事を反映した部分は他にも多くある。特に重要なのは、第十七回に見える宇文虚中《うぶんきょちゅう》の上奏文である。これが第三の鍵となる。宇文虚中（一〇七九〜一一四六）は北宋末に実在した人物で、北宋滅亡後は金に仕えて詩人としても名声があったが、宋復興の陰謀を企てて処刑された。北宋末に彼が金と結ぶことを激しく批判する上奏文を出して、当時権力を握っていた蔡京《さいけい》たちを攻撃したことは事実である。このような一般に広く知られているわけではない歴史的事実を利用しているという一事だけでも、『金瓶梅』の作者が宋代史に深く通じていたことは明らかである。ただ、上奏文の内容は歴史書に見えるものとは全く異なっている。

実在の宇文虚中の上奏文が、遼《りょう》と断交して金と結ぶことの問題点を具体的に指摘したものであるのに対し、『金瓶梅』のそれは蔡京以下の奸臣を弾劾することを主としている。蔡京弾劾に続く部分には次のようにある。

王黼《おうほ》は貪欲凡庸にして無頼、その振る舞いは俳優の如くであります。蔡京に引き立てられ、推薦されて政府に入って間もなく、不都合にも兵部尚書の職権を握ることになってしまいましたが、地位にしがみついていい加減にごまかすばかりで、結局展開することのできる策は一つもありません。最近張達《ちょうたつ》が太原で討ち死にすると、そのためにあわてて逃げ出す有様です。……楊戩《ようせん》は元来お坊ちゃまの身で、先祖のおかげをこうむり、ご寵愛をたよりとして、兵権を握り、いわれなく将軍の任を受けております。大姦は忠に似ると申すもの、怯懦《きょうだ》この上ありません。

王黼は北宋末の奸臣として有名な人物であり、彼が俳優のような振る舞いをしたことは『九朝編年備要』という当時の史料にも見えて史実に基づいているわけだが、『九朝編年備要』も当時広く出回っていた書物とはいえず、ここでも作者が宋代史に深く通じていることがうかがわれる。ただ、彼が兵部尚書になったという事実はない。また楊戩も北宋末に実在した人物で、『水滸伝』にも蔡京・童貫《どうかん》・高俅《こうきゅう》と並ぶ四大奸臣の一人として登場するが、実在の楊戩は宦官《かんがん》であって将軍ではない。

更に興味深いのは、張達に関する記述である（この点については荒木猛『金瓶梅研究』に指摘がある）。これについても、金に仕えながら一時南宋に寝返っていた張中孚《ちょうちゅうふ》という軍閥の首領について、その父張達は太原で金と戦って討ち死にしたと『金史』にある。同時代史料にこの戦闘に関する記事は見えないが、『宋会要』という宋代の制度を記した書物の残存部分（『宋会要輯稿』と通称される）に、南宋の紹興《しょうこう》十年（一一四〇）、張中孚から、父の張達が靖康《せいこう》二年（一一二七）に金と戦って戦死したので、位階を与えてほしいとの要望があり、それに応えて贈位したと見える。この記録から見て、真偽の程は不明だが、張達が太原で戦死したとされていたこと自体は事実のように思われる。しかし実は、嘉靖年間にも張達という将軍が実在し、モンゴルと戦って死んでいるのである。

『明実録』嘉靖二十九年（一五五〇）六月の記事によれば、モンゴル侵入の迎撃に向かった総兵官の張達がモンゴルに包囲され、副総兵の林椿《りんちん》ともども戦死している。総兵官は地域の軍を統括する司令官であり、しかも張達は勇将として敵味方の間で知られていた人物であったため、この事件は当時大きな衝撃を与えた。これに続いて、八月には「庚戌《こうじゅつ》の変」と呼ばれるアルタンによる大侵入が発生することになる。

作者は、当時実際に起きた大事件に直接ふれながら、場所を長城の外から太原に移動させ、事件が発生した地点をほとんど知る人がないような北宋当時の事件と一致させることにより、批判を受けた場合には北宋の史実だと言い抜けられるように逃げ道を確保しているのである。無論、当時の人々はこれを読めば、同時代の張達のこととして受け止めたに違いない。

すると、王黼と楊戩も同時期に実在した人物を暗示している可能性が出てくる。まず楊戩について考えてみよう。

楊戩は、直接登場こそしないものの、西門慶の親分格として『金瓶梅』では重要な地位を占めており、第三回では「東京八十万禁軍楊提督」と呼ばれている。そして彼はこの宇文虚中の弾劾の結果、失脚・投獄され、第六十六回で獄中で死んだことが報告される。実在の楊戩は普通に病死しており、このような事実はない。

『金瓶梅』の楊戩は、「元来お坊ちゃまの身で、先祖のおかげをこうむり、ご寵愛をたよりとして、兵権を握り、いわれなく将軍の任を受けて」いる人物である。つまり先祖の功績により世襲的地位を受けて、軍隊を掌握していたことになる。彼の肩書きである「提督」という役職は宋代にはなかったが、明代には「提督京営（北京駐屯軍団司令官）」「提督団営（北京駐屯精鋭部隊司令官）」といった官職があった。そして、こうした官職を歴任し、侯爵という世襲的地位を持ち、しかも失脚して獄中で死んだ人物は一人しかいない。いうまでもなく、武定侯郭勛《かくくん》である。楊戩は郭勛を暗示しているのではないか。

では王黼は誰を暗示しているのか。張達の戦死の責任を問われたのは、当時兵部右侍郎《ゆうじろう》だった郭宗皐《かくそうこう》であった。彼はこの責任で奪俸処分となり、更に弾劾を受けて、棒打ち百回の上、流罪になっている。そして郭宗皐も嘉靖八年の進士であり、唐順之とともに翰林院を追われた二十人の一人であった。もう一つ、彼は李開先とは同郷であり、同郷の同年進士として非常に親密な関係にあったのである。

### 『金瓶梅』作者の意図

以上を総合すれば、『金瓶梅』作者の意図が明確に見えてくる。作者は唐順之・李開先・郭宗皐ら嘉靖八年進士に敵意を、嘉靖二十六年進士にシンパシーを持っていた。また武定侯郭勛に対しても敵意があったようである。実はここにあげた以外にも、『金瓶梅』全篇に、事情に通じた当時の人であれば嘉靖八年進士・嘉靖八才子・郭勛、及びその周辺の人々を連想したであろう記述がちりばめられている。詳しくは拙著『水滸伝と金瓶梅の研究』（汲古書院二〇二〇）第六章「『金瓶梅』成立考」をご覧いただきたい。

そして、『水滸伝』では田舎の生薬屋にすぎなかった西門慶は、『金瓶梅』では奸臣蔡京に取り入った甲斐あって、武官の地位を得て警察権を行使することになる。その地位は山東の田舎町にはありえないものであり、作者は舞台を山東清河県《せいか》（清河県は実際には河北に属し、『水滸伝』では武松の出身地であって、西門慶が住んでいるのは陽穀県《ようこく》であった。作者は意図的に両者を逆にしている）に設定しておきながら、実際には北京の錦衣衛《きんいえい》高官の生活を描いているのである。また第七十回では、高位の宦官何沂《かき》から、甥の何永寿《かえいじゅ》が恩蔭《おんいん》により千戸になるので面倒を見てほしいと頼まれて、西門慶が熱心に世話を焼く様が描かれるが、これは宦官高鳳《こうほう》の甥高得林、つまり『百川書志』の著者高儒の伯父が、高鳳の恩蔭で錦衣衛の長官になり、郭勛が彼と関係を持っていたらしいこととよく似ている。これは武官と宦官が結託している事例になろう。そして前章で見たように、唐順之たちは武官と密接な関係を持っていた。更にやはり前章で見たように、淮揚巡撫《わいようじゅんぶ》として胡宗憲《こそうけん》を輔佐した唐順之と李遂《りすい》の両人を推薦したのは、厳嵩《げんすう》の一の子分ともいうべき趙文華《ちょうぶんか》であり、趙文華も唐順之・李開先と同じ嘉靖八年進士であった。李遂は嘉靖五年進士だが、李開先・唐順之とはごく親しい関係にあった。

つまり『金瓶梅』の作者には、嘉靖八年進士を中心とする武官と密接な関係を持つ文官グループと、彼らと結びつく武官を批判する意図があった。そして彼らは全体として権臣厳嵩と深い関係を持っていた。また武官の多くは宦官とも密接な関係を持っていた。こうした、厳嵩をバックとする文官・武官・宦官が結びついた集団が、醜悪な利益集団として糾弾されていることになる。

では、なぜこの人々が攻撃されねばならなかったのか。ことは「庚戌の変」を中心とする「北虜」、つまりアルタン率いるモンゴルの大侵入と関わってくる。

### モンゴル大侵入と『金瓶梅』

前に述べたように、嘉靖二十九年（一五五〇）八月、張達が戦死した翌々月にアルタンは大侵入を開始し、北京が脅かされるに至る。いわゆる「庚戌の変」である。この時北京防衛の責を担ったのは兵部尚書の丁汝夔《ていじょき》と、張達に代わって宣府・大同の総兵官になった仇鸞《きゅうらん》であった。仇鸞は第三章でふれた安化王《あんかおう》朱寘鐇《しゅしはん》の反乱を独力で鎮定した名将仇鉞《きゅうえつ》の孫だが、祖父とは似ず、軍事的才能より巧妙な立ち回りに長けていた。総兵官の地位も、厳嵩の息子厳世蕃《げんせいばん》に賄賂を贈って手に入れたものといわれる。結局仇鸞は積極的に戦おうとせず、しかし責任は巧妙に廻避して、厳嵩が全責任を丁汝夔に押しつけたため、嘉靖帝の逆鱗に触れた丁汝夔は処刑される。

その後、仇鸞はアルタンと密かに連絡を取り、侵攻を防ぐ懐柔策として交易の場である馬市を設けることを提案する。厳嵩らの後押しで馬市が開かれるが、トラブルが多発し、アルタンが再び侵入を開始、嘉靖帝は激怒して今後馬市を提案する者は死刑に処すると宣言する。皇帝たる者は夷狄《いてき》に対しては毅然と臨まねばならぬという嘉靖帝の原理主義が、ここで再び表面化し、関係者はいよいよ命がけで事に当たることになる。仇鸞は出撃するが敗北し、ストレスゆえか病に倒れる。嘉靖帝は錦衣衛都督陸炳《りくへい》に命じて、密偵を放って仇鸞の身辺を調査させる。陸炳は、第六章でふれたように嘉靖帝の乳兄弟で、帝を火の中から救い出して絶大な信頼を得ていた人物である。仇鸞が密かにアルタンと通じていたことを探り出した陸炳の報告を受けた嘉靖帝により、すでに病死していた仇鸞の死体は棺から引きずり出してさらしものにされ、父母妻子と腹心の部下はことごとく斬罪に処される。

その後もアルタンの侵入は続く。並外れた能力の持ち主で、自ら最前線で戦ってアルタンを撃退した薊遼《けいりょう》総督（北京周辺から東北の軍事を総括する役職）楊博《ようはく》を例外として、北辺防衛を担当した者たちは、みな次々に責任を問われて投獄されることになる。その楊博が中央で兵部尚書として軍事を統括することになって転出した後、嘉靖三十四年（一五五五）に後任となったのは王忬《おうよ》であった。

第六章で述べた通り、王忬は庚戌の変の際に通州防備で功績をあげ、その後倭寇《わこう》対策に当たっていたが、嘉靖三十三年（一五五四）大同巡撫に転じて、再び北辺防衛を担当することになり、ついで楊博の後を引き継いだのである。しかし失策が続いて、嘉靖帝は王忬の能力を疑いはじめる。そこに決定的な事件が起きて、王忬は嘉靖帝の信頼を完全に失うに至るのである。

前述したように正徳帝《せいとくてい》が宣府・大同の軍団を首都北京周辺に呼び込んで以来、それらの軍団は薊遼総督の指揮下に入ったままになっていた。兵部尚書となった楊博からの宣府・大同に戻すべきだという提言に従って、戻すよう命が下ったが、王忬はそれでは首都防衛が手薄になるとして従おうとしなかった。嘉靖帝は、王忬に薊州で現地の兵を訓練するよう命じておいたのに、なぜよその兵に頼ろうとするのかと激怒し、兵部に議論するよう命じた結果、実地調査を行うことになる。そこで調査のため派遣されたのが、当時兵部郎中（局長レベル）の任にあった唐順之だったのである。唐順之は、薊州の兵数定員は九万のところ、現在は五万七千しかおらず、しかも弱兵や老兵ばかりだと報告、その結果王忬は処罰されることになった。厳嵩も嘉靖帝に対して王忬を批判する発言をして、追い討ちを掛ける形になっている。

以後、王忬は急速に嘉靖帝の信頼を失い、嘉靖三十八年（一五五九）、アルタンに北京をおびやかすことを許したかどで逮捕され、翌年処刑される。

## 王忬処刑の背景

王忬が失脚・処刑される上で、決定的な役割を果たしたのは唐順之であった。そして、唐順之の上司である兵部尚書（長官）は楊博、侍郎（次官）は他ならぬ李遂だったのである。唐順之と李遂がこの後倭寇対策のため南方に赴くことは第六章で述べた通りである。彼らは胡宗憲のもとで、王忬が成し遂げられなかった事業をかなりのレベルで達成したことになる。そして、楊博も李開先とは親しい関係にあった。更に、王忬失脚にあたって厳嵩も関与したこと、唐順之・李遂が倭寇対策に任じられたのは厳嵩の子分趙文華の推薦によるものであったことはすでに述べた通りである。

つまり、この事件の関係者は、『金瓶梅』で批判されている人々と明らかに重なっているのである。更にいえば、張達の戦死に関わって失脚した郭宗皐は、王忬が功績をあげた庚戌の変の直前に失態を演じた立場にあり、前述の通り李開先の友人であった。つまり、すべては王忬に関わってくることになる。

実は、王忬が処刑された事件にはもう一つ裏の事情があった。ことはさきにふれた馬市について、その開設に激しく反対した楊継盛《ようけいせい》に関わる。楊継盛は、嘉靖二十六年の進士、つまり『金瓶梅』に名前が出る人々と同年の合格者ということになる（なお、『金瓶梅』に同名の人物が登場する嘉靖二十六年進士の狄斯彬・曹禾も馬市反対派であった)。彼は馬市開設に反対したため投獄・左遷されたが、仇鸞が破滅した結果、正しい意見を述べていたと認められて再起用された。しかし、間もなく、今度は厳嵩を弾劾して再び投獄される。だが嘉靖帝は処刑の決断を下さないまま三年が過ぎる。厳嵩は何としても楊継盛を殺そうとして、倭寇に勝利しながら処刑されることになった張経(第六章参照)の処刑に関する上申書に楊継盛の名前をまぎれこませて、帝の裁可を得てしまう。嘉靖三十四年(一五五五)、楊継盛が処刑された時、その葬儀を執り行ったのは、同年進士として親密な関係にあった王世貞であった。そして、王世貞は王忬の息子だったのである【図20】。

王忬は、軍事を担当する者として、権力を握る厳嵩と、その息子で実際には父を操っていたといわれる厳世蕃との関係を良好なものにするため、息子の王世貞に厳世蕃と親交を結ばせようとした。しかし、天才の誉れ高い王世貞から見ると、厳世蕃は愚物に見えたらしく、しばしば不用意な発言をして厳世蕃に憎まれるようになったという。その王世貞が、厳嵩父子が深く憎む楊継盛の葬儀を堂々と執り行ったことで、厳嵩父子の憎しみは決定的なものになり、父の王忬に向けられるに至ったのである。

更に穿った説もある。王忬は名高い名画《清明上河図》を所有していたが、骨董趣味のある厳世蕃から譲ってほしいと頼まれた。譲ることを惜しんだ王忬は、本物そっくりの複製を作ら

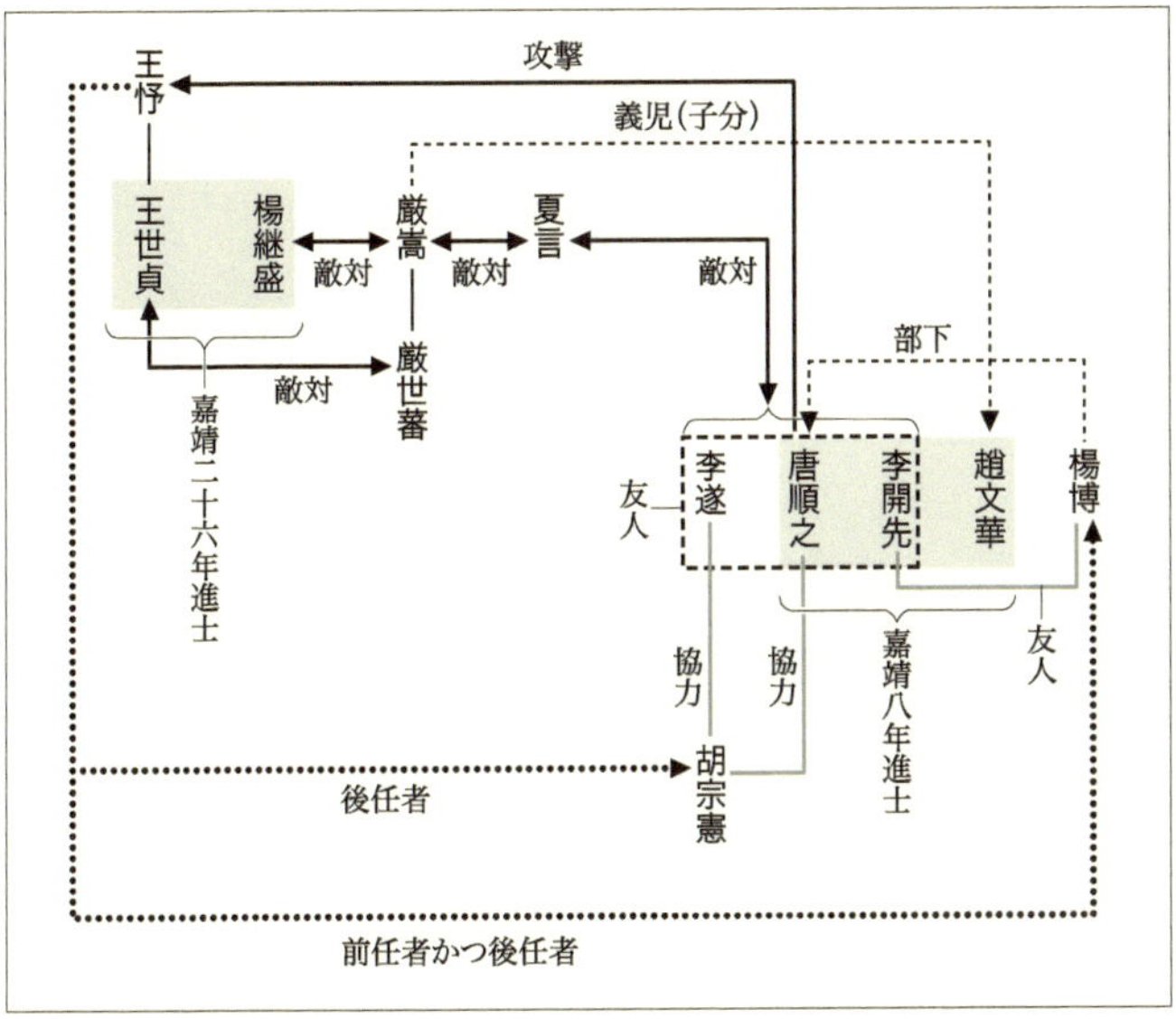


図 20　人物相関図

せて厳世蕃に贈ったものの、王忬の家に出入りしていた表具《ひょうぐ》師が真相を告げたため、厳嵩父子は王忬を恨むようになったのだという。一方、沈徳符『万暦野《ばんれきや》獲編《かくへん》』補遺二「偽画致禍」は、王忬は《清明上河図》の入手を依頼されたが、うまくいかずに偽物でごまかそうとして厳嵩父子の怒りを買ったという。真偽の程は定かではないが、この話は人口に膾炙《かいしゃ》して、後に明末清初の大劇作家李玉により、王氏父子の名のみすりかえて戯曲『一捧雪《いっぽうせつ》』に仕組まれ、今日に至るまで上演され続けることになる。

『金瓶梅』を作った男――復讐の手段としての文学

前節で述べたことから考えて、『金瓶梅』は王忬を破滅させた人々、具体的には嘉靖八年進士を中心とする軍事に関わりを持つ文官たち、彼らと結びつく武官、そしてその全体の後ろ盾となっていた厳嵩を攻撃することを目的として、武官・文官・宦官が一体となって私利私欲を図る様と、その醜悪な私生活を赤裸々に描き、当時の事情を知る人には容易にわかるように、至るところに鍵となる情報を潜ませた小説だったのではないかと思われる。目的が醜悪な実態の暴露にあるのであれば、遠慮会釈なく現実世界の実相が暴かれているのも当然といえよう。

では、誰がこれを書いたのか。

『金瓶梅』の作者は、すでに述べたように、宋代の歴史について深い知識を持ち、当時にあっては目にすることが難しい文献を読むことができる立場にあった。また、明らかに当時の上流社会の実態にも精通している。つまり、羅貫中・施耐庵のような無名の知識人とは格の違う人物だったことになる。そして『金瓶梅』の文章表現の見事さは、作者が驚くべき白話運用能力を持っていたことを示す。

特に会話文においては、自然でありながら意味は明確に伝えるという、高度な達成をすでになしとげていた『水滸伝』のそれを乗り越えて、一段高い段階に達している。『水滸伝』では登場人物が身分を問わずおおむね同じような言語を用いるのに対し、『金瓶梅』では身分のある男性、女性、召使たち下層の人々という、異なった社会集団に属する人々は、それぞれにふさわしい言語を用いて会話するのである。つまり、『金瓶梅』は言語においてもリアリズムを貫いていることになる。女性や下層階級の人々の言語の忠実な文字化は、それ以前にはほとんど例のない破天荒な試みであり、それを見事になしとげた上で、全体にほとんど矛盾のない大長篇小説を独力でまとめあげることができた作者は、おそるべき文学的才能の持ち主だったに違いない。これに当てはまりうるのは誰であろうか。

深い歴史的知識を持ち、すぐれた文学的才能を持ち、しかも白話運用能力に長け、そして標的とした文官・武官たちを攻撃する理由を持つ人物。これに当てはまるのは一人しかいない。王世貞である。

王世貞は、李攀龍《りはんりゅう》と並んで「後七子」と呼ばれる復古派のリーダーであり、李攀龍の死後は文壇の領袖としての名声をほしいままにした人物である。しかし、彼が才能を示した領域は詩文にとどまるものではなく、歴史学においても『弇山堂別集《えんざんどう》』など多くの著作があり、蔵書家としても知られ、演劇についても評論を残し、更に政治においても優秀な手腕を発揮するなど、あらゆる方面においてすぐれた業績を残しており、明代を代表する大知識人といっても過言ではない。

彼を『金瓶梅』の作者とする説は清代にはすでに存在した。そこでは、創作目的は父王忬を殺されたことに対する復讐とされていた。標的は厳世蕃もしくは唐順之である。宮廷で標的と会った王世貞は、最近何か面白い本はないかとたずねられて、相手にページをめくる時指に唾をつける癖があることを知った上で、側に金の瓶に梅が生けてあったのを見てとっさに『金瓶梅』と答え、貸してほしいと求められると、全速力で『金瓶梅』を書いて、そのページに毒を染みこませた。標的は、内容の面白さに引かれて、唾をつけてページをめくりながら貪るように読むうち、毒が体に回って死んだのだという。

厳世蕃は厳嵩の失脚後公開処刑され、唐順之は第六章で述べたように、倭寇と戦う船中で病死した以上、これが事実ではないことは間違いない。それゆえ、以後王世貞作者説は基本的に否定されてきた。しかし、ここまで見てきた状況から考えると、やはり実は作者は王世貞だったのではないかと考えざるをえない。目的は、ページに毒を染みこませて相手を毒殺するという直接的なものではなく、自分の父を破滅させた集団を全体として貶めることにあったであろう。しかも、王世貞は、他人を攻撃する上で白話文学が非常に有効な武器になることをよく知っていたはずなのである。

当時としては全く新しいタイプの、完全に同時代の時事を題材とした『鳴鳳記《めいほうき》』という戯曲がある。そこでは、夏言《かげん》が厳嵩との政治闘争に敗れて処刑されること、楊継盛が厳嵩を弾劾して投獄され処刑されること、厳嵩が失脚することという、嘉靖年間に実際に起きた出来事が、すべて実名を用いて演劇化されている。実際には評判の悪さでは厳嵩と大差なかった夏言は忠臣とされ、厳嵩は大奸臣とされる。クライマックスは楊継盛処刑の場で、そこに登場する錦衣衛都督陸炳は善玉とされ、実際に楊継盛を葬った王世貞は登場しない。

これを史実と比べてみよう。夏言は郭勛と李開先を失脚させた張本人であった。唐順之・李遂らも夏言により中央から追われたことがあり、このグループにとっては宿敵といってよい存在である。陸炳は、前述のように密偵を放って仇讎の悪事を暴いた人物である。つまり、ここで善玉とされるのは、李開先・唐順之・厳嵩らと敵対した人物であることになる。そして、この戯曲は王世貞の作、もしくは王世貞の門人が書いたが、楊継盛処刑の場面のみ王世貞自身の作といわれているのである。

この戯曲は広く演じられ、破壊的な影響を及ぼすことになる。今日もなお、厳嵩が宋の蔡京・秦檜《しんかい》などと並ぶ大奸臣扱いされるのは、王世貞が歴史家として厳嵩を批判する記述を残したのもさることながら、それ以上に、この戯曲や、その影響下に作られた前述の『一捧雪』が流行し、更にその亜流が多数生まれて、演劇の世界では厳嵩といえば大奸臣というイメージが形成され、定着した結果であろう。演劇は、階級の上下を問わず、あらゆる人間に影響を及ぼしうるという点で、圧倒的な力を持つ攻撃手段となりえたのである。厳嵩を永遠に悪罵の対象となる地位に陥れることによって、王世貞はある意味で毒を盛るより恐ろしい復讐を遂げたことになる。

白話文学の威力を熟知していた王世貞は、更に厳嵩個人ではなく、彼の父を破滅に陥れた勢力全体を貶めるために『金瓶梅』を書いたのではないか。『金瓶梅』が刊行されるのは万暦末期のことで、それまでは写本の形で一部の知識人の間に流布していた。たとえば、沈徳符『万暦野獲編』によれば、錦衣衛長官だった劉守有《りゆうしゆゆう》（第五章参照）・承禧《しようき》父子の家には完全な本があったという。劉承禧は、厳嵩を失脚に追い込んでかわって首輔《しゆほ》となった徐階《じよかい》の曾孫と結婚していた。そして、徐階は王世貞の後ろ盾となって王忬の名誉回復などに尽力している。おそらく王世貞は、関わりのある文官・武官のところに『金瓶梅』の写本が広まるようにしたのであろう。これは、郭勛が『三国志演義』『水滸伝』を広めたことに学んだやり方かもしれない。そして、当時の政治情勢について知識のある人ならすぐにわかるように、至るところに父を破滅に導いた人々を連想させる手がかりをばらまいておいた。物語の面白さに惹かれて読み進めるうちに、読者の頭の中では、私利私欲のために非道を重ねる西門慶と、彼の周辺の乱れた生活が、王世貞が敵視していた人々と重なっていったに違いない。更にいえば、唐順之・李開先ら嘉靖八才子は、文学においては唐宋派、つまり漢の文と唐の詩を重んじて唐宋八大家を否定する王世貞らの復古派とは対立する主張を持っていた。文学の対立は、ある程度政治的対立とも連動していたのである。

すると、『水滸伝』が下敷きにされている理由も見えてくる。『水滸伝』は、武定侯郭勛が自分たち武官の立場を主張するために刊行・流布させた書物であった。そして、第五章で述べたように、李開先はその改訂に関わっていた可能性がある。王世貞は、いわばカウンターアタックとして、あえて『水滸伝』の物語を踏まえ、それを裏返すことによって、『水滸伝』の主張を全面否定してみせたのである。そこでは、武官と文官の醜悪な結びつきと、武官の家の乱れた生活が暴露される。これは古くは郭勛と李開先たち、近くは「北虜南倭《ほくりょなんわ》」に対応した文官・武官をただちに連想させるものだったに違いない。『水滸伝』改訂にあたって使用された可能性がある『宝剣記』の原作者たちが、まさに文官・武官・宦官が一体となって、他の武将の功績を横取りするという不正をはたらいた事件の当事者だったことは、第五章で述べた通りである。実は『金瓶梅』には、この事件の共犯者で、当時有名な貪官だった孫清の名前もさりげなくしのばされている。読者は、その名を見ただけで正徳年間に起きた不正事件をただちに連想したであろうし、事情通なら『水滸伝』まで頭にうかべたかもしれない。

その時『金瓶梅』の武器となったのは、『水滸伝』において磨き上げられた白話表現であった。作者は、敵が作り上げた武器を逆用して、当の敵を攻撃したのである。しかし、『金瓶梅』を読む限り、この細部まで考え抜かれた大長篇小説が、単に他人を攻撃するだけの目的で書かれたとも考えにくい。おそらく作者は、この小説を書き進めるうちに、創作というものの魅力に目覚め、本来の目的を離れて没頭していったのであろう。だとすれば、ここに全く新しい文学創作の態度が出現したことになる。それは、続く清の時代に、知識人が営利目的を全く持たず、自己表現のために書いた小説『儒林外史《じゅりんがいし》』『紅楼夢』へとつながっていくことになる。

## 『金瓶梅』で攻撃された人々

では、『金瓶梅』で攻撃された人々は「悪」だったのか。父を殺された王世貞の主観において彼らが「悪」だったのは当然だが、客観的に見れば、彼らを単純に悪人と規定することはためらわれる。

彼ら、つまり文官武官の複合体ともいうべき存在は、権力者厳嵩と結びつき、彼の支持を得るために賄賂を贈って媚びへつらった。しかし、朱紈《しゅがん》・張経といった人々の失敗を見れば明らかなように、権力者の支持なしに果たすべき任務を遂行することは不可能であった。つまり、彼らがやろうとしていることを実行するためには、どうしても権力者に媚びねばならなかったのである。胡宗憲にせよ、楊博（王忬失脚に関係したこの人物は、その後も猜疑心の強い嘉靖帝からは例外的な信任を受けて、北辺防衛を担いつづけることになる）にせよ、最前線ですぐれた業績をあげようとすれば、不正行為にもあえて手を染める、清濁併せのむ態度は必須のものであった。王守仁《おうしゆじん》（陽明《ようめい》）も、有能さと陰険さにおいてともに定評のあった兵部尚書王瓊《おうけい》のバックアップあればこそ、すぐれた業績をあげることができたのである。しかし、胡宗憲が功績を上げる一方で多くの不正を働き、女色に耽ったといわれるように、正しい目的のために献身する一方で、彼ら自身も欲望の世界に呑み込まれる危険性は常にあった。

必然的に、彼らは善人とも悪人とも言い難い異様な人格の持ち主とならざるをえない。朱元《しゅげん》璋《しょう》が仕組んだ士大夫《したいふ》を変質させる企みは、ここに至って呪いとも呼びうる様相を呈するに至ったのである。文に限らず武にも通じ、庶民的感覚を持ち、激しい競争社会の中で他人を蹴落とすことによって上昇し、他人に蹴落とされることを常に警戒しつつ、先手を打って他人を蹴落とすことをためらわない人間でなければ、正しいと思う理念を実践することができない状況が出現したのである。

こうした異様な社会の中にあっては、それでは「真」とは何なのかという問いが突きつけられることになる。何が正しいのかは倫理学不変の課題であり、宋代や元代の人々も無論常にこの問題について考えてきたはずではあるが、明代後期の人々にとって、このテーマは異様なまでに切迫したものとならざるをえなかった。何が善で何が悪なのかが見えず、善をなそうとすれば悪に手を染めざるをえない時代に生きる人々は、「真」とは何なのかを憑かれたように求めることになったのである。ここから熱烈な「真」の追究が始まる。折しも銀の大量流入によるバブルが発生し、これからむかえる万暦期は中国史上類を見ない熱狂の時代となる。

# 第八章　熱狂の時代——出版の爆発的拡大と「真」の追究

## 万暦という時代

嘉靖《かせい》四十一年（一五六二）、厳嵩《げんすう》は失脚し、四十四年（一五六五）には息子の厳世蕃《げんせいばん》が処刑されて厳嵩は全財産を没収される。その富は皇帝にも比べうるものだったという。翌四十五年（一五六六）、嘉靖帝は没する。不老長生のための薬がわざわいしたともいわれる。こうして、四十五年に及ぶ嘉靖帝の恐怖政治は終わりを告げ、原理主義者嘉靖帝の退場とともに、モンゴルとの交易が許され、海上貿易の禁止も緩和されて、「北虜南倭《ほくりよなんわ》」も自然に下火になる。

帝位を嗣いだ穆宗隆慶帝《ぼくそうりゆうけいてい》はわずか六年で死去し、満九歳に満たない神宗万暦帝《しんそうばんれきてい》（一五六三〜一六二〇）が即位する。明代文化の爛熟期万暦年間の始まりである【図21】。

万暦帝の治世の初めの十年の間は、鉄腕宰相の異名を取った張居正《ちようきよせい》（一五二五〜一五八二）が独裁的権力をふるって、後世王安石の改革と並称される政治改革を強力に推進した。張居正は大学士首座たる首輔《しゆほ》の座につくために権謀術数の限りを尽くし、平然と裏切り行為を働いた。

政権を握った後、彼はアルタンを順義王に封じて朝貢体制に組み込むことによって、「北虜」の問題を解決するとともに軍事費を削減し、行政改革を行って人件費を減らし、土地の丈量、つまり検地を行って、大地主からこれまで逃れてきた税を取り立てることにより税収を増して、危機に瀕していた明の国家財政を立て直すことに成功した。これらの措置は当然ながら、既得権益にふれるものであり、地主の多くを占める士大夫《したいふ》の強烈な反発を引き起こしたが、張居正は剛腕をふるって反対勢力を容赦なく弾圧した。張居正の父が死んだ時には、当時の慣例では職を辞して服喪せねばならないところであったが、自分が職を離れれば、反対派の攻撃が一気に始まって、これまでの改革が無に帰するのではないかと恐れた張居正は、強引に帝の命により服喪を免ずる形に持ち込む。このことは特に激しい非難を呼んだが、張居正は朝廷で正面切って批判した鄒元標《すうげんひょう》らを杖刑に附した上で追放し、その他の批判者も容赦なく弾圧した。

図 21　万暦帝（「歴代帝后半身像冊」台北国立故宮博物院蔵）

張居正こそは善悪の区別をつけがたい明代的人物の典型であった。彼の政治目的は、単に国家財政の再建にとどまるものではなく、富裕層からの徴税を強化して庶民の負担を軽減するという意味で、善なるものと呼んで差し支えない。しかしその善なる目的のために、彼は容赦なく悪辣な手段を用いた。よい目的のためなら悪しき手段は正当化されるのかという永遠の課題が、最も尖鋭《せんえい》な形で顔をあらわした事例といってよい。しかし、王安石

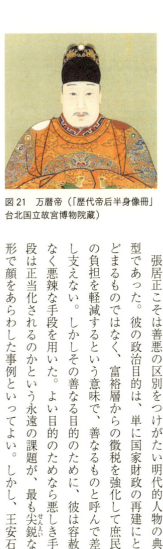

の改革が失敗に終わって北宋の滅亡の要因となったのに対し、張居正の改革が成功した（後述の事情で明は滅亡に向かうが、後継の清王朝にも張居正の路線は引き継がれる）背景には、すぐれた詩人の魂を持つ王安石が冷酷になりきることができず、敵対者にも恩情的な措置を取ったのに対し、張居正は冷酷に敵対者を容赦なく排撃できたという現実が横たわっていることは間違いない。悪なる者でなければ善なる目的を達することはできないという冷徹な現実を、ここからも見て取ることもできよう。このように虚飾をまとうことなき現実があからさまに表面化するのも、明代という時代なればこそであった。

万暦十年（一五八二）、張居正が死ぬと、たちまち強烈な反動がやってくる。改革は既得権益層の利益を直接的に損なうものだっただけに、張居正の剛腕に押さえつけられていた者たちは、彼がいなくなると、服喪しなかったことなどを激しく非難し、収賄の容疑まででっちあげて、張居正の家財は没収（その財産は厳嵩の二十分の一にも及ばなかったという）、生前の官位は剝奪され、長男は自殺に追い込まれる。張居正の生前は言いなりになっていた者たちが、手のひらを返したように攻撃を始める様は、この時代の士大夫の人間性に疑問を抱かせるものではあるが、万暦帝の死後、かつて服喪しないことを批判して杖刑を受けた当事者である鄒元標が、張居正の功績を言上して名誉回復を果たしたことは、一抹の救いを感じさせる事実といってよいかもしれない。

少年だった万暦帝は、厳しい張居正の指導のもと、学問と政務に励み、張居正の死後もしばらくは真剣に政治に取り組んでいた。しかし最愛の女性であった鄭貴妃《ていきひ》の子ではなく、ふと手をつけた宮女の産んだ子が年長ゆえに皇太子となるべきだという輿論《よろん》に抗しきれなくなってきた頃から、自身の感情を殺すことに堪えられず政務を怠るようになり、内廷にこもりきりで出てこないままで、大臣も一度も顔を見たことがないという状態に陥る。官僚の任命は皇帝の裁決を必要とするため、欠員が生じると、大臣たちが候補を決めた上で皇帝の決裁を得て初めて任命が可能になるのだが、万暦帝が決裁を放棄したため、地方官に欠員が大量に発生し政務が停滞するに至る。その一方で、万暦帝は蓄財に励む。皇帝が蓄財に励むというのは奇異に聞こえるかもしれないが、当時国家財政と宮廷財政は別立てであった。万暦帝は宮廷財政を豊かにするため、各地に鉱山開発という名目で宦官を派遣して税を取り立てたのである。民の苦しみを訴えて諫める者は、容赦なく処罰された。

他方で、万暦二十年（一五九二）、寧夏《ねいか》において明に帰服していたモンゴル人将軍の哱拝《ボバイ》の反乱、貴州において苗《びょう》族の首領楊応龍の反乱が相次いで発生し、更に同じ年のうちに、豊臣秀吉の朝鮮侵攻も発生し、宗主国の明は援軍を送らねばならなくなる。こうして各地に軍を派遣した結果、莫大な費用が発生するが、そうした中でも万暦帝は宮廷の経費を国家財政に振り向けることを拒否し続け、豊臣秀吉の朝鮮侵攻が長引いたこともあって、明の財政は破綻に向かうことになる。万暦帝もまた、歴代の明の皇帝同様、自身の本能に忠実に行動する人物であった。こうして張居正の努力は無に帰し、明は滅亡への道を歩み始めることになる。

若い頃は厳格かつ強権的な宰相に支配されて真面目に統治に取り組むが、その人物がいなくなると、たがが外れたように無責任な行動に走って政務を放置するという万暦帝の経歴は、二百年ほど後に、日本で第十一代将軍徳川家斉《いえなり》（一七七三〜一八四一）がたどった過程と不思議なほどよく似ている。満十四歳で将軍の地位につき、寛政の改革を進める松平定信の指導下で政務に取り組んでいた家斉は、定信の失脚後、次第に政務を怠るようになり、政治は腐敗していく。しかしその一方で、文化的には文化・文政の爛熟期を迎え、文学・美術などの芸術面では華やかな成果が残されることになった。明の万暦期も、まぎれもない爛熟期であった。

この時期、海禁が緩められたこともあって、日本銀の流入が本格化し、ついでポルトガル人・スペイン人により、ラテンアメリカからいわゆるスペイン銀が大量に流入しはじめて、通貨量が激増した結果、バブル経済が発生する。経済の過熱に伴って、流通する商品量が激増し、出版も前代未聞の活況を呈して、万暦年間の刊行量は、それ以前に中国において刊行されたすべての書籍を上回るともいわれる爆発的増加を示す。建陽《けんよう》以外の出版が低調だった明代前期とは打って変わって、この時期には蘇州・南京・杭《こう》州・徽《き》州などの出版社が盛んな活動を展開し、各地の出版社は顧客層の需要に適合する書物を求めて狂奔することになる。そうした中で、元代以来密かな需要が存在した「楽しみのための読書」の対象となる書物、つまり白話小説の類が商業ベースに乗って出版されるのは必然の流れであった。

## 大衆出版の本格的展開――建陽の動き

万暦年間、好景気の訪れとともに書物への需要も高まる。元代以来生まれつつあった高級知識人以外の読者たちは、読むべき書物を求めつつも、十分な供給を得られずにいた。それがここに来て、出版の好況とともに、堰を切ったように刊行されはじめるのである。

まず先行したのはやはり建陽の出版社であった。実用書としては、「日用類書」と総称されるさまざまな日用百科があげられよう。これは、法律・農業などの知識、暦に関わる事柄、夢占い、武術、料理レシピ、礼儀作法や手紙の文例、あるいは妓楼での遊び方など、日常生活で必要な（とも限らないが）雑多な要素を詰め込んだ書物である。この種の書物は宋代以来存在はしたが、この時期になって競うように新たなものが編集され、『学海不求人《がっかいふきゅうじん》（海の如き学識を集めて人に聞かずにすむ）』といった直接的な題名をもって刊行される。

また、演劇の一幕を集めた「散齣集《さんせきしゅう》（「齣」は演劇の一場面のこと）」と呼ばれる書物も作られる。更に、『国色天香』のような様々な物語を集めた「通俗類書」と通称される書物も出版される。特徴的なのは、これらの書物が、上図下文本で培われた建陽の出版技術を生かして、い

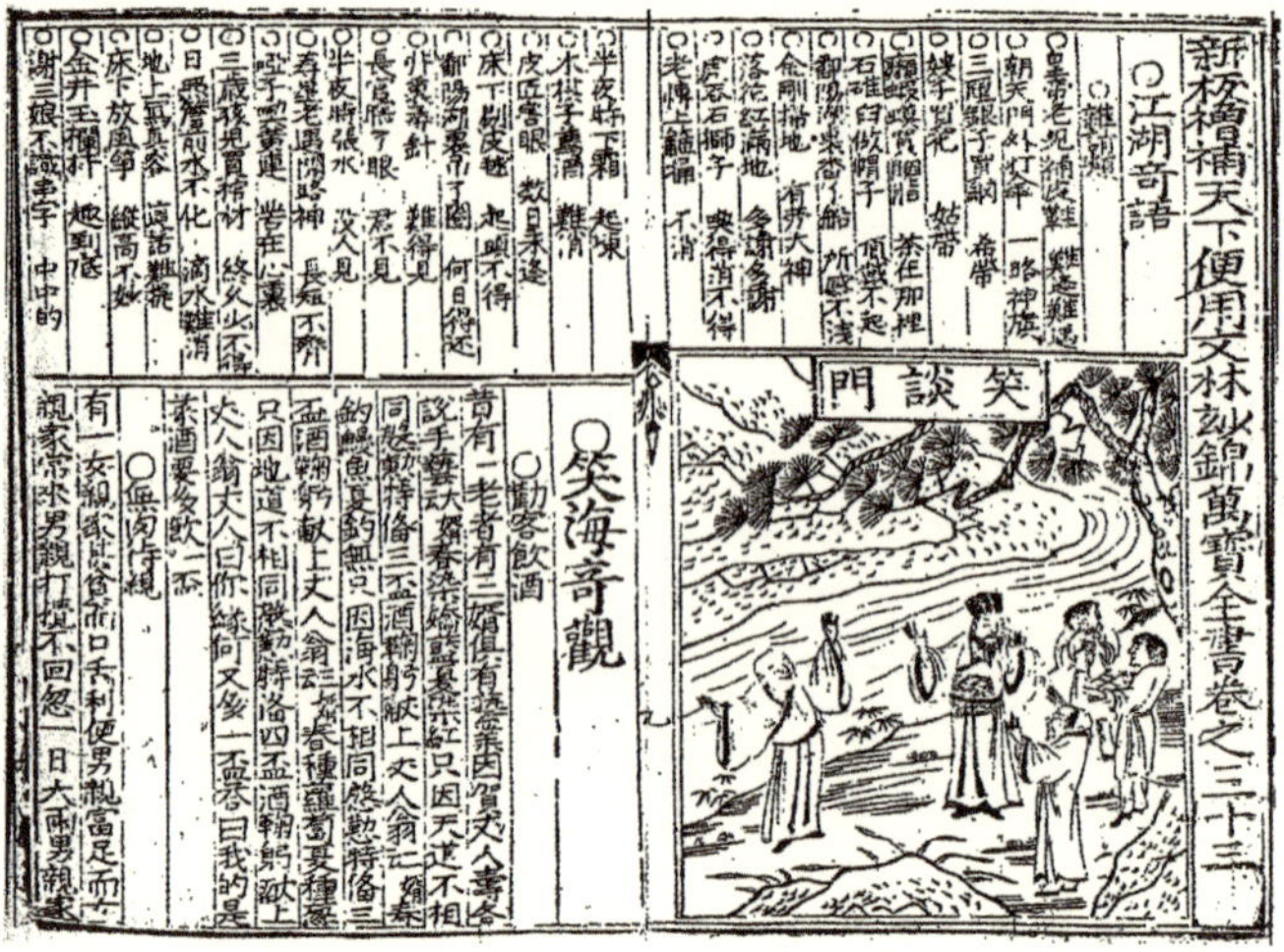


図22　日用類書の実例（『妙錦万宝全書』下段に笑い話、上段は謎掛け言葉）

ずれも上下二段、あるいは三段という形式を取り、挿画を伴い、またさまざまな附録（笑い話、艶笑談、はやり歌、文例集、年号・地名・官職等の暗記用のうたなど）を上段や中段に入れていることである【図22・23】。ここでは分類してみたが、おそらく当時の意識ではこれらは別のジャンルの書物とは考えられていなかった、というよりジャンル意識自体が存在しなかったのであろう。

　高級知識人以外の人々を対象とした書籍が怒濤の勢いで刊行されはじめた時、出版社は、それぞれの書物の中心となるもの以外に、様々な読者受けする要素を片っ端から盛り込もうとしたのである。異なる種類のものが二層・三層になって同居していれば、一枚のページを開くだけで、本題以外の笑い話やはやり歌などを同時に目にすることができる。つまり、あれもこれも一度に読めるということになって、読者にとってはお得感が増すわけである。後にふれるように、『英雄譜』と題して、上段に『水滸伝』、下段に『三国志《さんごくし》伝《でん》』という形を取った本すら刊行される。両方を同時に読む人はあまりいなかったであろうが、両方が入っているということが一目でわかるところがポイントだったに違いない。当然ながら、こうした子供だましじみた戦略は、知識人向けのものではなかったであろう。

歴史書については、「綱鑑」と総称される『資治通《しじつ》鑑綱目《がんこうもく》』の血筋を引く通俗的歴史書が建陽の出版社により刊行され、中国通史を叙述するに至ったことは、中砂明徳氏が『中国近世の福建人―士大夫と出版人』第五章「『通鑑』のインブリード」に詳述する通りであるが、それらはあくまで知識人向けの書物であった。これと並行して、建陽の書坊は高級知識人以外の読者をターゲットとした歴史読物を刊行する。具体的には、殷周《いんしゅう》革命から秦《しん》の天下統

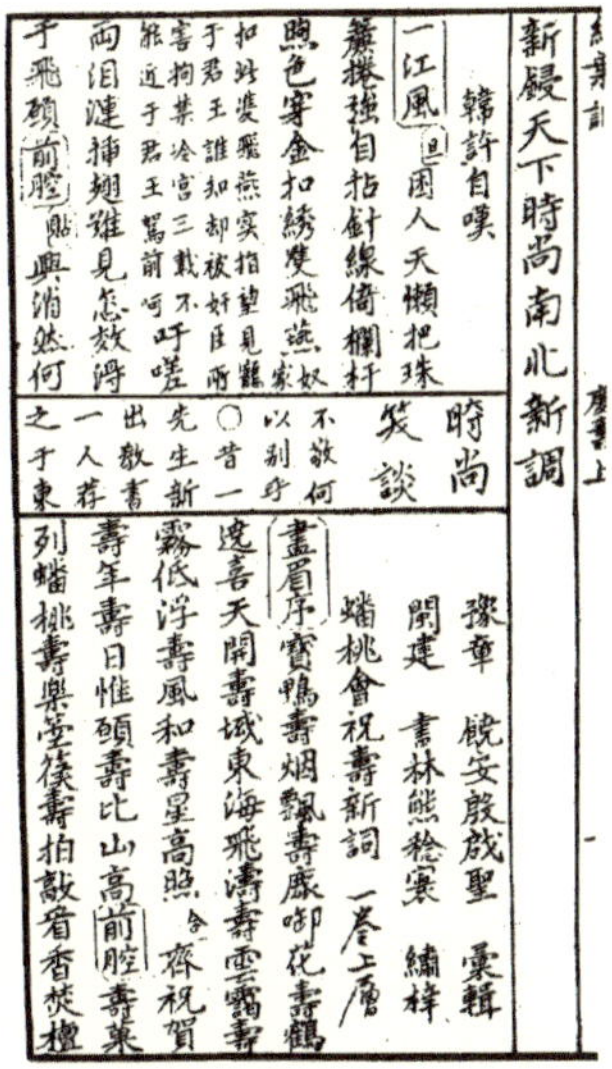
新鍥天下時尚南北新調

韓許自嘆
[一江風] 旦 囷人天懶把珠
簾捲獨自拈針線倚欄杆
颭色穿金扣綉雙飛燕 奴家
扣對雙飛燕實指望見雛
于君王誰知却被奸臣所
害拘禁冷宮三載不吁嗟
雅近于君王駕前何
兩泪漣掙翅難見怎㪚得
于飛頓[前腔]貼 與消然何

時尚 笑談
不敬何
以別身
○昔一
先生新
出數書
一人荐
之于東

豫章 皖安殷啟聖 彙輯
閩建 書林熊稔寰 繡梓
蟠桃會祝壽新詞 一巻上層
[畫眉序]寶鴨壽烟飄壽靡御花壽鶴
遶喜天開壽域東海飛濤壽雲靄壽
霧低浮壽風和壽星高照 合 齊祝賀
壽年壽日惟願壽比山高[前腔]壽菓
列蟠桃壽樂笙簇壽拍敲看香焚檀

図23　散齣集の実例（『堯天楽』上段と下段は演劇の一幕、中段は笑い話）

一までは『列国志伝《れつこくしでん》』、前漢と後漢については『全漢志伝《ぜんかんしでん》』、三国については既製の『三国志伝』があるからよいとして、南北朝は飛ばして隋唐は『唐書志伝《とうじょしでん》』、北宋は『南宋志伝《なんそうしでん》』『北宋志伝《ほくそうしでん》』（この題名は北宋・南宋とは無関係で、ともに北宋を扱うものである）などがこれに当たる。いずれも「志伝」を名乗るのは、元来『三国志』の「伝」だったはずの『三国志伝』が非常に流行し、二音節を基本とする中国語の原則に従って「志伝」が一語という意識が広がったためであろう。後には『水滸志伝』という書名まで出現するが、一方では『列国志伝』から「伝」を抜いて『列国志』と称する例も現れるなど、複雑な状況を現出することになる。

これらは「全相平話《ぜんしょうへいわ》」の再現というべきものであり、事実『列国志伝』『全漢志伝』には「全相平話」の本文をそのまま流用した部分がある。しかし、両者には決定的な違いがある。物語が盛り上がるさわりの部分だけからなっていた「全相平話」とは異なり、これら一連の歴史物には、その時代の全史を語ろうとする意欲がはっきりと認められるのである。これは、歴史書は限られた時代について書くものという原則を無視して、知識人向けに中国通史を作り上げてしまった建陽の出版社の通史志向が、より大衆的な書物にも向けられた結果であろう。通史にするためには、「全相平話」が存在しない部分については歴史書の本文を流用するしかない。こうして「全相平話」に依拠した物語的、かつ多分に荒唐無稽な部分と、「綱鑑」系統の歴史書に依拠した部分とを配慮なくつなげた結果、文体と内容に著しい落差が生じてしまうことになる。これは、同様に『三国志平話』をベースにしながら、その原文の痕跡が残らないまでに消化した上で、全体を大きな矛盾なくまとめあげた『三国志伝』がいかにすぐれた作品であったかを、逆に物語るものでもあろう。

### 白話小説の大量制作・刊行——江南の動き

こうして建陽において、元以来のパターンに基づいて上図下文形式の歴史教養書が粗製濫造される一方で、江南では異なった動きが生じていた。そこで重大な意味を持ったのが出版技術の革新であった。いわゆる明朝体の発明である。

今日の活字、更には電子媒体におけるフォントに広く用いられている明朝体という字体名は、明朝にできたことに由来する日本の名称であり、中国では「宋体」と呼ばれてきた。これは、版本の理想とされる宋版の文字同様の美しい書体という誇張した言い方であろう。実際には欧《おう》陽詢《ようじゅん》・柳公権《りゅうこうけん》などの有名書家の字体を模倣した宋版とは全く異なり、太い縦線と細い横線、図案化された止めやはねによって構成される新しい字体である。この字体が画期的だったのは、図案化されているため、版下を書く者もそれほど高い書道の技術を要さず、直線が多いため版木を彫る上でも高い技術は求められず、しかも非常に美しく読みやすい仕上がりになるという、大量生産に最適の書体である点にあった。以後この字体は急速に普及していくことになる。建陽におけるこの字体の使用が遅いことから考えて、確実なことはいえないが、この革新は江南で生じたのではないかと思われる。

こうして、従来建陽で量産されていたものよりはるかに美しく読みやすい書物を、比較的安価に量産することが可能になる。今の江蘇南部と浙江を中心とする江南は、人口も多く、文化・経済ともに中国でもっとも水準の高い地域である。中でも南京には、副都として北京同様の官僚組織が一そろい置かれていて、多数の官僚が在住していたが、実際の業務は少ないため、彼らには北京勤務の人々より余暇があった。つまり時間のある高級知識人が集中している場だったことになる。一方蘇州は、当時東アジアの経済・文化の中心ともいうべき地であった。従って、官僚以外の知識人が多く、沈周《しんしゅう》・文徴明《ぶんちょうめい》・唐寅《とういん》といった人々に代表される、官とはあまり縁がない自由人的な芸術家が輩出し、また商業の盛行ゆえに、士大夫以外でもかなりの文字運用能力を持つ人々が多かった。こうした多くの潜在的顧客を抱える江南地域で、いよいよ高級知識人以外の人々をもターゲットとした出版が本格的に始まることになる。

そこで絶好の商品として浮上したのが、嘉靖年間にはすでに一部の文官・武官の間で広まっていた『三国志演義』『水滸伝』であった。嘉靖初期頃に武定侯郭勛《かくくん》によって北京の文官・武官に拡散されたこの二篇は、すでに上流階級の人々に受け入れられているという点で、元来建陽より社会的に上位にある人々を主な顧客としてきた江南の出版社も手を出しやすかったであろう。特に『水滸伝』は、李開先《りかいせん》・唐順之《とうじゅんし》らに激賞されたことで高級知識人にも受け入れられつつあった。前述したように、嘉靖残本といわれる一部のみ現存する版本は、知識人向けの書籍の体裁を取っており、おそらくかなり早い時期からこうした形で刊行され、高級知識人の間でも読まれたものと思われる。正徳・嘉靖期蘇州を代表する文人として、ほとんど民間で活動した文徴明（一四七〇～一五五九）は、『水滸伝』全篇を自らの手で書き写していたという（張丑《ちょうちゅう》『清河書画舫《せいかしょがぼう》』巻十二上など）。

その後、『水滸伝』は徽州で刊行された。前述したように、徽州は徽州商人（新安商人）の地であり、ここには中国で最も豊かな人々が居住していた。また徽州周辺は墨の産地として知られ、最高の彫り師として知られる黄氏一族もこの地域で活動していて、高級な出版を行うには好適な場所でもあった。大富豪で、自作の戯曲『獅吼記《しこうき》』などを含む豪華本を次々に刊行した汪廷訥《おうていとつ》（一五七三～一六一九）は、その代表的存在である。徽州の人々は文雅な士大夫に憧れ、文雅な人物らしい行動として、最高級の出版物を刊行した。そうした土地で『水滸伝』がまず刊行されたことは、この反体制的な小説が知識層に広く受け入れられたことを示すものであろう。その後、万暦後期に杭州の容与堂《ようよどう》から美麗な挿画のついた『水滸伝』が刊行され、堰を切ったようにさまざまな刊本が出ることになる。一方、『三国志演義』は、おそらく手軽でそれなりの水準を持つ歴史読物として、南京の出版社を中心に刊行されていく【図24】。

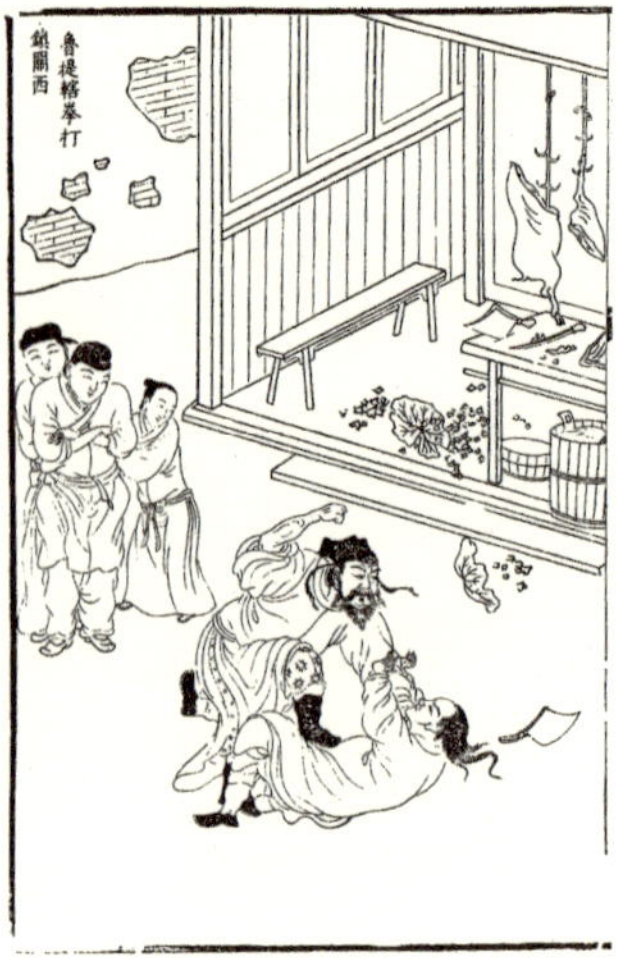


図24　容与堂本『水滸伝』の挿画
第三回魯達（後の魯智深）が肉屋の鄭をなぐり殺す場面

建陽では、依然として古いスタイルの『三国志伝』を刊行するとともに、いかにもこの地にふさわしく、『三国志伝』『水滸伝』ともに内容を簡略化したものを制作して、安価に売り出す戦略を採り、ついには上下二段で『水滸伝』と『三国志伝』の簡略版を同時に読めるという『英雄譜』と称する奇妙な本まで刊行する【図25】。更に、本文を簡略化する一方で附加価値をつけようとして、『水滸伝』に元来なかった田虎《でんこ》・王慶《おうけい》という反乱者を討伐するバージョンまで作り上げる。建陽の出版社の方針は、内容の深化よりバラエティーに富んだ物語を展開するところに重点を置いていたのである。

こうして、江南と建陽でパターンを異にする『三国志演義』『水滸伝』が刊行されることになる。江南の刊本は、上図下文ではなく、挿画と本文は分離して、各巻もしくは各回二枚程度の大判で精緻な挿画を巻頭に置いて、本文部分は堅い書物と同様、文字のみからなるものであった。明朝体の文字で整然と印刷された本文は、明らかに建陽のものより読みやすい。これは、江南刊本が建陽とは異なる、文字だけで文章を読むことに慣れた読者をターゲットにしていたことを示すものであろう。しかし、一方では嘉靖年間に刊行された『六十家小説』や『水滸伝』嘉靖残本とは異なり、読者サービスも考えられている。挿画と並んで、読者向けの附加価値として用意されたのが「批評」であった。

「批評」とは、本文の中や枠外に書き込まれた文で、鑑賞する上でのポイントを示したり、特に注意すべき点を指摘したりする、読み方指南ともいうべきものである。この種の事例は、早くは『資治通鑑《しじつがん》』に元の胡三省《こさんせい》が附した注釈の中に見られる。明代には、特に読書に慣れない読者のための手引きとして建陽本などに簡単なものが附されていたが、江南で刊行された長篇白話小説ではそれがより重要な意味を持ちはじめ、大きなセールスポイントとなっていくのである。しかもその内容も、かなり適当に書かれていた建陽のそれとは異なり、ある程度知識人受けのするものになっている。これは、長篇白話小説が知識人の読物としても受

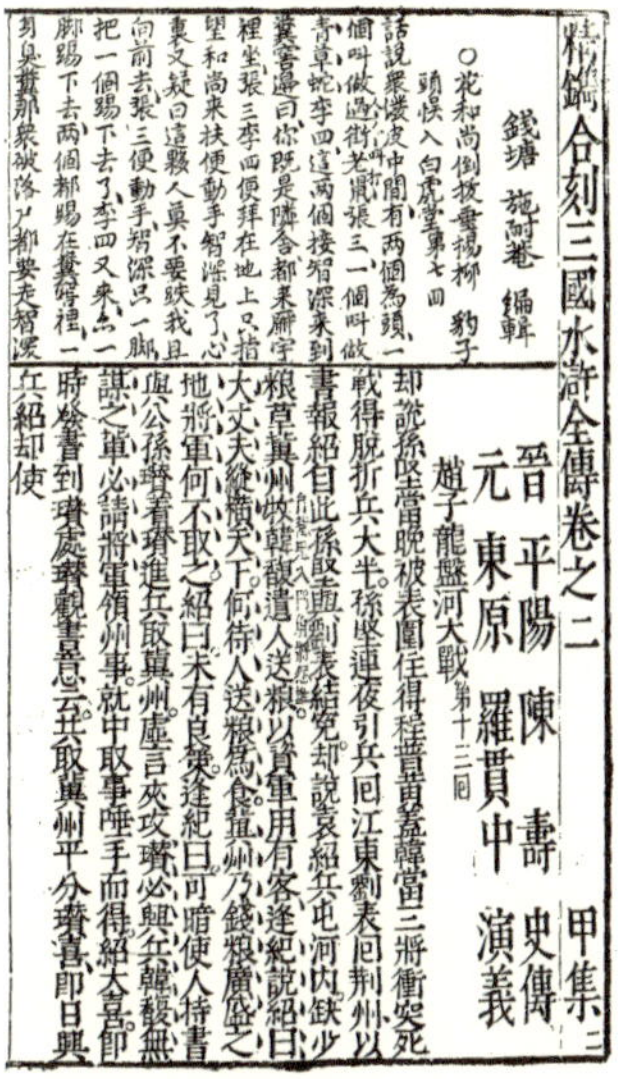
精鐫合刻三國水滸全傳巻之二　甲集
晋 平陽 陳壽 史傳
元 東原 羅貫中 演義
錢塘 施耐菴 編輯

図25『二刻英雄譜』上段が『水滸伝』、下段が『三国志伝』（国立公文書館蔵）

容されるようになったことを示すものであろう。

しかし、なぜ知識人を激しく敵視する性格を持つ反体制的な『水滸伝』が、知識人に受容されえたのであろうか。この時期、『水滸伝』『三国志演義』、それに『西遊記』という三篇の大規模な作品がそろって「李卓吾《りたくご》批評」を附して刊行されたことが、その理由を物語ってくれる。

### 「李卓吾」の批評――『水滸伝』はなぜ知識人に受け入れられたのか

さきにふれた杭州の容与堂が刊行した『水滸伝』には「李卓吾批評」が附されている。そして、刊行主体などは不明だが、相前後する時期に『三国志演義』と『西遊記』の「李卓吾批評」を附した刊本も出版されている。これらの刊本は体裁もよく似ており、シリーズ物として刊行された可能性も想定される。

このうち『水滸伝』は現存最古の完全な刊本として重要な意味を持つのみならず、その美麗な挿画は、その後の刊本にもさまざまな形で利用され続ける。また『三国志演義』は、従来の二十四巻形式ではなく、『水滸伝』と同じ回単位の百二十回形式を取っている。これは、通俗的歴史書の体裁を捨てて白話小説と自己規定したことを意味するという点で重要な変更であり、この版本をもとに、後に流布する毛宗崗《もうそうこう》本などが作られていくことになる。『西遊記』についても李卓吾批評本は、その後刊行されていく『西遊記』の基本になる極めて重要な版本である。

なぜこの時期に、「李卓吾批評」を附した重要な版本がまとめて刊行されたのであろうか。鍵はいうまでもなく「李卓吾」という人物にある。

李卓吾（一五二七〜一六〇二）の名は贄《し》、卓吾は号とも字ともいう。彼は「陽明学左派」と呼ばれる王畿《おうき》（龍渓）らの流れを汲む、中国史上最も過激な思想家といわれる人物である。

王陽明の後継者たちのうち、王畿は「現成《げんせい》（できあい）良知《りょうち》」を唱え、人は生まれながらにして最高の知である良知を身につけているものであると説き、また王艮《おうこん》（心斎）は、「格物」とは天下国家を正すことであるとして、激しく実践を主張した。王艮をリーダーとする泰州学派からは、持って生まれた良知により世を正すため、何ものをも恐れず行動すべきであるという考えが生まれ、「遊俠」と呼ばれるに至った。「良知」が「現成」、つまり学問や努力によって獲得すべきものではないとすれば、学問や知識は意味を失い、「良知」をもって行動する人間であれば、たとえ無学であろうと、字が読めない者であろうと尊敬に値すると認められる。実際、王艮自身が製塩労働者の出身であり、さしたる学問は持たなかったといわれる。その彼が多くの崇拝者を持ちえたのは、その理論と情熱ゆえであった。彼らは利害得失を越えて、「良知」に基づいて行動することを求め、時として反知性主義にまで至る。これも「真」の追究の一つの終着点であった。

この思想が『水滸伝』、更には『三国志演義』と容易に結びつきうることは明らかであろう。

無学であっても、利害得失を越えて、純粋な心が命じるままに、正しいと信じることをためらいなく実行するという点で、最も理想的な人物は誰かと考えれば、『水滸伝』の魯智深《ろちしん》こそその理想像に該当することになろう。『水滸伝』において、思慮分別に富んだ相棒の武松《ぶしょう》より、正しいと信じることを向こう見ずに実行してしばしば大失敗する魯智深の方が高みに置かれている背景には、この思想があるのではないか。つまり、『水滸伝』は陽明学過激派の人々の間でバイブルとなりうる書物だったのである。『三国志演義』においても、張飛《ちょうひ》は魯智深と似通ったキャラクターであり、また劉備《りゅうび》は「詩を作っているところを見たことがない」といわれる男であった。任俠的結合で結ばれた彼ら「真」なる人々が、虚飾に満ちた「假（偽り）」の権化《ごんげ》ともいうべき知識人曹操と戦う物語と解釈すれば、『三国志演義』もまた陽明学過激派の人々に広く受け入れられる理由があったのである。

李卓吾は、この系統の最後に出現した人物である。彼はその有名な「童心説」においてこう主張する。

童心とは真心だ。……童心とは、「假（偽）」が絶無の純粋な「真」であり、一番最初にある本来の心である。童心を失ってしまえば、真の心を失ってしまう。真の心を失ってしまえば、真の人間であることを失ってしまう。……思うに、最初の段階では見聞が耳目から入ってきて、内部を支配するようになり、童心は失われる。成長すると、道理が見聞から入ってきて、童心が失われる。……道理と見聞は、みな多く書物を読み、義や理を知るところからやって来るのだ。……見聞道理をおのが心とする以上、口に出すものはみな見聞道理の言葉であって、童心が自然に出た言葉ではない。言葉がいかに巧みなものであろうと、私にとって何の価値があろう。……天下の至文で、童心から出なかったものはない。かりそめにも童心が常に維持されてさえいれば、道理も出てこなければ、見聞もあらわれず、どんな時にあってもすぐれた文にならないことはなく、どんな人のものであってもすぐれた文にならないことはなく、どんな新たに創造したスタイルでもすぐれた文にならないものはない。詩は古詩や『文選《もんぜん》』に限ることはない、文は秦以前のものに限る必要はない。降って六朝になり、変化して近体詩（律詩・絶句など）になり、更に変化して伝奇（唐代伝奇か？）になり、変化して院本となり雑劇となり（金・元の演劇）、『西廂記《せいしょうき》』となり、『水滸伝』となり、今の科挙の答案となったのであって、賢人が聖人の道を説いたものはみな古今の至文である。

続くくだりでは、李卓吾は「六経」と『論語』『孟子』を否定するに至る。

ここで李卓吾は、「真」の心である「童心」の発露である「古今の至文」として、恋愛劇の古典とされる元の王実甫《おうじつぽ》の雑劇『西廂記』と『水滸伝』をあげた。『西廂記』は男女の純粋な恋愛を描き、『水滸伝』には前述の通り利害得失を顧みない豪傑の活躍が随所に見えるがゆえであろう。しかし、これは当時にあってはまことに破天荒な言葉であった。その頃の士大夫の間では、『西廂記』は「誨淫《かいいん》」、つまり淫乱たるべしと教える書、『水滸伝』は「勧盗」、つまり盗賊行為をすべしと勧める書として敵視するのが、少なくとも建前上は一般的だったのである。

### 「李卓吾批評」の大量発生

しかしこの李卓吾の主張は、当時の出版社にとってはまことに好都合なものであった。李卓吾を敵視する者は非常に多かったが、それにもかかわらず、あるいはそれゆえにこそ、彼は当代一の人気思想家であり、ベストセラー作家でもあった。従来は正面切って売りにくかった『西廂記』『水滸伝』に対して、その李卓吾から「天下の至文」という「お墨付き」が与えられたのである。各地の出版社から「李卓吾批評」なるものを附した『西廂記』『水滸伝』等の白話文学作品が次々に刊行されたのは当然の流れであった。いうまでもなく、そのほとんどは李卓吾の手になるものではない。李卓吾の弟子だった詩人袁宏道《えんこうどう》（一五六八〜一六一〇）の証言によれば、李卓吾は確かに『水滸伝』に批評を附けていたらしい。しかし、容与堂本『水滸伝』の「李卓吾批評」は、確実ではないが、葉昼《ようちゆう》という出版社の仕事を請け負って生活していた不良文人の手になるものだという。とはいえ、その内容が「真」を重んじて「假（偽）」を憎むという李卓吾の基本的な方向性に沿ったものであることは間違いない。

こうして、『水滸伝』は高級知識人の読物としても、堂々たる地位を確保するに至った。考えてみれば、陽明学過激派の思想は『水滸伝』や白話文学刊行に関与してきた人々とも一定の親近性があった。王畿（龍渓）は郭勛・李開先とともに失脚しており、また唐順之の師、徐渭《じょい》の従兄弟であった。この主張が武官にとって受け入れやすいものであったことはいうまでもなく、武官と近い関係にある文官たちにも共感しやすい側面があったに違いない。一方、王世貞《おうせいてい》は陽明学過激派に対しては明らかに敵意を示している。容与堂本等の李卓吾批評『水滸伝』刊行の背景にも、やはりこの対立は存在したようである。

『水滸伝』『三国志演義』と並んで「李卓吾批評」を附して刊行されたのは『西遊記』であった。ここで、これまでふれてこなかった「四大奇書」最後の一つであるこの書にふれねばなるまい。

### 『西遊記』の成立

三篇に附された「李卓吾批評」を見比べると、『西遊記』の批評のみ見劣りする。というより、分量自体が非常に少なく、批評者のやる気のなさが透けて見えるようである。これは、おそらく知識人の間における評価の違いを反映したものであろう。

明代末期において、『西遊記』が知識人にも読まれていたことは、磯部彰氏が『西遊記受容史の研究』（多賀出版一九九五）第二章「明末における『西遊記』の主体的受容者層の研究」などで詳細に論じているところである。ただ、そこには『水滸伝』に対する時のような熱狂的に支持する姿勢は認められない。これはおそらく両者の性格が異なることに由来するものであろう。

『西遊記』が、唐代初期に玄奘三蔵《げんじょうさんぞう》がインドに取経に赴いた史実に基づくことはいうまでもない。この史実が物語化していく過程については、太田辰夫・中野美代子・磯部彰諸氏等による詳細な研究があるが、ここで深くは立ち入らない。この物語が文字の形になった最も古い事例は、おそらく南宋において刊行されたものと推定される『大唐三蔵取経詩話』である。この書は至って簡単な本文を持つのみではあるが、孫悟空に該当する「猴行者《こうぎょうじゃ》」という超能力を身につけたサルがすでに登場しており、三蔵とサルの旅という枠組みができあがっていたことはわかる。ただ、三蔵が五人の弟子を連れて旅をしていることなど、設定的に異なる点が多く、内容的にも直接的な関係はあまり認められないため、どこまで『西遊記』につながるものであるかはよくわからない。とはいえ、白話文学を刊行した例がほとんどない南宋において、唯一この書物が刊行されていることは注目される。なぜこの書だけが刊行されえたのであろうか。

その答は宗教性に求められよう。当然のこととして、玄奘三蔵の物語は仏教と密接な関わりを持つ。仏教・道教においては、「善書」と呼ばれる道徳を説く書物が作成され、それを刊行・配布すれば功徳を積むことになるとされる。『大唐三蔵取経詩話』は狭義の善書には当てはまらないが、似通った意図のもとに、仏教布教の具として作られたのではないか。仏教の信者はいうまでもなく幅広い階層に広がっており、仏教説話や仏典の内容を主とする唐代の語り物「敦煌変文」の例に見られるように、布教のためには大衆向けの芸能も積極的に取り入れられていた。そうした大衆教化の具として考えれば、この書が南宋において例外的な白話の文学作品として刊行された理由も説明できるように思われる。

元の時期に高麗で刊行された中国語会話のテキスト『朴通事諺解《ぼくつうじげんかい》』には、書店に行くスキットの中に、にぎやかだから気がふさいだ時読むのにいいので「唐三蔵西遊記」を買おうという会話があって、『西遊記』第四十五回にみえる車遅国《しゃち》の術比べとほぼ同じ内容の物語が語られている。このことから考えて、元代には今日の『西遊記』にかなり近い内容のものが、すでに『西遊記』という題名で書物の形にまとめられて、書店で売られていたものと思われる。ただその形態や具体的な文体などはわからない。

明代に入ってからの状況も不明である。周弘祖《しゅうこうそ》の『古今書刻』という、各地の官庁が版木を所有していた書名をまとめた書物（時期はおそらく万暦年間。従来官刻本の目録といわれてきたが、明らかに官刻ではないものもまじっており、管理している版木の目録かと思われる）には、山東の「魯府」、つまりこの地に封じられていた魯王の王府と、山東半島先端部に当たる登州府の項にそれぞれ「西遊記」とある。これに加えて、後に述べる世徳堂本『西遊記』の陳元之《ちんげんし》という人物の序に、「王府から出たともいい、王の側近の作とも、王の自作ともいう」とあることもあって、魯王府で刊行されたともいわれるが、異論もあってはっきりしたことはいえない。元代に道教の一派である全真教の丘処機《きゅうしょき》がサマルカンドに赴いたことを弟子の李志常《りしじょう》が記した『長春真人西遊記』という旅行記があるように、西への旅の記録であれば「西遊記」と題することはありえる。同じ山東の全域を管轄する官庁である布政司の項の筆頭に「東遊記」という書名があがっていることもあり、そもそもこれらが我々の知る小説『西遊記』なのかという点にも疑問がある。

また呉承恩《ごしょうおん》（一五〇六?～一五八二?）がしばしば『西遊記』の作者とされるが、これは江蘇北部の淮安《わいあん》に関する情報を記した『淮安府志』に彼の著作として『西遊記』の名があげられていることを根拠に、中国における近代的白話小説研究の元祖というべき胡適《こせき》と魯迅《ろじん》が主張したことに由来する。呉承恩は歴とした士大夫であり、その点で羅貫中《らかんちゅう》や施耐庵《したいあん》のような実態がわからない人々とは異なるが、一方で羅貫中や施耐庵とは逆に、明代には『西遊記』に呉承恩の名を作者としてあげる版本は存在しない。『淮安府志』に記録された『西遊記』が小説であるという証拠もないため、近年呉承恩を『西遊記』の作者とは認めない方が一般的になりつつある。

以上をまとめれば、現行の『西遊記』がどのようにしてできあがったかははっきりしないといわざるをえない。元代にその原型がすでに存在して、書物の形で販売されていたことは確かであり、その後もしかすると山東の魯王府で刊行されたのかもしれず、また呉承恩という文人が関わった可能性もあるが、いずれも確実なことはいえないというにとどまる。魯王府の所在地である山東兗州《えんしゅう》と淮安は比較的近く、魯王府で刊行されたのが事実だとすれば、呉承恩が関係していた可能性も出てくるが、臆測の域を出るものではない。書き換えられ、刊行されるに至った事情についても、『三国志演義』『水滸伝』の場合ほど明らかではないが、作品の性格から考えて、やはり仏教の布教手段という側面があった可能性が高いかと思われる。

## 『西遊記』の刊行と評価

現存最古のほぼ完全な『西遊記』刊本は、南京の世徳堂が刊行したもので、さきにふれた陳元之の序に万暦二十年（一五九二）の日附があることから考えて、その頃に出版されたものと思われる。李卓吾批評本は、この世徳堂本の本文をほぼそのまま引き継いで刊行された本になる。これらの刊本の本文は、非常に洗練された白話文で綴られており、その水準は『水滸伝』

『金瓶梅』に引けを取るものではない。このことは、これらの本が現在の形になったのが、おそらく『水滸伝』郭武定本において白話文の書き方が確立した後であったことを示唆しているように思われる。あくまで推測の域を出ないが、『水滸伝』が広まった後、『金瓶梅』のようにその文体を用いて新たな作品を創作する以外に、この新たな書記言語によって既成の人気作を書き換える動きがあったのではないか。『西遊記』はそのすぐれた成果なのかもしれない【図26】。

『西遊記』は、前後する時期にまとめられた『水滸伝』『三国志演義』『金瓶梅』にはない魅力を持つ。『西遊記』は、はじめの孫悟空が天界で暴れるくだりを別にすれば、一行が西天に赴く過程でさまざまな妖怪の類に出くわし、多くは三蔵がさらわれ、孫悟空と猪八戒が救出のため奮闘し、最後には観音や太上老君《たいじょうろうくん》が出現して、デウス・エクス・マキナとして事件を解決するという、ほとんどパターン化した物語が何度も繰り返される形を取る。にもかかわらず読者を飽きさせることなく、最後の部分になると明らかにつまらなくなってしまう『水滸伝』『三国志演義』や、やはり西門慶死後は精彩を失う『金瓶梅』のようにだれてしまうことがないのは、全篇に漂うユーモアによるところが大きい。

ユーモアは、宿命的に客受けをねらわねばならない芸能において発達し、元雑劇などにかなり見られるところではあるが、盛んに文字の形にまとめられ、刊行されるようになるのはやは

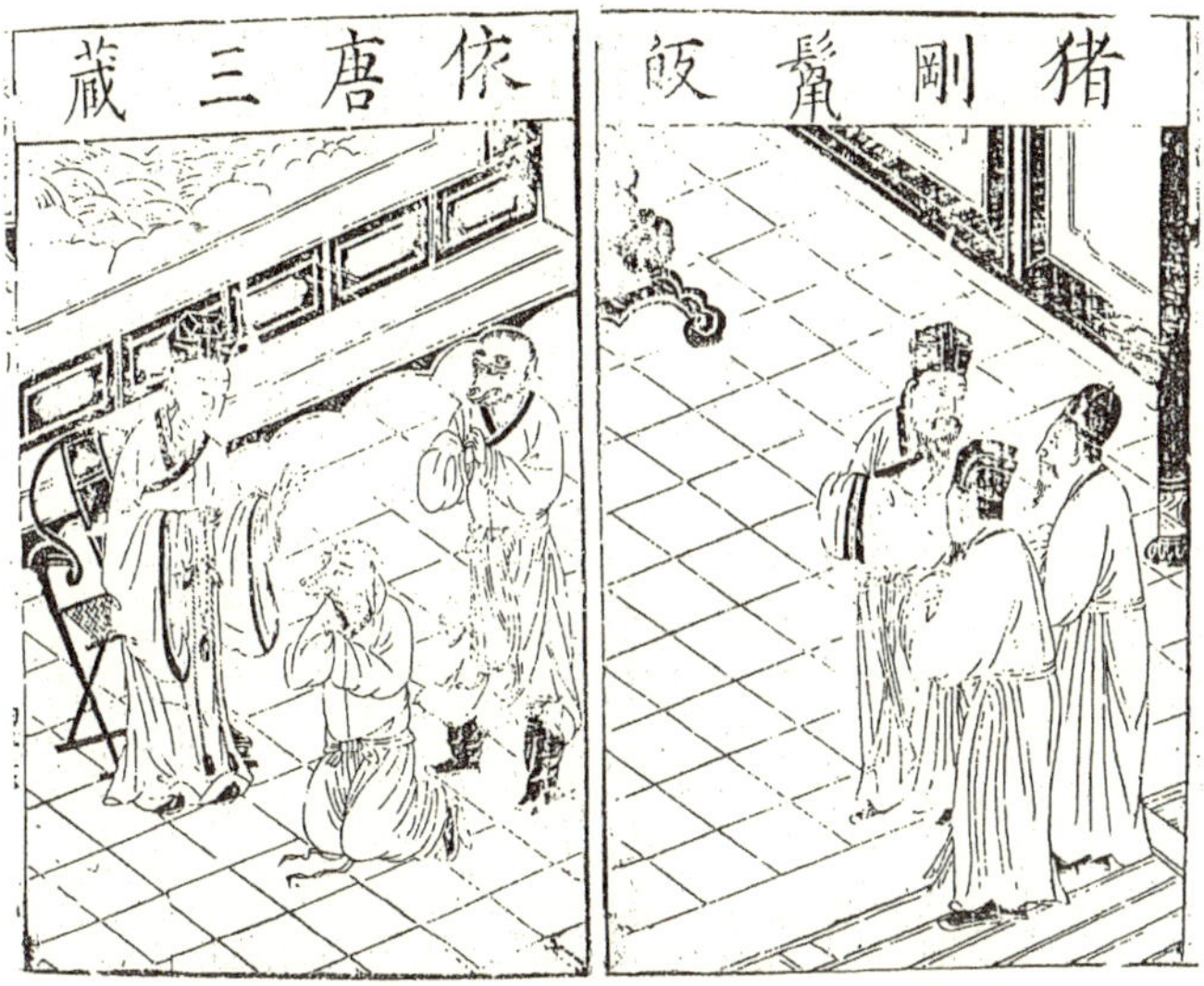


図 26　『西遊記』世徳堂本　第十九回　猪八戒が弟子になる場面

りこの時期になってからである。すでに述べたように、この時期に刊行された日用類書や戯曲散齣集におまけとして笑話が掲載されている例は多く、広く読まれていたことがわかる。李卓吾の著と称する『開巻一笑《かいかんいっしょう》』（清に入って『山中一夕話《さんちゅういっせきわ》』と改題された改編版が刊行される）、趙南星《ちょうなんせい》の『笑賛《しょうさん》』など、笑話を集めた書物も次々と編集・刊行され、集大成ともいうべき馮夢龍《ふうぼうりゅう》の『笑府《しょうふ》』『古今譚概《ここんたんがい》』に至る。『笑賛』の編者趙南星は、当時名高い剛直な正義派の官僚であった。儒教道徳に凝り固まってユーモアなど解するはずもないと見なされがちなそうした人物が、笑話集を編纂する一面を持っていたことになる。しかも趙南星は、色っぽい俗曲を作ることにも長けていた。万暦期は、人格の高潔さや道徳性と、粋で洒脱なユーモア感覚が同居しうる時代だったのである。『西遊記』がすぐれた白話文とユーモア感覚を兼備していることは、こうした時代相の反映ともいえよう。

ただ、前述したように、高級知識人の間では『西遊記』は『水滸伝』ほどの高い評価を得ることができなかった。これは、おそらく内容がリアリティを欠いているためであろう。後でふれる馮夢龍の『新平妖伝《しんへいようでん》』に附された張無咎《ちょうむきゅう》なる人物の序に、

> 小説というジャンルは「真」を「正」とし、「幻」を「奇」とする。しかし諺にも「鬼（幽霊・化け物の類）を描くのは容易だが、人を描くのは難しい」という。『西遊記』は「幻」の極致である。『水滸伝』に及ばないのは、人と鬼との違いゆえである。鬼であって人でなければ、話の種になるだけで、肺腑を動かすことはできない。

とあるのは、当時の知識人のこうした態度をよく示すものである。ここでは『西遊記』がすぐれていることを認めつつも、「幻」、つまり超現実的なものは「奇」、つまり正統的なものではないとして、一段下に評価されることが示されている。「奇」は決してマイナスの意味を持つ語ではないが、やはりここでも「真」であることが最大限に重視されているのである。

実際、『水滸伝』が高く評価されたのも、内容にリアリティがあり、白話による描写が細部に至るまで現実生活を再現し、現実に存在する人物を生き生きと写し取っているからであった。それゆえ、容与堂本の李卓吾批評においては、『水滸伝』にもわずかに見える超自然的要素は不必要なものとして厳しく批判されている。『金瓶梅』が高級知識人の間で人気を博し、その写本が引く手あまただったのも、内容のリアリティゆえであった。

それゆえ、そもそもリアリティを持ちようのない『西遊記』は、『水滸伝』より低く評価されざるをえなかった。李卓吾批評が『水滸伝』には熱心であり、史実に近いゆえにやはりリアリティを持つ『三国志演義』にもかなり丁寧に附されている一方で、『西遊記』にはなげやりなのは、これに由来するものであろう。当時の知識人が激しい情熱を持って追い求めたのは、現実の中の「真」だったのである。

## 「近代的読書」の確立

万暦末期には『金瓶梅』も刊行される。当然というべきか、刊行者はわからない。こうして「四大奇書」の完備したテキストができあがり、出版され、多くの人が読むことができるようになる。四篇はいずれも大長篇であり、「李卓吾批評」を名乗る『水滸伝』『三国志演義』『西遊記』は、いずれも美しい挿画を持つ豪華本であった。このことは、これらの書物の読者が経済力のある人々、士大夫や富裕層だったことを意味する。この事実は、知識人が白話を用いた小説を本格的に読みはじめたこと、つまり彼らが「楽しみのための読書」をするようになったことを示すものである。

では、元代以来生まれていた、より低い階層の読者はどうなったのであろうか。彼らに対応したのは建陽の出版社であった。そこでは『水滸伝』『三国志演義』『西遊記』の簡略版が作られ、上図下文形式で刊行されて、比較的安価に売られていた。もっとも、安価とはいえ、本当の意味の庶民が購入することはできなかったであろう。庶民が読むためには貸本屋が必要になるが、明代においてはその存在を確認することはできず、確かなことはいえない。

この時期に、不特定多数の読者を対象として刊行された書物を、不特定多数の読者が楽しみのために読むという現象が広まり、定着したことになる。これは中国において近代的読書が確立したことを示すものであった。

この時期には演劇界でも、出版と連動する形で新しい動きが生じる。

## 演劇界の新しい動き

元雑劇の制作には多くの知識人が関与していた。しかし、この動きは元末明初における高明の『琵琶記』を最後に、あまり見られなくなる。その背景として想定されるのは、明に入って再び楽戸、つまり俳優や妓女が厳しい差別の対象となったことである。元代のような知識人と俳優の共同作業は難しくなり、この時期の演劇作品は、実演に当たる人々の場で生まれたであろう作者不明の、演劇的にはすぐれるが文学的には高い水準を持つとはいいがたいものと、文人が手すさびに書いた、言葉は美しいが実演には向かないものとに両極分化する傾向にある。実演に適した演劇作品に関わった人々の中には知識人らしい人物も散見するが、いずれもほとんど経歴不明であり、元代のように歴とした士大夫が演劇創作に関わる状況は認められない。

状況が変わりはじめるのは正徳・嘉靖期からである。前に述べたように、李開先は『宝剣記』を書き、出版した。しかも『宝剣記』の原型は更にさかのぼる時期に、劉澄甫《りゅうちょうほ》のような高級官僚によって書かれていた。これは、この頃から再び知識人が演劇に関わりはじめたことを示すものである。これは、第五章で見たように、彼らが武官と深い関わりを持つグループに属していたことと無関係ではないかもしれない。時は正徳期、正徳帝《せいとくてい》が武官たちと並んで俳優臧《ぞう》賢《けん》を重用した時代であった。

李開先は屋敷に自前の劇団を持っており、『宝剣記』は実演を前提として作られ、事実各地で上演されて、その一部は今日もなお演じられ続けている。一方、王世貞は『宝剣記』を厳しく批判しているが、これは彼の李開先に対する敵意の表明であるとともに、彼が演劇に通じていたことをも示すものである。王世貞の著書『芸苑卮言《げいえんしげん》』には、演劇評論が多く見える。そして、彼が政治的意図を持って戯曲『鳴鳳記』を書いたといわれることは前述の通りである。

このように一流文人たちが演劇に関わる流れを受けて、万暦期には文人が多くの戯曲を制作し、しかもそれが刊行されるようになる。

沈璟《しんけい》（一五五三〜一六一〇）は蘇州近郊の呉江の出身、万暦二年（一五七四）に進士となった一流の知識人である。彼は当時新たに生まれた崑山腔《こんざんこう》（崑曲《こんきょく》）という知識人の趣味にかなう優美な南曲のために多くの作品を書いた。彼の手になる『義俠記《ぎきょうき》』は今日もなお上演され続けている人気作だが、特に注目されるのはこの作品が『水滸伝』の武松の物語のかなり忠実な演劇化であることである。この作品が創作され、人気演目となったことは、『水滸伝』が白話文学に興味を持つ高級知識人の間で広く人気を博していたことを示すものであろう【図27】。

『水滸伝』の演劇化としては更に、科挙にこそ合格していないものの、当時知られた知識人で蘇州の人である許自昌《きょじしょう》（一五七八〜一六二三）が宋江の物語をかなり忠実に演劇化した『水滸記』があり、やはり今日なお上演される人気演目となっている。もう一つ注目されるのは、この許自昌が、『太平広記』や李白・杜甫以下多くの唐代詩人の詩集の出版に関わった人物だったことである。当時の版本は現存しないが、おそらく『水滸記』も彼自身によって刊行されたものと思われる。『義俠記』も南京の継志斎ほか、複数の出版社から挿画入りの形で刊行されている。つまり、『水滸伝』の刊行と並行する形で、『水滸伝』を題材とする戯曲が刊行され、広く読まれていたことになる。

出版されたのは『水滸伝』を題材とするものだけではなく、沈璟の作品だけでも継志斎から他に三篇刊行されているのをはじめとして、この時期には多くの文人の手になる戯曲が刊行されており、挿画入りの戯曲刊本が商業出版にとっては売れ筋の商品となりつつあったことがわかる。そこには、やはりかの李卓吾が「童心説」において元雑劇『西廂記』を「天下の至文」と讃えたこととの影響もあったようで、李卓吾批評と称する『水滸伝』を刊行した杭州の容与堂は、『西廂記』以下、「李卓吾批評」を称する多くの戯曲を挿画入りで刊行している。また『西廂記』以外の元雑劇についても、漢の文と唐の詩を復古派が鼓吹したことを受けて、元末明初からあった中国の四大文学として「漢文・唐詩・宋詞・元曲」を並称することが一般化した影響のもとに、盛んに刊行されはじめ、万暦四十三・四十四年（一六一五・一六一六）に臧懋循《ぞうぼうじゅん》（一五五〇～一六二〇）が刊行した『元曲選』に集大成されていくことになる。

図27『義侠記』第十六齣　潘金蓮殺しの場面

臧懋循は万暦八年（一五八〇）に進士

となった一流知識人だが、美少年と遊び狂ったかどで弾劾を受けて、免職の上、官吏任用資格まで失い、以後は書物を編集・出版することで生計を立てていたようである。『元曲選』は、彼が所有していた本と、錦衣衛《きんいえい》都督劉守有《りゆうしゆゆう》の息子でやはり錦衣衛高官だった劉承禧《りゆうしようき》が所有していた明の宮廷演劇である内府本のテキストをもとに刊行したものである。劉守有は、李卓吾の本拠地だった湖北麻城《まじよう》の人であり、両者の間には交流があった。また、この親子の家に『金瓶梅』の完全な本があったことは第七章で述べた通りである。ここからも白話文学と武官、そして白話文学に関わる知識人の間にある種の共同体のようなものが存在したことを見て取ることができる。

『元曲選』は、臧懋循が自分の考えで本文を書き換えた、純然たる読むための戯曲であった。そして、全部で百の雑劇からなる『元曲選』の前半五十を刊行した段階で資金繰りに行き詰まった臧懋循が、南京で官僚を務めている友人に、同僚の間で予約を取ることを依頼する手紙が残っている。このことは、この時期には、白話小説と並んで戯曲も白話を用いた読物として定着し、知識人にまで受け入れられていたことを示すものである【図28】。

### 湯顕祖と「情」の世界

こうして演劇を創作し、読んで楽しむことが知識人にまで広がりつつある中で登場したのが湯顕祖《とうけんそ》であった。

湯顕祖（一五五〇～一六一六）は万暦十一年（一五八三）に進士となった一流の知識人である。彼は万暦五年（一五七七）の科挙において、その将来を嘱望した張居正からの誘いを断ったため落第したといわれる硬骨の人物で、官職についてからも権力者と衝突を繰り返した末に、官を捨てて故郷の玉茗堂《ぎょくめいどう》と名付けた家に隠棲して生涯を終えた。彼は詩文においては、李開先の流れを汲む唐宋派に属し、復古派の巨頭王世貞に真っ向から楯突いたことで知られるが、その本領は戯曲にこそある。彼がしばしば「中国のシェークスピア」と呼ばれるのは、偶然没年が同じであることに由来するもので、特に作風に共通点があるというわけではないが、明代を代表する劇作家であることには間違いない。

図28『元曲選』「燕青博魚」より梁山伯の場面

彼が残した作品は、習作というべき『紫簫記《ししょうき》』を別にすれば、いずれも夢をテーマとすることから「玉茗堂四夢」と総称される『紫釵記《しさき》』『還魂記《かんこんき》』『南柯記《なんかき》』『邯鄲記《かんたんき》』の四篇のみである。高級知識人が夢をテーマに四篇もの戯曲を書くということ自体、中国の文学においてはかつてなかった事態といってよい。「四夢」の中でも代表作というべきは『牡丹亭《ぼたんてい》』とも通称される『還魂記』である。他の三作はいずれも唐代伝奇をもとにしているのに対し、『還魂記』は純然たる湯顕祖の創作になる。しかもその内容は従来の演劇作品の類型には全く収まらないものである。

『牡丹亭還魂記』のヒロイン杜麗娘《とれいじょう》は、夢で見た美青年に恋い焦がれた末に死んでしまう。ところがこの美青年は柳夢梅《りゅうむばい》という名の実在の人物であった。杜麗娘の墓にたまたま来た柳夢梅は、彼女が描き残した自画像を拾って一目惚れして毎晩呼び続けるので、杜麗娘の霊が現れて二人は関係し、杜麗娘の指示によって柳夢梅は墓を暴いて彼女を再生させて、二人は結ばれる。この戯曲の中でも特に名高い「遊園驚夢」の場面では、春景色に春情をかきたてられた杜麗娘が庭園に遊んで夢の中で柳夢梅と交わることが描かれるが、これはいうまでもなく「淫を誨《おし》える」と非難された『西廂記』以上に当時の道徳観念に抵触するものであった【図29】。

湯顕祖は、人から講学、つまり儒教についての講義をするよう勧められた時、「皆さんが講ずるのは「性」ですが、私が語るのは「情」なのです」と答えたという。湯顕祖の師である羅《ら》汝芳《じょほう》（近渓《きんけい》）は、陽明学左派の泰州学派に属し、李卓吾の「童心説」に先立って、似通った「赤子の心」を主張した人物であった。湯顕祖は、やはり羅汝芳に私淑した李卓吾とも近い関係にあった。「性」と「情」からなる「心」こそ「理」であるという王陽明の主張から生まれた、欲望をも含む「情」を肯定する陽明学左派の思想を、文学の形で体現したのが『還魂記』だったのである。

『還魂記』は絶大な人気を博し、文字の形でも多くの刊本が出て、この戯曲に耽溺するあまり命を落とした女性がいるという評判が立つほどであった。湯顕祖が使用していたのは地元江西の劇種だったため、崑山腔の音楽には乗らなかった。このため沈璟は、崑山腔で唱《うた》えるように『還魂記』の改訂版を湯顕祖に無断で作り、湯顕祖は激怒して、両者の間の激しい論争を引き起こすに至るが、沈璟がこのようなことをあえてしたのは、『還魂記』を高く評価し、蘇州周辺でも崑山腔によって上演したいと考えたからこそである。「童心」を持つ豪傑たちを描く『義俠記』を書いた沈璟と、「情」の世界に生きる女性を描いた湯顕祖は、ともに李卓吾らの思想が一世を風靡したこの時期に生き、当代一流の知識人でありながら、白話というかつて「俗」と見なされてきた言語により精魂傾けて文学作品を作り上げる、これ以前には全く存在しなかった種類の文人たちだったのである。

図 29 『牡丹亭還魂記』

なお、湯顕祖が科挙に合格した万暦十一年、錦衣衛の長官だった劉守有も、武官の長たるにふさわしい能力を持つことを示すべく受験した武挙に合格し、文武の違いこそあれ、両者は同年合格の進士として親しい関係にあった。劉守有が李卓吾と交流を持ち、その家に『金瓶梅』や内府本雑劇テキストがあったことと考え合わせると、湯顕祖の作品には、白話文学と密接な関わりを持つ武官の存在が何らかの影響を及ぼしている可能性も想定しうるかもしれない。

### 熱狂の時代

万暦期には、統治行為を放棄して無責任に個人的利益の追求に耽る万暦帝のもと、人々はそれぞれ自らにとっての「真」を熱狂的に追い求めた。正義と悪が混沌とした当時の社会にあって、人々は自分自身のよりどころをひたすら追い求めたのである。それは、従来社会を支配していた儒教的規範を逃れ、自らの生きる基準を見出そうとする懸命の試みであった。この時、かつて島田虔次《けんじ》氏が『中国における近代思惟の挫折』（筑摩書房一九七〇、平凡社東洋文庫二〇〇三）において喝破したように、宋代以来身分が消滅した状況で発展を続けてきた中国社会は、「近代」に近づきかけていたのである。それを支えたのは、文武の区別が曖昧になっていくことに示されているような価値観の多様化であり、そこから生まれた陽明学であった。驚異的な出版量の増大は多様な意見の表明を可能にし、政府当局の無気力は自由な言論をもたらした。『水滸伝』こそはこの時代を象徴する書であった。

しかし、やはり島田氏が論じるように、この動きは挫折してしまう。その直接の原因はバブルの崩壊と、この状態をもたらした一因であった万暦帝の無責任な統治から生じたもう一つの結果である明王朝の崩壊であった。しかし、「近代」に近づく状況をもたらしたものの中に、実はその挫折の要因も含まれていたのである。

# 第九章　祭の終わり——最後の輝きと明の滅亡

## 李卓吾の死

万暦三十年（一六〇二）、李卓吾《りたくご》は北京の獄中で自害して果てる。

湖北の麻城《まじょう》で活動していた李卓吾は、麻城の士大夫《したいふ》たちから激しい迫害を受け、ついには住居まで破壊されて、リンチを避けるため北京に近い通州に逃れるが、放置すると北京の人々に悪影響が及びかねないと張問達《ちょうもんたつ》という人物から弾劾され、投獄の末に自殺に至ったものである。彼の著書もすべて発禁となり、版木は焼かれることになる。

李卓吾の思想は一世を風靡したが、これを厳しく批判する人々も多かった。批判の中心となったのは、東林派と呼ばれる正義派人士たちであり、張問達もその一員であった。東林派の人々は陽明学左派に対して非常に批判的であった。彼らは朱子学と陽明学の長所を合わせ、道徳的立場に立って現実政治にコミットしていくことを目指していた。そうした彼らから見れば、李卓吾の思想は正邪の判断を放棄した無責任なものと見えたのである。特に厳しく批判されたのは、通常は無節操に王朝間を渡り歩いたとされる五代の政治家馮道《ふうどう》を称讃したことであった。これは一見すると保守的な儒教の徒による迫害と見えるが、これまで見てきた流れと、この後の歴史的展開をあわせ見れば、別の見方も出てくる。
まず、その後の歴史的展開を簡単に述べよう。

### 万暦帝の死と魏忠賢の専横

前に述べたように、万暦帝《ばんれきてい》が後任を補充しようとしなかったため、官僚に欠員が多数生じて政治体制が機能不全に陥り、豊臣秀吉の朝鮮侵略への軍事援助が長引いたため、国家財政は危うくなった。このような状況下にありながら、万暦帝は私腹を肥やすため各地に宦官《かんがん》を派遣し続け、彼らの横暴な行為ゆえに民の不満は募っていった。万暦末期になると、東北に満洲族という新興勢力が実力を持ちはじめ、ヌルハチの指導のもとに後金《こうきん》を建国、万暦四十七年（一六一九）にはサルフの戦いで明は大敗北を喫し、後金は大きな脅威となって、膨大な軍事費が更に国家財政を圧迫する。

こうして明帝国の体制が揺るぎつつある中、万暦四十八年（一六二〇）、万暦帝は死去する。後を嗣いだのは、父から愛されず放置されていた皇太子であった。光宗泰昌帝《こうそうたいしょうてい》として即位した新帝は、環境の激変ゆえか（女色に耽ったためともいわれる）、たちまち病にかかり、わずか一ヶ月で死去する。臣下が献上した紅い丸薬を飲んで間もなく死んだため、毒殺の風聞がしきりであった。

かわって泰昌帝の長子が即位する。熹宗天啓帝《きそうてんけいてい》（一六〇五～一六二七）である。天啓帝もまた、歴代の皇帝たち同様、異様な情熱にとりつかれていた。彼が熱中した対象は木工仕事であった。天啓帝は、細かい細工や大工仕事に非常な才能を発揮して、プロの職人も及ばぬ技倆を示し、趣味に熱中して政務には興味を示さなかった。つまりはかつての宋の徽宗《きそう》などと同様、芸術に耽溺して政務をおろそかにし、国家を滅亡に導く亡国の君の一類型だったのである。後にフランス大革命の中、錠前作りに熱中していたルイ十六世を連想してもよいかもしれない。

政務を事実上放棄した天啓帝のもとで権力を握ったのは、帝の乳母客氏と結んだ宦官魏忠賢《ぎちゆうけん》であった。当時朝廷では、東林派を中心とした東林党と反対派との間に対立があった。東林党は魏忠賢を攻撃したが、魏忠賢は反東林党と結んで大弾圧を加え、東林党の主要メンバーは激しい弾圧を受ける。かの笑話集『笑賛』を編集した趙南星は東林党の主要人物として流罪に処されたが、彼はまだしも幸運な方に属し、多くのメンバーは獄中で虐殺された。以後魏忠賢は全権を掌握し、横暴な政治を行って、天啓帝が在位したわずか七年間で、万暦後半にすでに崩れかけていた明の統治を更に崩壊させてしまった。

しかし、魏忠賢がいかに権勢を誇ろうと、皇帝が絶大な権力を持つ明王朝にあっては、それは皇帝の信任なくしては維持しえないものであった。天啓七年（一六二七）、天啓帝が満二十二歳にも満たずして死去し、弟の崇禎帝《すうていてい》が即位すると、魏忠賢の権力はたちまち崩壊し、彼は自殺することになる。

## 李卓吾と東林党

この一連の過程を見ると、東林派が李卓吾を攻撃して死に追いやったことが持つ別の側面が見えてくる。ここまで本書で述べてきたことからも明らかなように、明王朝においては皇帝が絶大な権力を握っていた。それゆえ、王振《おうしん》・劉瑾《りゅうきん》・魏忠賢のような宦官が、帝の信任を背景に絶大な権力を握り、朝廷の臣下たちは抵抗する術もないという事態がしばしば発生し、また正徳帝《せいとくてい》のように皇帝自身が無軌道な行動に出たり、嘉靖帝《かせいてい》のように恐怖政治を布《し》いた場合にも、臣下がそれを止めることは不可能になる。こうした中で、自身が理想とする政治を進めようとすれば、皇帝自身や宦官と結ばねばならない。たとえば、張居正《ちょうきょせい》があれほど剛腕をふるうことができたのは、宦官のリーダーだった馮保《ふうほ》と密接な協力関係を結んでいたからであった。また、自ら政務をコントロールしようとする嘉靖帝のもとで倭寇《わこう》対策を実施しようとした胡宗憲《こそうけん》は、嘉靖帝の意思の代行者だった厳嵩《げんすう》にせっせと媚びへつらって信任を得る必要があった。そのような芸当ができないまっすぐな人間はたちまち失脚していくことは、すでに見た通りである。

これまで見てきたように、『三国志演義』『水滸伝』『六十家小説』などの白話文学を今の形に作り上げ、出版して世に広めるために貢献してきたのは、武官、それに武官と密接な立場にある文官たちであった。彼らは厳嵩や宦官とも近い関係にあり、文官・武官・宦官による利益共同体を形成していたといってよいかもしれない。では彼らはなぜそのような共同体を形成せねばならなかったのか。その背景には、絶大な権力を持つ皇帝のトップダウンによる政治という実情があり、特に皇帝の判断力に疑問がある場合、側近を通して巧妙に皇帝に影響を及ぼすことが欠かせないという情況があった。当然ながら、その過程では賄賂・迎合・情実などあらゆる不正が横行することになるが、正しい政策を進めるためにはやむをえないという判断のもとに、清濁併せ呑むことが求められたのである。

しかし、当然ながらそのような態度を潔しとしない人々も存在する。彼らは、士大夫の間で輿論《よろん》を形成し、それを現実政治に反映していく方向を望む。東林派は、大まかにいえばその路線に立つ集団であった。無論それは皇帝の絶大なる権力と衝突するものであり、魏忠賢による弾圧は、実は魏忠賢個人の問題とは言い切れない側面を持つ。

さきに述べたように、白話文学を推進してきたのは武官や武官と関係の深い文官などのグループであった。これは、白話文学自体が元代以来武官や彼らに近いところで成長してきたことに由来するものであり、必ずしも政治的な背景と結びつくものではない。しかし、そこに認められる儒教的価値観から解放された人間像は、儒教的倫理に基づく正義派集団を自認する東林派の価値観とは決定的に対立するものであった。逆にいえば、それぞれの人間が各自の倫理基準に基づくことを認めるその方向性は、倫理を越えて行動せざるをえない現実派の知識人にとっては魅力的なものであった。また、やはりこれまで見てきたように、このグループにはいわゆる陽明学左派と密接な関係にある人物が多かった。持って生まれた良知《りょうち》に従い、思慮分別を捨てて現実政治にコミットしていくべきだとする理論は、やはり彼らにとって好都合なものだったに違いない。

そして、当然の結果として生まれたのが、白話文学を全面的に肯定する李卓吾の理論だったのである。東林派の張問達が李卓吾を弾劾した時、その罪状として特筆したのが、五代の馮道を称讃したことであった。李卓吾はその著書『蔵書』において、自分が仕えた王朝が滅亡しても平然と次の王朝に仕え、異民族の契丹にまで媚びた馮道は無節操といわれるが、彼は王朝に対する節義や、自分自身の評判よりも、民を救うことを重んじたのだと論じた。これが結果的には、正しい目的のためには節義を曲げることをもいとわなかった同時代の現実派の政治家たちを弁護するものになっていることには注意せねばならない。儒教倫理に基づく士大夫共同体の輿論を重視する東林派にとって、これは許しがたい発想だったのである。

天啓年間には東林党を攻撃するため『点将録』という怪文書が出現する。これは東林党のメンバー百八人を、全員梁山泊の百八人の豪傑になぞらえた一覧であった。反東林党の人物は、『水滸伝』の世界に相手をひきずりこむことによって誹謗しようとしたのである。これは東林党の人々に対する強烈な皮肉であった。

## 明代の出版統制

李卓吾の著書がすべて発禁になると、今まで「李卓吾批評」を売り物にしていた出版社は窮地に陥る。しかし明末の出版社はしたたかである。彼らは、従来の批評はほとんど変えずに、違う人物の名に差し替えて平然と刊行を続けるのである。たとえば『水滸伝』においては、李卓吾にかわって「鍾伯敬《しょうはくけい》批評」を名乗る本が刊行されるが、批評の多くは李卓吾批評の流用である。鍾伯敬とは鍾惺《しょうせい》（一五七四〜一六二五）のことである。鍾惺は竟陵派《きょうりょうは》と呼ばれる難解な詩を作るグループのリーダーで、彼が批評を附して刊行した詩の選集『古詩帰』『唐詩帰』は当時のベストセラーであった。つまりは李卓吾にかわる他のベストセラー作家の名前を安直に拝借したことになる。無論、鍾惺本人のあずかり知るところではなかったに違いない。

しかし、いくらもしないうちにほとぼりが冷めた形になり、また「李卓吾批評」を称する書物が大量に刊行されはじめる。ここからも明の出版統制がいたって緩やかなものだったことが見て取れる。実際、他の王朝では厳格に実施される皇帝の名前（諱《いみな》）の使用禁止（避諱《ひき》）は、明王朝ではほとんど実施されていない。

中国では名前に関するタブーが非常に厳しく、本名つまり諱を直接呼ぶことは侮辱に当たるため（それゆえ通常用いる名前として字《あざな》が必要になる）、最高の権力者である皇帝の諱に当たる文字を使用することは禁止されるのが常であった。これは、モンゴル人であるため諱の漢字はあて字にすぎない元王朝以外のすべての王朝で実施され、特に宋においては厳格で、場合によっては同音の字すら禁止されることがあった。ところが、明の建国者朱元璋《しゆげんしよう》は一文字だけでは使用を禁止しない「不偏諱」、つまり自分の諱「元璋」について、この二文字を連用さえしなければ、「元」と「璋」は自由に使用して差し支えないと定めたのである。士大夫をあれほどまでに殺した朱元璋は、一般庶民の不便に対しては寛容だったことが見て取れる。この原則はその後も引き継がれ、明においてはほとんど避諱がない状況が続くが、天啓帝が即位した後、突然避諱を実行せよという命が出される。ただし対象は泰昌帝と天啓帝の諱のみであった。しかも、実例を見ると、この命令を真面目に実行した形跡はほとんどなく、目立つ場所だけ文字を変えてすませるのがほとんどだったようである。

このように、明においては出版統制は非常に緩やかで、出版物における言論の自由はかなり存在するといっても過言ではない状況にあった。万暦期が終わっても、国家財政の窮乏をよそに、出版業は活況を呈し続けて、出版社は売れ筋商品を求めて多種多様な書籍を刊行し続ける。特に目立つのは、さまざまな情報をジャンルごとに集大成する書物の刊行である。たとえば王《おう》世貞《せいてい》編・湯顕祖《とうけんそ》評と称する『艶異編《えんいへん》』は、古今の恋愛物語を集めた書物である。こうした作業の一環として、天啓年間に『六十家小説』の後継ともいうべき短篇白話小説集が刊行される。馮夢龍《ふうぼうりゅう》（一五七四～一六四六）が編集した「三言」と呼ばれる三つの選集である。

**馮夢龍の活動――「三言」の刊行など**

最初のものは『古今小説』という題名で刊行されたが、続いて『警世通言《けいせいつうげん》』『醒世恒言《せいせいこうげん》』が刊行された後、『古今小説』も『喩世明言《ゆせいめいげん》』と解題されて、いずれも題名に「言」が含まれることになったため、「三言」と総称されるこの三つの書物は、各四十篇、合計百二十篇の短篇小説を収録する。最初の『古今小説』は『六十家小説』所収のものも含めて大部分が既存の作品からなっていたが、おそらく人気を呼んだため続篇を出していく過程で不足を来したらしく、後になるほど新作と思われる作品の割合が増していく。新作の作者は不明だが、その中に馮夢龍自身の作が含まれることは確かであろう。

馮夢龍は、科挙に合格してこそいないが、当時かなり著名な知識人であった。蘇州出身の彼は、科挙受験参考書の著者として名声を獲得し、おそらくはその過程で関係するようになった出版社とともに、さまざまな編集物を刊行するようになる。前にあげた笑話集『笑府』『古今譚概』のほか、蘇州の民間歌謡を集めた『山歌』、知恵話の集大成『智嚢補《ちのうほ》』などは、いずれも彼が手がけたものである。「三言」もこうした編集物の一環だが、創作がかなりの割合を占める点が他とは異なるかもしれない。

馮夢龍は更に白話小説の改作も行っている。北宋の中期に起きた妖術使いたちの反乱を題材とする『平妖伝《へいようでん》』は、興味深い内容ではあるものの、唐突に始まり唐突に終わるという点で、物語としては欠陥が多かった。馮夢龍はこの作品に前日譚を書き足し、結末も改め、文章にも手を入れて、全二十回を四十回にふくらませた『新平妖伝』を制作し、以後オリジナルは忘れられて改作版が読まれていくことになる。また、第八章でふれた杜撰《ずさん》な内容の『列国志伝』をより史実に忠実に書き換え、芸能由来の荒唐無稽な要素を削除した『新列国志』を作り、こちらは清代になってほぼそのまま『東周列国志』という題名で読み継がれていくことになる。

馮夢龍は、出版社が多種多様な書籍を刊行するこの時代にあって、読者の嗜好に応えることのできるすぐれたブックメーカーとして活躍した。経済の過熱に由来する出版量の劇的増加、それに伴う刊行物の多様化、知識人読者の白話文学への参入といった万暦以来の状況は、彼のような人材を求めていたのである。知識人読者は、従来の未熟な白話文学では飽き足らず、より洗練された作品を求めるようになっていた。馮夢龍はそうした要求に応えうるだけの白話創作能力を具えていた。そして、知識人が読者となりつつある以上、歴《れっき》とした知識人である馮夢龍がその創作・改作に関与するのも、もはや恥ずべきこととは認められなくなりつつあったのである。

## 「四大奇書」の改編

改作の動きは「四大奇書」にも及ぶ。ただその方向は、完成度が低かった『平妖伝』や『列国志伝』の場合とは異なるものになる。

改作の動きは、まず知識人読者から最も広く受け入れられていた『水滸伝』から始まる。『水滸伝』が売れ筋商品であることがはっきりしてくると、出版競争に勝つため、挿画・批評などさまざまな附加価値を加える動きが生じるが、そこで究極の附加価値版として登場したのが百二十回本であった。このテキストは、従来の百回本は実はオリジナルの削除版だったとして、新たに二十回を附け加えて、これこそが施耐庵《したいあん》の原本だと銘打ったものであった。無論それは偽りで、追加された二十回は、オリジナルに名前のみ出てきた反乱者田虎《でんこ》と王慶《おうけい》を梁山泊の面々が討伐する物語を新たに創作したものであった。ただし、第八章で述べたように、これはすでに建陽《けんよう》で刊行された簡略版で行われていた増補であり、百二十回本は建陽本の増補に手を加えて挿入したというのが実際のところである。あわせて、同一の単語にさまざまな漢字が当てられていたのを一つの文字に統一し、意味を取りにくい部分を書き換え、各回の初めに置かれていた詩詞をすべて削除するなどの処置も施されている。これらは、芸能の要素を減少させるとともに、白話を書記言語として安定したものにするための措置であった。

更に『金瓶梅』にも改編版が出現する。この改編版では、『水滸伝』の要素を大幅に削減し、オリジナルでは『水滸伝』を連想させるため、おそらく意図的に用いられていた『水滸伝』本文そのままの部分を全面的に書き換えるとともに、オリジナルのセリフに多く見られた非常に口語的な表現を、もう少し文字で読んで理解しやすい言い回しへと書き換えている。これらは、特定の目的を持って書かれたオリジナルを、自立した小説へと書き換えるとともに、より読みやすくするために加えられた措置であるが、しかし原作が持っていた強烈な口語性が失われたことも否定できない。臧懋循《ぞうぼうじゅん》の『元曲選』において最も顕著に認められることであるが、洗練された文にするための書き換えは、必ずしも作品の文学的水準を向上させるとは限らないのである。しかし、知識人読者がより受け入れやすい方向への書き換えがなされていることは間違いない。

要するに、『水滸伝』『金瓶梅』の書き換えは、白話文を書記言語としてより充実したものにし、独立した文学作品たらしめることを目指したものであった。一方、『三国志演義』『西遊記』の場合は事情がやや異なる。

『三国志演義』の書き換えは、かなり遅れて清代になってから、後述する金聖歎《きんせいたん》による『水滸伝』書き換えの影響のもとに、毛声山《もうせいざん》・毛宗崗《もうそうこう》父子が行った。この書き換えは、『水滸伝』『金瓶梅』とは比較にならないレベルのものであり、文章は全面的に書き改められたといっても過言ではない。これは、『三国志演義』の本文が平易な文言に白話をまじえたもので、『水滸伝』『金瓶梅』のように白話文の極致として貴ばれてはいなかったため、書き換えを行うことに抵抗がなかったことに由来するものであろう。更に、歴史書と合致しない部分について史実に近い方向に書き改めたのは、馮夢龍の『新列国志』と共通するやり方であって、知識人にとってより受け入れやすいものに改めたことになる。もう一つ重要なのは、オリジナルではあちこちに見られた劉備《りゅうび》がマキャベリストぶりを発揮する部分のほとんどに、削除・書き換えが施されていることである。これは主人公の劉備を正義の人として、悪の代表曹操と対比するためのものであるが、結果的に「梟雄《きょうゆう》」の異名を取った実在の劉備が具《そな》えていた魅力を失わせることになってしまった。これは知識人らしい教条的な書き換えというべきであろう。

一方、『西遊記』にはそもそも書き換え自体施されることがなかった。行われたのはもっぱら簡略化であって、建陽ではさまざまな簡略版が出され、果ては、八仙を主人公とする『東遊記』、仏教の護法神華光《かこう》を主人公とする『南遊記』、玄武の人格化である北方の守護神真武《しんぶ》帝君を主人公とする『北遊記』の三篇を『西遊記』とセットにして『四遊記』と題するものまで出現する。清朝になってもこの傾向は変化せず、よくできた簡略版『西遊真詮《さいゆうしんせん》』が最終的に流布版として定着することになる。これはやはり、『西遊記』が知識人からそれほど重視されなかったためであろう。

逆にいうと、知識人に最も重視された『水滸伝』において更なる改編の動きが生じるのは必然であった。こうして、明代の掉尾《ちょうび》を飾る金聖歎本『水滸伝』が登場することになるのだが、その前に明帝国がどのようにして終末を迎えたかを見ておこう。

## 明帝国の滅亡

天啓帝の後を嗣いだのは弟の崇禎帝であった。彼もまた何かに憑かれた皇帝の一人であった。彼は政務に、明帝国の立て直しに憑かれていたのである。

政務に関心を持たず、木工に専念していた兄の天啓帝とは対照的に、崇禎帝は傾きかけた明帝国の再建に専念した。即位とともに魏忠賢の一党を一掃した崇禎帝は、寝食を忘れて政務に献身する。しかし、万暦・天啓期の無責任な統治によって、明王朝の財政はもはや立て直し不能の段階に達していた。

後金は崇禎九年（一六三六）、清と国号を改め、いよいよ侵略を本格化しつつあった。防衛に必要な軍事経費を捻出するためには税を増すしかなく、その結果重税に追い詰められた民衆が反乱を起こし、それを討伐するためにまた税を増すと反乱が起こり……という悪夢のような悪循環が続き、事態はもはや崇禎帝の努力でどうにかすることのできる段階ではなくなっていた。魏忠賢没落後、帝は士大夫たちを頼ろうとするが、絶望的なことに、彼が見出したのは、信頼できる臣下が誰一人いないという事実であった。事態立て直しに狂奔する崇禎帝は次々に宰相を入れ替え、「崇禎五十宰相」といわれる事態に至る。臣下を信頼できなくなった帝は、宦官を頼りに、自身で政務を処理せざるをえなくなる。明王朝最後の皇帝が、歴代皇帝の中でも最も誠実に政務に取り組む人物であったことは、この奇妙な皇帝たちに彩られた王朝における最大の皮肉であり、悲劇であったというべきかもしれない。

ともに陝西北部から出た李自成《りじせい》と張献忠《ちょうけんちゅう》が反乱軍最大のリーダーであった。両者はともに流賊として官軍と戦いつつ各地を回っていたが、最終的に張献忠は四川を根城に自立する動きを示す。一方、李自成は崇禎十四年（一六四一）、洛陽を陥《おと》して福王を殺す。福王は、万暦帝が愛しながら後継にすることができなかった鄭貴妃の子で、この地で王として贅沢な生活をして民に憎まれていた。以後彼は新王朝樹立を目指し、崇禎十七年（一六四四）、西安で大順王を称した後、進撃を続けてついに北京を包囲、崇禎帝は自ら鐘を打って臣下を呼んだが、駆けつけたのは宦官一人だけであった。帝は皇后を自害させ、皇太子以下の男子には脱出するよう命じ、李自成が来なければ結婚式を挙げる予定だった娘が衣にすがりつくのに向かって、「おまえはなぜ私の家に生まれてきたのだ」と言って泣きながら剣で斬りつけたが、手元が狂って左腕を斬ることしかできなかった。帝は妃たちも殺し、宦官一人を連れて皇宮の裏にある景山に登って、そこで二人で首を吊って自害した。衣服の襟に書き残された遺書には、「この事態を招いたのは臣下たちが私を誤らせたためである。……自分の死体を切り刻んでも構わないが、民は一人も殺さないでくれ」とあった。

こうして李自成は北京に入城し、普通であればここで新たに大順王朝が始まるはずのところである。ところが、清に対する防衛拠点である山海関《さんがいかん》で大軍を率いていた将軍呉三桂《ごさんけい》は、清と連絡を取って、崇禎帝の仇を討つという名目で清の軍と連合して李自成と戦ったのである。これについては、李自成の部将が呉三桂の愛姫陳円円《ちんえんえん》を奪ったことに怒ったためという風聞が当時からあり、詩人呉偉業によって「円円曲」という詩にうたわれて名高いが、真相はよくわからない。ただ、山海関が北京からそれほど遠くないことを考えれば、崇禎帝が自身の身の危険に遭遇しても、李自成を防ぐために呉三桂を呼び寄せて、その結果清の侵入を許すことだけはしようとしなかったことは記憶に値しよう。

清と呉三桂の連合軍は李自成を破り、一六四四年五月、清は北京に入る。一方、このような非常事態に備えて副都南京に設置されていた明の官僚機構は、新たな皇帝として、洛陽で李自成に殺された福王の子にあたる弘光帝《こうこうてい》を擁立する。鄭貴妃の子に帝位を嗣がせようとした万暦帝の遺志が実現したことになるが、それもごく短期間のことであった。南京政権は、相も変わらぬ派閥抗争に明け暮れ、わずか数ヶ月で北方からやってきた清の軍に破られて、一六四五年六月には消滅することになる。その後も明の残党による激しい抵抗は続くが、この一六四五年をもって三百年近くにわたって続いた明帝国は最終的に滅亡した。

**金聖歎の活動と死――明という時代の終わり**

明という時代の最後を飾る、この時代の申し子ともいうべき存在が金聖歎（一六〇八？〜一六六一）である。

金聖歎も馮夢龍同様蘇州の出身である。彼は科挙受験はせず、生涯無位無官であった。金聖歎は、天下の才子が読むべき書として「六才子書」を定めた。「六才子書」とは、『荘子《そうじ》』「離騒」『史記』「杜詩」『水滸伝』『西廂記《せいしょうき》』である。『荘子』は戦国時代に荘周が著したとされる道家思想の書で、その文章には、巨大な魚が大鵬に変化する有名な冒頭をはじめとして、枠にはまらない奇想が横溢している。「離騒」は『楚辞』のうち最も重要とされる一篇で、屈原と思われる主人公が、この世では容れられず、天界を遊行して行き先を求め、ついには異世界にトリップするまでを描く。『史記』はいうまでもなく司馬遷が著した歴史書であるが、『漢書』以降の歴史書には認めがたい激情的な筆致を特徴とする。「杜詩」は杜甫の詩のことであり、やはり激しい感情の昂ぶりをこめた詩句を多く収める。このように見てくると、ここに集められているのは、歴代の中国文学でも最もロマン的・激情的、つまり抑制的ではない、想像力を自由に働かせ、心が動くままに自由に言葉にした作品群といってよい（杜甫より李白の方がふさわしいようにも思えるが、これは金聖歎の趣味の問題なのであろう）。そして、その後に白話文学の二大傑作、『水滸伝』と『西廂記』が続く。

ここまで見てくれば、金聖歎がいわゆる陽明学左派、特に李卓吾の影響を強く受けていることは明らかであろう。李卓吾の死後、士大夫の間では彼を批判する空気が強かったため、金聖歎自身は李卓吾からの影響をむしろ否定するような発言をしてはいるが、白話文学である『水滸伝』『西廂記』を『荘子』以下の古典と同列に並べ、その上で他のすべての書物にまさる「才子書」と讃える一見破天荒な主張が、李卓吾の「童心説」の影響下で生まれたものであることに疑問の余地はあるまい。

そして金聖歎は、この「六才子書」のすべてに批評をつけて刊行することを目指した。読者を「才子」とおだて、才子ならば読むべき書として六つを定めて批評を附して刊行するという行為が、商業出版と結びついたものであることはいうまでもあるまい。彼は蘇州の葉瑤池《ようようち》という人物の出版社と関係を持っていたが、これはおそらく馮夢龍の『醒世恒言』『新列国志』を刊行した葉敬池《ようけいいち》、同じく馮夢龍の『古今譚概』を刊行した葉昆池《ようこんち》の同族会社と推定される。つまり、金聖歎は馮夢龍と同系統の、おそらく白話文学作品の刊行には熟練した出版社と組んで仕事をしていたことになる。商業出版社と組んで、陽明学左派の主張に基づいた批評を白話文学作品に附けて売り出すという行為だけでも、彼は明代という時代を象徴する存在というに値しよう。しかもその仕事の内容の自由さ、破天荒さは更に明代人ならではのものであった。

残念ながら「六才子書」の批評のうち、完成したのは『水滸伝』と『西廂記』だけであった。この二つが先行して作られたのは、おそらく当時の蘇州において白話文学作品が売れ筋商品となっていたことを示すものであろう。とはいえ、この二作、更にいえば『水滸伝』だけでも彼の名を不朽のものとするに十分な価値を持っている。

金聖歎本の『水滸伝』には「崇禎十四年二月十五日」という日附が記されている。北京陥落の三年前にあたるこの日時が実際の制作時期を示すものかどうかはわからないが、本文中で先に述べた泰昌帝・天啓帝に対する避諱が、更に当代の崇禎帝に対する避諱も含めて非常に忠実に実行されていることから考えて、少なくとも版木は明滅亡以前に用意されたものである可能性が高いであろう。つまり、この書は文字通り明の滅亡と同時に生み出されたものということになる。

金聖歎は百二十回本『水滸伝』をもとにして、その後半四十九回は施耐庵の作ではなく、羅《ら》貫中《かんちゅう》が後からでっちあげたものだと称して切り捨て、全七十一回（切りが悪いので第一回を「楔《せっ》子《し》（プロローグ）」として一回ずつずらし、全七十回という形にする）だけにしてしまう。このしばしば暴挙として非難される「『水滸伝』の腰斬（胴切り）」と呼ばれる行為は、一つには長すぎるため、面白くないという定評がある後半部分をなくしてコンパクトにし、通読しやすく、かつ売りやすいようにするという商業上の目的ゆえのものと思われるが、それ以上に重要なのは、金聖歎が後半の内容について敵意を抱いていたことであろう。『水滸伝』のこの部分では、宋江率いる梁山泊の反逆者たちが、朝廷の「招安（賊を帰服させて官軍に編入すること）」を受けて官軍となり、敵国遼や反乱者たちと戦うことが語られている。当時明王朝の存続を脅かしつつあった李自成・張献忠らは、危地に陥ると「招安」を受けると称して攻撃を緩めさせ、危機を脱するとまた反逆することを繰り返していた。他の出版社のようないい加減な対応をせず、避諱を極めて厳重に実施していることから見ても、金聖歎は明の愛国者であった。その彼にとって、今祖国を危地に追い込んでいる状況を肯定することは許せなかったのである。それゆえ彼は宋江たちが官軍になることを否定し、首領宋江を徹底的に貶《おとし》める書き換えすら施す。

金聖歎は本文にも大幅に手を入れている。講談においては、語りの中に詩詞や韻文を交えるのが普通であった。オリジナルの『水滸伝』は講談の語りの再現を目指したため、文中には多数の詩詞韻文が挟み込まれている。金聖歎は、物語の中で登場人物が作る詩詞は別として、原則としてそれをすべて削除したのである。これは、芸能の影響から小説を自立させるための措置であった。更に彼は、巻頭の附録にさまざまな文学技法を列挙し、小説の書き方を定めた上で、自分の理論に合うように本文を書き換え、また白話が書記言語としてまだ不安定な段階にあったために生じた表記や文法の揺れを統一した。書記言語としての白話は、金聖歎によって定まったといっても過言ではない。

これらはすべて、『水滸伝』を偉大な文学作品と認めるがゆえになされたことであり、金聖歎の意識の上では、あくまで大作家施耐庵の文章の中で、更に改良の余地があると見なした部分に手を加えただけだったのであろう。従って、大幅に手を加えているとはいえ、『三国志演義』の毛声山・毛宗崗本のように容赦なく全面的な書き換えを施すのではなく、金聖歎は細心に、原文を尊重しつつ書き換えていることが見て取れる。

つまり、金聖歎にとって施耐庵は、荘周・屈原・司馬遷・杜甫と同列に置かれるべき偉大な作家であり、白話小説は詩・賦《ふ》・歴史書などに劣らぬ高い価値を持つ文学作品だったのである。事実彼は、荘周・屈原・司馬遷・杜甫の作品同様、『水滸伝』も「やはり必ずや心気尽き果て、顔は死人の如くになった後に、才が大いに発揮され、はじめて書となりえたものであるに違いない」と述べている。彼は白話小説を、知識人が全身全霊をささげるべき対象だと規定したのである。

従来の雅俗の常識を完全に転換し、「真」を描いているか否かという視点から作品の価値を測るその姿勢、既存のものでは満足せず、自身の信じる方向に突き進むその態度、いずれを取っても、金聖歎こそは最後の明代人というにふさわしい人物であった。

金聖歎は明の滅亡後も生き続けるが、順治十八年（一六六一）、地方官の圧政に抗議するため、折しも死去した清の順治帝の追悼に名を借りて、士大夫たちが蘇州の文廟（孔子廟）に集合した上で訴えを起こした事件（「哭廟案」と呼ばれる）に参加した金聖歎は、逮捕され、処刑される。金聖歎の『水滸伝』批評には、随所に明王朝に対する思いが垣間見える。清王朝にとって、彼は消されねばならない人間だったのである。金聖歎は処刑される前に、看守に手紙を託して息子に渡してほしいと頼んだ。その手紙を開けてみるとこうあったという。「漬物と大豆を一緒に食べると、本当に胡桃《くるみ》の味わいがする。この秘法を伝えられたら思い残すことはない」。

こうして、明代らしい文化の残り火が消える。

# 終　章　その後のこと――消え去ったものと受け継がれるもの

## 清の文化

明の滅亡とともに、あの世俗の塵にまみれつつも「真」とは何かを追い求め続けた、自由で猥雑な文化も消える。

清の統治は明とは全く対照的であった。清に暗君はいないというのはよくいわれるところである。それぞれに、自分自身のやり方で、何かに憑かれたように執着するものを追い求め続けた、奇人変人列伝のようですらある明の皇帝たちとは異なり、清の皇帝はみな優等生ばかりだった。立派な皇帝のもとにあった臣下たちにも立派な人物が多く、清の大臣には清廉かつ優秀な政治家や、すぐれた文化人が目立つ。逆にいえば、明代のような善人か悪人か判別不能の怪物的人物はあまり目につかない。政治のやり方も、少なくとも漢民族社会の統治については、明代のように皇帝が一方的にトップダウンで強引な政治を進めるのではなく、士大夫《したいふ》の輿論《よろん》を重視しながら進めていくようになる。

思想や学問も一変する。明代の陽明学者のように、知識を軽んじて議論に耽るような態度はもはや流行《はや》らない。主流になるのはいわゆる考証学であり、学者は文献を緻密に読んで実証的な研究を進めるようになる。

その背景には、清王朝の統治方針があった。清の言論統制は実に苛酷なものであった。明代には避諱がほとんど行われなかったこと、行われるようになった末期でも形だけやっておけば許されたことは第九章で述べた通りであるが、清朝政府は恐ろしいまでに厳格に避諱を強制した。うっかり皇帝の諱を書いてしまうと、文字通り首が飛ぶ恐れすらあった。そのため、清朝第六代乾隆帝《けんりゅうてい》の諱「弘暦」と同じ文字を含む「万暦」という年号は、乾隆年間以降は「万歴」と書かれるようになって、清朝後期には万暦帝《ばんれきてい》は哀れにも「万歴帝」が正しい表記だと思われるようになってしまう。

言論統制はもちろん内容にも及ぶ。明の陽明学左派のように、孔子や孟子を平然と批判することは決して許されず、政府批判はもとより、異民族に対して批判的なことを書くだけでも、満洲族や同盟関係にあるモンゴル人を批判するものと受け取られて、命の危険すら招きかねなかった。もはや明代のような自由な言論が存在しない以上、細かい文献調査による実証、つまりは政治に関わる危険性が少ない考証学が発達することにならざるをえなかったのである。

もっとも、考証学の祖とされる顧炎武《こえんぶ》と黄宗羲《こうそうぎ》は、実は明の遺民にして反清運動の闘士であり、黄宗羲は明復興のための援軍を江戸幕府に求めるため、長崎を訪問しているほどである（若き日の水戸黄門などは大いにその気になったようだが、幸い当時の幕府の指導者たちはその話に乗るほど愚かではなかった)。けれども後の世代の考証学者たちは、政治に直結する研究からは離れていく。

## 考証学者による明代文化の否定

積極的に政治に関わっていたとはいえ、朱子学に近い顧炎武はもとより、陽明学の系統に属する黄宗羲も、陽明学左派には非常に批判的だった。一つには、知識や読書を軽んじる陽明学左派のやり方が、緻密な論証を好む彼らには受け入れられなかったためと思われるが、それ以上に大きい要因は、彼らが東林派の流れに近い人々だった点にあったであろう。第九章で述べたように、陽明学左派の極致というべき李卓吾《りたくご》の思想を受け入れていたのは、皇帝独裁のもとで、儒教的価値観を離れて行動する文官・武官たちだった。それゆえに、堅固な儒教的倫理観を持つ東林派の人々が李卓吾を厳しく批判したのである。同様に堅固な儒教的価値観を持つ顧炎武や黄宗羲から見れば、陽明学左派に近い考え方に染まった為政者の無責任な態度、更にはそれを支えた社会の状況が明を亡ぼしたと見えたのであろう。

個人の思想の自由や、思慮分別を無視して独自の判断に基づく行動を容認することは、地域社会を崩壊させる要因になりうる。陽明学左派の思想からは、近代的人間が生まれそうに見えるが、社会は個を確立した近代的人間を受け入れる状況にはなかった。興味深いことに、清代になると、明代にはあれほど激しかった社会的上昇と下降の速度は急速に低下し、明代のような激烈な競争社会ではなくなる。清朝政府は、安定した士大夫層の輿論を巧妙に取り込んで統治を進めたため、もはや明代のような過激な議論が出てくる余地はほとんどなくなってしまう。

こうして、明代後期の思想状況は「心学（陽明学のこと）横流」という名のもとに全面否定されて、その時代の熱狂的態度は嘲笑の対象になる。「はじめに」で述べたような、明代という時代を下に見る日本の知識人の姿勢は、こうした清代の評価に基づくものなのである。熱狂の時代は終わって、落ち着いた、冷たい時代がやってくる。

### 明代文化を受け継ぐものたち

では、明代の人々が狂ったように何が「真」であるかを追い求めたことは、後に何物も残すことはできなかったのであろうか。決してそうではない。少なくとも、文学については大きな遺産が受け継がれていったのである。

明代後期には、「四大奇書」をはじめとする白話文学作品が大量に刊行されて、知識人を含む読者に受け入れられた。ひとたび「楽しみのための読書」の魅力を知ってしまった人々は、もはやそこから抜け出すことはできなかったのである。清朝政府は何度も『水滸伝』『金瓶梅』『西廂記《せいしょうき》』を禁書に指定するが、出版社がこのような売れ筋商品を手放すはずもなく、ほとぼりが冷めればたちまちまた出版・販売されるようになる。貸本屋も広がって、より知識水準の低い読者のためにもさまざまな小説や読物が刊行され、貸し出されて、「楽しみのための読書」はどんどん拡大していく。

もう一つ重要なのは、知識人が『水滸伝』を受け入れ、歴とした知識人が『金瓶梅』を書き、金聖歎《きんせいたん》が白話小説を知識人が全力で取り組むべき価値あるものと規定したことである。呉敬梓《ごけいし》の『儒林外史《じゆりんがいし》』と曹雪芹《そうせつきん》の『紅楼夢』という清代を代表する二篇の長篇白話小説は、『金瓶梅』と金聖歎本『水滸伝』の影響のもとに誕生することになる。

呉敬梓（一七〇一～一七五四）は、これまで何度かふれた徽州の塩商人の家の出身であった。財産争いに嫌気がさした彼は、故郷を捨てて南京に移り、科挙には合格しないまま、高等遊民として生涯を送った。『儒林外史』は、中国の知識人の生態を容赦なく描いた小説だが、呉敬梓はこの作品を発表の当てもなく、自分のために書いたのである。結局『儒林外史』が出版されたのは、呉敬梓が死んでから半世紀後のことであった。

曹雪芹（一七一五～一七六三）は、清朝第四代康熙帝《こうきてい》の乳兄弟だった曹寅《そういん》の孫である。曹寅は、康熙帝から絶大なる信任を受けた大貴族だったが、曹雪芹の父の代になって康熙帝が亡くなると、後を嗣いだ雍正帝《ようぜいてい》に憎まれて失脚、財産を没収されて一族は没落することになる。曹雪芹は、貴公子として育ったかつての暮らしを懐かしみつつ、かつて自分のまわりにいた美少女たちとの交渉を物語にして、書いては身内の間で回し読みし、意見を受けては書き直し……ということを繰り返しながら、『紅楼夢』を書き継いでいったのである。曹雪芹が死んだ時には『紅楼夢』は未完成の状態で、それから三十年近くたってから、何者かの手になる結末篇を附けた上でようやく刊行された。

つまり、呉敬梓も曹雪芹も、出版するためではなく、まして金儲けのためでもなく、ただ書きたいから小説を書いたことになる。自己表現のために白話小説を書く知識人が出現したことは、小説は知識人が全身全霊をささげるべき対象だと金聖歎が規定した結果であろう。事実、『儒林外史』と『紅楼夢』には金聖歎本『水滸伝』の影響がはっきり認められる。

明代の人々の熱狂的な追求は、表面的には断ち切られたが、実は白話小説の世界に、またそれを読む人々の心に受け継がれていった。二十世紀になって西方から「近代」がやってきた時、それは再び開花することになる。

# おわりに

ご一緒に明という時代の歴史と文化をたどる旅をしてきましたが、いかがでしたでしょうか。日本ではあまり認識されていない明代という時代に、少しでも興味をもっていただけたようでしたらうれしく思います。

ここまでお読みくださった方にはおわかりのように、明代の人々の飾り気のない率直な態度、その一方で善とも悪とも定めようのない複雑な性格、どれも現代に生きる私たちには身近に感じられるものです。自分自身のアイデンティティを見失った末に、儒教の規範を離れて何が本当に正しいかを熱狂的に追い求める姿も、私たちには共感できるものでしょう。そうした社会だからこそ、今なおエンタテインメントとして読み継がれる『水滸伝』『三国志演義』『西遊記』や、極めて近代的な小説『金瓶梅』が生まれえたのでしょう。

けれども、そのまま近代社会には進まず、明代の文化は嘲笑の対象にすらなっていきます。

その再評価は、二十世紀を待たねばなりませんでした。その意味で、明代は「未完の近代」とも呼ぶことができるでしょう。ではなぜ未完に終わってしまったのでしょうか。それは、明帝国が崩壊したとか、清帝国の言論統制が厳しかったとかいった、外的要因だけによるものではありません。明代社会自体に、この動きを進展させない要素があったことは本文でも述べた通りです。

「近代」という概念は西欧から出たものです。その前提となるのは「個」の確立でしょう。一人一人の人間が、個人として人格を認められることによって、近代が成立する。帝王や貴族の支配を脱して、個人の人権を重んじる社会を作り出す。明代には「個」の確立の芽生えは認められましたが、それが育つ環境は存在しませんでした。

広い中国がなぜ一つの国として成り立ちうるのか。なぜわずかな数の官僚だけであの広大な国土を管理しうるのか。たとえば、末端の行政機関である県（日本の市町村に当たると思ってください）には、中央派遣の「官」は数人しかいません。これでなぜ統治ができるのでしょうか。その理由は、地域共同体の存在に求められます。それぞれの地域で発生した問題は、地域共同体（多くは氏族を中心とします）がその内部で解決するのです。その際の基準となる規則が「礼」で、これは礼儀作法のことではなく、礼儀作法をもその中に含む自然発生的な掟です。どうしても解決のつかない問題だけが地方行政機関に持ち込まれて、国家が人為的に定めた

「法」による裁きを求めることになります。

こうした社会で「個」が確立することは不可能でしょう。「個」を認めることは、地域共同体の崩壊につながるからです。このシステムを支えるのが、「礼」を重要な要素とする儒教です。儒教から出たはずの李卓吾《りたくご》の思想は、儒教の自殺へとつながりかねないものでした。李卓吾が体制により圧殺されたのは必然というべきで、むしろあそこまで自由に活動できたことが明代という時代の特異性を示しています。

そして、国家のシステムも「個」の確立を防止するように作られています。西欧では、身分制を打破するために社会革命が起きましたが、中国では身分制自体が存在しない以上、社会革命を起こす必要はありません。能力がありながら低い階層に生まれついた者が成り上がろうと思えば、受験勉強に励んで科挙に合格しさえすれば統治者の側に納まることができるのです。リスクを冒して革命など起こす必要はありません。そのようにして地位を上昇させた者は、当然体制擁護に回ります。中国では、体制自体が社会革命を発生させないシステムを具えていたのです。十世紀に確立したこのシステムは、当時としては非常に進んだものでしたが、以後の中国社会をある意味で非常に安定したものにする、つまりは変革を起こさせない性格を持っていたのです。

この社会構造を動かすことが不可能である以上、明代に生まれた「近代」の萌芽《ほうが》は、異端思想として葬られざるをえませんでした。しかし、そこから生まれた「四大奇書」は、その後も愛され続けました。『三国志演義』と『水滸伝』は共同体から排除された者たちが自分たちの権利を求めて戦い続ける物語、『西遊記』は自由人たちの冒険、つまりいずれも動かしえない社会に反抗する人々を描くもので、『金瓶梅』は社会の闇を暴く物語でした。明代という特異な時代が残したこの遺産は、ひそかにしがらみから解放されることを求める人々の心の糧となりつづけたのかもしれません。

本書と並行して、東方書店からの依頼を受けて『中国文学の歴史　元明清の白話文学』を執筆しました。同じ時代の文学を扱っているため、内容に重複したところが生じるのは避けられませんでした。その点ご容赦いただければ幸いです。本書は時代を描くのが目的ですので、作品内容には深く立ち入っていません。本書で扱った作品の内容をより詳細に知りたいとお考えの方は、この本をあわせてお読みいただければと思います。また、特に重要な『水滸伝』については、『水滸伝　ビギナーズ・クラシックス　中国の古典』（角川ソフィア文庫）で詳しく内容を紹介していますので、ご参照ください。また、より深いところまで知りたいと思っていただけるようでしたら、いずれも汲古書院から刊行した拙著『「現実」の浮上――「せりふ」と「描写」の中国文学史』『「四大奇書」の研究』『水滸傳と金瓶梅の研究』『詳注全訳　水滸伝』

（第五巻まで刊行中）などをご覧いただければと思います。

本書は、島田虔次先生（私は退職される年の講義に一年だけ出席することができました。その経験は今なお大切な糧になっています）をはじめ、多くの方々のお仕事があればこそ書くことができたものです。特に重要な業績については本文中でふれてまいりましたが、その他にもこれまで読んできた多くの本から得たものがあるからこそ、この本を書くことができました。さまざまな示唆を与えてくださったすべての方々に感謝したいと思います。

最後になりましたが、『水滸伝　ビギナーズ・クラシックス　中国の古典』に引き続き、本書執筆のお話をくださり、ここまでさまざまな貴重な意見を述べて、終始サポートしてくださったＫＡＤＯＫＡＷＡの井上直哉さんに、心からなる感謝の意を表させていただきます。

なお、この本は令和四〜六年度科学研究費補助金・基盤研究Ｃ・課題番号二二Ｋ〇〇三六五「中国における近代的読書成立過程の研究」の成果の一部です。

## 関係年表（年号は元・明・清のものを記す）

| 国 | 西暦 | 年号 | 出来事 |
| --- | --- | --- | --- |
| モンゴル・元 | 一二三四 | | モンゴル、金を滅ぼす。 |
| | 一二七一 | 至元八 | モンゴルが国号を「大元」と定める。 |
| | 一二七六 | 至元十三 | 南宋の首都臨安（杭州）が陥落。 |
| | 一二七九 | 至元十六 | 厓山の戦。南宋が最終的に滅亡。 |
| | 一三六三 | 至正二十三 | 鄱陽湖の戦で朱元璋が陳友諒を倒す。 |
| 明 | 一三六八 | 洪武元 | 朱元璋が大明皇帝を称す。 |
| | 一三七六 | 洪武九 | 空印の案。 |
| | 一三八〇 | 洪武十三 | 胡惟庸の獄。 |
| | 一三八五 | 洪武十八 | 郭桓の案。 |
| | 一三九三 | 洪武二十六 | 藍玉の獄。 |
| | 一三九九 | 建文元 | 靖難の役始まる。 |
| | 一四〇二 | 建文四 | 燕王が南京を攻略、即位して永楽帝となる。 |
| | 一四四九 | 正統十四 | 土木の変。英宗がエセンに捕らえられる。 |
| | 一四五七 | 天順元 | クーデターにより英宗が復位。 |
| | 一四八七 | 成化二十三 | 万貴妃、続いて成化帝の死。弘治帝が即位。 |

| 明 | | |
|---|---|---|
| 一五〇五 | 弘治十八 | 弘治帝の死。正徳帝が即位。 |
| 一五〇六 | 正徳元 | 劉瑾が実権を掌握。 |
| 一五一〇 | 正徳五 | 安化王朱寘鐇の反乱。劉瑾の失脚・処刑。 |
| 一五一六 | 正徳十一 | 張忠・劉暉らがモンゴルに対し出撃。劉澄甫が他人の功績を彼らに帰す。 |
| 一五一九 | 正徳十四 | 寧王朱宸濠の反乱。 |
| 一五二一 | 正徳十六 | 正徳帝の死。嘉靖帝が即位。大礼の議起こる。 |
| 一五四一 | 嘉靖二十 | 郭勛・李開先・王畿が失脚。郭勛は翌年獄死。 |
| 一五四六 | 嘉靖二十五 | 朱紈が双嶼を襲撃。 |
| 一五五〇 | 嘉靖二十九 | アルタンが侵入して張達が戦死。郭宗皐が責任を問われて流罪になる。ついでアルタンが再度大規模に侵入して北京に迫る（庚戌の変）。丁汝夔らが責任を問われて処刑される。 |
| 一五五一 | 嘉靖三十 | モンゴルとの交易場として馬市を開設する。 |
| 一五五二 | 嘉靖三十一 | 王忬が倭寇対策に当たる。馬市が廃止され、仇鸞は病死した後、アルタンと通じていたことが判明して棺を暴いてさらされ、一族は処刑される。 |
| 一五五四 | 嘉靖三十三 | 王忬は北方に転任、張経が倭寇対策に当たる。趙文華が南方に派遣される。 |
| 一五五五 | 嘉靖三十四 | 趙文華・胡宗憲の讒言により張経は失脚、胡宗憲が倭寇対策に当たる。楊継盛が張経とともに処刑される。 |

| 国 | 西暦 | 年号 | 出来事 |
|---|---|---|---|
| 明 | 一五五六 | 嘉靖三十五 | 胡宗憲が倭寇の頭目徐海を殺す。 |
| | 一五五七 | 嘉靖三十六 | 胡宗憲が倭寇の頭目王直を降し、後に殺す。 |
| | 一五五八 | 嘉靖三十七 | 唐順之による王忬配下の兵員調査の結果、王忬が処罰される。 |
| | 一五六〇 | 嘉靖三十九 | アルタンの侵入を許した責任を問われて王忬が処刑される。 |
| | 一五六二 | 嘉靖四十一 | 厳嵩失脚。胡宗憲失脚。 |
| | 一五六五 | 嘉靖四十四 | 厳世蕃処刑。胡宗憲が獄中で自殺。 |
| | 一五六六 | 嘉靖四十五 | 嘉靖帝の死。隆慶帝が即位。 |
| | 一五七二 | 隆慶六 | 隆慶帝の死。万暦帝が即位。 |
| | 一五八二 | 万暦十 | 張居正の死。 |
| | 一五九二 | 万暦二十 | 哱拝（ボバイ）の反乱・楊応龍の反乱・豊臣秀吉の朝鮮侵攻の開始。 |
| | 一六〇二 | 万暦三十 | 李卓吾、北京の獄中で自殺。 |
| | 一六一〇 | 万暦三十八 | 『水滸伝』容与堂本の刊行。 |
| | 一六一九 | 万暦四十七 | サルフの戦。明が後金に大敗。 |
| | 一六二〇 | 万暦四十八 | 万暦帝の死。泰昌帝が即位するが一ヶ月で死去、天啓帝が即位。 |
| | 一六二七 | 天啓七 | 天啓帝の死。崇禎帝が即位し、魏忠賢は自殺する。 |
| | 一六四四 | 崇禎十七 | 李自成が北京を攻略、崇禎帝は自殺する。 |
| 清 | 一六四五 | 順治二 | 明の南京政権崩壊。 |
| | 一六六一 | 順治十五 | 金聖歎の処刑。 |

**小松 謙**（こまつ・けん）
1959年、兵庫県生まれ。京都府立大学教授。専門は中国文学。京都大学大学院博士後期課程中退。文学博士。著書に『「四大奇書」の研究』『水滸傳と金瓶梅の研究』『詳注全訳水滸伝』（全13巻予定、刊行中）（以上、汲古書院）、『水滸伝　ビギナーズ・クラシックス 中国の古典』（角川ソフィア文庫）、『中国文学の歴史 元明清の白話文学』（東方選書）など。

角川選書 675

熱狂《ねつきよう》する明代《みんだい》　中国《ちゆうごく》「四大奇書《しだいきしよ》」の誕生《たんじよう》

令和 6 年12月25日　初版発行

著　者／小松《こまつ》 謙《けん》

発行者／山下直久

発　行／株式会社KADOKAWA
〒102-8177　東京都千代田区富士見2-13-3
電話 0570-002-301（ナビダイヤル）

印刷所／株式会社KADOKAWA

製本所／株式会社KADOKAWA

帯デザイン／Zapp!



●お問い合わせ
https://www.kadokawa.co.jp/（「お問い合わせ」へお進みください）
※内容によっては、お答えできない場合があります。
※サポートは日本国内のみとさせていただきます。
※Japanese text only

定価はカバーに表示してあります。


ISBN 978-4-04-703732-8　C0398

◆◇◇

## この書物を愛する人たちに

詩人科学者寺田寅彦は、銀座通りに林立する高層建築をたとえて「銀座アルプス」と呼んだ。
戦後日本の経済力は、どの都市にも「銀座アルプス」を造成した。
アルプスのなかに書店を求めて、立ち寄ると、高山植物が美しく花ひらくように、書物が飾られている。

印刷技術の発達もあって、書物は美しく化粧され、通りすがりの人々の眼をひきつけている。
しかし、流行を追っての刊行物は、どれも類型的で、個性がない。
歴史という時間の厚みのなかで、流動する時代のすがたや、不易な生命をみつめてきた先輩たちの発言がある。
また静かに明日を語ろうとする現代人の科白がある。これらも、
銀座アルプスのお花畑のなかでは、雑草のようにまぎれ、人知れず開花するしかないのだろうか。
マス・セールの呼び声で、多量に売り出される書物群のなかにあって、
選ばれた時代の英知の書は、ささやかな「座」を占めることは不可能なのだろうか。
マス・セールの時勢に逆行する少数な刊行物であっても、この書物は耳を傾ける人々には、
飽くことなく語りつづけてくれるだろう。私はそういう書物をつぎつぎと発刊したい。
真に書物を愛する読者や、書店の人々の手で、こうした書物はどのように成育し、開花することだろうか。
私のひそかな祈りである。「一粒の麦もし死なずば」という言葉のように、
こうした書物を、銀座アルプスのお花畑のなかで、一雑草であらしめたくない。

一九六八年九月一日　角川源義

## 江戸の思想闘争
山 泰幸

死んだらどうなるのか。「社会秩序」はいかにして生まれるのか。「国儒論争」とは何だったのか。近代社会の根本問題に挑んだ思想家の闘争を考察。思想史と社会学のアプローチによって江戸の思想を展望する。

613　240頁

978-4-04-703646-8

## 日本像の起源
つくられる〈日本的なるもの〉
伊藤 聡

日本とは、日本の独自性とは何なのか。その千年の系譜に、空想と現実、劣等感と優越感、自国肯定と排外意識のあいだで揺れる〈日本的なるもの〉の正体を探る。圧巻のスケールで描く「日本の自画像」史。

653　504頁

978-4-04-703605-5

## 万葉考古学
上野 誠 編

万葉学×考古学から、新たなる学問が生まれる！ 考古学の視点で万葉集を読み解くとどのような風景が見えてくるのか。都市や交通、境界をテーマに、第一線の研究者が、今、万葉の世界に迫る画期的な試み。

663　264頁

978-4-04-703710-6

## 徳川家康と武田信玄
平山 優

あせる信玄、ゴネる家康!? 桶狭間合戦や三河一向一揆から信玄の駿河侵攻と三方原合戦まで。大河ドラマ「どうする家康」時代考証担当が、膨大な史実の「点と点」を繋ぎ合わせ、新しい戦国史を提示する。

664　352頁

978-4-04-703712-0

角川選書

シリーズ世界の思想
**ウィトゲンシュタイン　論理哲学論考**
古田徹也

ウィトゲンシュタインは、哲学の問題すべてを一挙に解決するという、哲学史上最高度に野心的な試みを遂行した。著者生前唯一の哲学書を、これ以上ないほど明解に、初学者にやさしく解説した画期的入門書！

1003　360頁
978-4-04-703631-4

シリーズ世界の思想
**カント　純粋理性批判**
御子柴善之

刊行から二百余年、多くの人を惹きつけ、そして挫折させてきた『純粋理性批判』。晦渋な文章に込められた意味を、一文一文抜粋し丁寧に解きほぐす、入門書の決定版。日本カント協会会長による渾身の一冊！

1004　776頁
978-4-04-703637-6

シリーズ世界の思想
**ルソー　エミール**
永見文雄

教育学の古典として知られる『エミール』。しかし教育論にとどまらずその知見のすべてを注ぎ込んだ、生涯の思索の頂点に立つ作品である。このエッセンスを、だれでもわかるよう懇切丁寧に解説した入門書。

1005　384頁
978-4-04-703630-7

シリーズ世界の思想
**ホッブズ　リヴァイアサン**
梅田百合香

「万人の万人に対する闘争」だけではない！　近年飛躍的に解明されてきた作品後半の宗教論・教会論と政治哲学の関係をふまえて全体の要点を読み直し、近代政治を学び平和と秩序を捉え直す、解説書の決定版！

1006　336頁
978-4-04-703651-2